Jill van Veen

KILLERKÜSSE

Ein Lilly Hart Roman

Wir wünschen spannende Unterhaltung

2. überarbeitete Auflage 2024

Umschlagmotiv und -gestaltung: Nicole Kristin Adler

1

H*erzlichen Glückwunsch! Das wird der beste Tag Ihres Jahres!*, lautete mein Tageshoroskop.

Wäre es ein verlässliches Horoskop gewesen, hätte darin gestanden: *Ziehen Sie heute nicht die nagelneuen High-Heels an! Kaufen Sie sich eine schusssichere Weste und einen Camouflage-Anzug (tailliert natürlich).*

Stand aber nicht drin, und so beschloss ich, an diesem Glückstag meine neuen High-Heels spazieren zu führen.

»Hör mal«, sagte mein Freund Martin und legte sein Tablet zur Seite, auf dem er das *Handelsblatt* las. Ich sah fragend über den Rand meiner Print-Ausgabe des *Hamburger Abendblattes* hinweg. »Wir sollten zusammenziehen.«

»Ach?«, sagte ich nach einer sprachlosen Sekunde. Keine sehr originelle Antwort, ich weiß. Aber meine eigentliche Frage – Jetzt schon? – hätte unhöflich geklungen. Wir waren gerade erst ein halbes Jahr zusammen. Kein Grund zur Eile, meiner Meinung nach.

»Du bist doch mindestens die Hälfte der Woche bei mir« sagte er und legte eine Hand über meine. »Warum willst du nach einem Single-Apartment suchen? Verschwendete Zeit und rausgeschmissenes Geld, da können wir gleich nach einer gemeinsamen Wohnung suchen, die groß genug für uns ist. Das spart neben doppelten Miet-, auch Telefon-, Strom- und Heizkosten. Abgesehen vom Sprit, denn du fährst doch immer mit dem Auto.«

Ganz der Anwalt, mir mit einer Liste von Argumenten zu kommen.

Meine Wohnung war aufgrund eines Wasserschadens auf unbestimmte Zeit unbewohnbar geworden. Ich hatte auf die Schnelle im Haus meiner Eltern mein altes Kinderzimmer beziehen können, doch das war natürlich kein Dauerzustand. Leider waren Single-Apartments in Hamburg derzeit schwer zu finden.

»Ich finde meine Idee gut.« Er bedachte mich mit seinem Grübchenlächeln, das auch schon früh morgens perfekt funktionierte. Natürlich freute ich mich, dass er unsere Beziehung als dauerhaft ansah. Das war es doch, was ich wollte. Ich war auch keine zwanzig mehr, sondern einunddreißig, da sollte man langsam seinen Platz im Leben finden. Mit Martin war mir der Mann begegnet, den ich mir dafür vorgestellt hatte.

»Was sagst du?«, hakte er nach.

»Martin, es ist viertel vor acht!« Ich legte die Zeitung weg und griff mir meinen Kaffeebecher. »Entscheidungen treffen steht da nicht besonders weit oben auf meiner Liste.«

Er zwinkerte mir zu.

»Du sollst auch nicht ewig darüber grübeln.«

Nachdenklich pustete ich in den Milchschaum und trank einen großen Schluck Kaffee. Wahrscheinlich würde ich auch in zwei Monaten noch zögern, das sähe mir ähnlich.

»Eine gute Idee«, sagte ich und stellte entschlossen den Becher ab. *Der beste Tag Ihres Jahres*, rief ich mir ins Gedächtnis. Wenn nicht jetzt, wann dann? Trau dich, Lilly. Ich lehnte mich zu ihm hinüber und strich eine blonde Haarsträhne aus seiner Stirn. Er war einfach zu süß.

»Okay.«

Er gab mir einen leichten Kuss.

»Dann gehen wir also auf Wohnungssuche.«

Mein Vormittag verlief ereignislos wie immer. Ich arbeitete als Kuratorin für die Kunststiftung der Sörensen-Bank. In der Jobbeschreibung hatte etwas von Unterstützung bei der Planung von Ausstellungen und Erstellung der Kataloge gestanden. Da die Kunststiftung ohne ständige Ausstellung war, hatte das eine abwechslungsreiche Arbeit versprochen. Meine Chefin Frau Dr. Elsterhagen, eine der beiden Direktoren, sah das jedoch anders. Mittlerweile hatte ich begriffen, dass sie in mir nur einen sprechenden Terminkalender mit zusätzlicher Korrekturfunktion sah.

Um drei Uhr nachmittags war ich dann allerdings gestresst, als ich mit meinem alten Käfer im Stadtverkehr Richtung Eppendorfer Krankenhaus, dem UKE, feststeckte. Der beste Tag des Jahres ließ sich ganz schön Zeit damit, in die Gänge zu kommen. Mein Handy klingelte.

»Hey du«, meldete sich Martin. »Stell dir vor, mein Kollege Philip und seine Frau ziehen um. Ihre Wohnung in Eppendorf wird frei. Hört sich gut an, da kann man es sich schön machen. Er hat mir die Nummer der Maklerin gegeben.«

»Das hat er dir heute plötzlich erzählt?«, fragte ich misstrauisch.

»Na ja«, gab er mit einem kleinen Lachen zu, »mag sein, dass ich schon länger wusste, dass sie ausziehen wollen. Ich habe mit der Maklerin telefoniert. Sie hätte morgen oder am Samstag einen Besichtigungstermin frei. Morgen können wir nicht, aber wie schaut es Samstag bei dir aus?«

»Wieso können wir morgen nicht?«, fragte ich, während ich versuchte, die Spur zu wechseln, obwohl absolut niemand mich dazwischen lassen wollte.

»Weil ich das Oratorium singe und du eine Karte hast, um mir zuzuhören.«

Ach Gott, ja. Leider sang Martin im Chor, was ich gerne vergaß. Hatte ich wirklich versprochen, mir das anzuhören?

Musste wohl so sein. Morgen war außerdem der Tag des Jahres, an dem mir jede Beschäftigung willkommen war. Der Tag, an dem ich auch nach sechzehn Jahren nicht allein sein mochte.

»Richtig, weiß ich doch, haha. Tja, dann eben Samstag.«

»Sehr gut, dann mache ich den Termin fest.«

»Sagtest du, die wohnen in Eppendorf? Da ist die Miete bestimmt hoch.«

»Mach dir bloß keine Sorgen um die Miete.«

»Wenn ich den Job bei der Uni bekomme, habe ich vielleicht mehr Geld zur Verfügung, das ich beisteuern kann«, sagte ich voller Hoffnung.

Ich hatte mich für eine Vollzeitstelle als wissenschaftliche Mitarbeiterin an der Universität beworben und nach dem ersten Gespräch sah es so aus, dass ich sie auch bekommen würde. Das versprochene Gehalt war erstaunlich gut.

Endlich war ich auf der richtigen Abbiegespur und erwischte die Ampel noch bei kirschgelb. »Ansonsten kann ich ja dem Casino einen Besuch abstatten.«

Es war kurz still.

»Das wird ganz sicher nicht nötig sein«, sagte er nachdrücklich. Ich hörte förmlich, wie er blass wurde und verdrehte die Augen. Ich spielte leidenschaftlich gern Poker. Glücksspiel übte eine gewisse Faszination auf mich aus. In meinem Freund, der als Wirtschaftsprüfer und Fachanwalt für Steuerrecht eine innige Beziehung zu Zahlen hegte, löste das gewaltiges Unbehagen aus, obwohl ich nie ins Casino ging.

»Ein Sche-herz«, beruhigte ich ihn. Martin nahm häufig meine Witze ernst oder hielt ernst gemeinte Äußerungen für Scherze. Da mussten wir noch dran arbeiten. »Das Einzige, was ich derzeit spiele, ist Poker am Computer im Büro.

Offline. Mein Onkel Lars wird sich dafür im Himmel zu Tode schämen. Also, wenn er nicht schon tot wäre, natürlich.«

»Wenn er mit den Schuldscheinen überhaupt durchs Himmelstor gekommen ist.«

»Moment! Dass wir zusammenziehen, heißt noch lange nicht, dass du meinen Lieblingsonkel kritisieren darfst« ermahnte ich ihn. »Wenn sie ihn nicht reingelassen haben, hat er davor eine Spielhölle eröffnet.«

»Schon gut. Du klingst gestresst, wo ist deine gute Laune hin?«

»Die hat die Elster gefressen. Gerade habe ich ihren Aufsatz korrigiert, da teilt sie mir mit, dass sie ihn während der letzten zwei Tage komplett umgeschrieben hat. Dann hat Linda mich angerufen. Ihr ging es schlecht und nun ist sie ins Krankenhaus gefahren.«

Linda war eine Freundin von mir. Ich war die Patentante ihres Sohnes Timmy, und Linda war im fünften Monat mit einem Geschwisterchen schwanger.

»Timmy muss bald vom Kindergarten abgeholt werden, aber sie konnte weder den Babysitter noch ihren Schwager, der gerade zu Besuch ist, erreichen. Ich habe versprochen, Timmy abzuholen und nach Hause zu bringen. Aber vorher muss ich bei ihr im Krankenhaus den MP3-Player abholen und jetzt ist hier dichter Verkehr.«

»Wozu der MP3-Player?«, fragte er.

»Falls Linda heute noch im Krankenhaus bleiben muss und Timmy mit dem Babysitter allein ist, darf er Hörspiele auf dem MP3-Player hören, damit er Mama und Papa nicht so vermisst. Matthias ist derzeit auf Fotoreise.«

»Aha, dann viel Glück«, sagte er ein wenig abgelenkt. »Ich habe jetzt einen Call. Melde mich später wieder.«

Das würde er tun, da war er zuverlässig wie in allem anderen auch.

Es gab nichts an diesem Mann auszusetzen. Jeder mochte Martin, sogar meine Mutter. Mittlerweile bedurfte es dafür allerdings nicht mehr viel. Bis zu meinem dreißigsten Geburtstag hatte sie mein Beziehungsleben nicht interessiert. Im Gegenteil. Meine Mutter, eine Bildhauerin, betonte immer wieder, wie wichtig es ihr war, eine unabhängige Tochter zu haben. Doch seit besagtem Geburtstag war sie bereit, jedem Mann mit ernsten Absichten und ohne Strafregister den roten Teppich auszurollen. Das hatte ich davon, dass ich als Einzige übriggeblieben war, um sie mit Enkelkindern zu versorgen. Rasch schob ich den Gedanken beiseite, während ich in die Martinistraße einbog.

Vor dem Krankenhaus wurde ein Parkplatz frei. Ich setzte den Blinker und wollte einparken. Doch plötzlich kam er mir zu eng für meinen Käfer vor. Hinter mir hupte es. Jepp, eindeutig zu eng, diese Lücke. Ich fuhr weiter und sah im Rückspiegel, wie der BMW, der hinter mir gehupt hatte, dort einparkte. Nun ja, eventuell war doch mehr Platz gewesen.

Da nun wirklich keine Parklücke mehr zu finden war, hielt ich in einer Einfahrt und rief Linda auf dem Handy an.

»Hier gibt's keinen Parkplatz«, sagte ich.

»Kein Problem, ich kann zu dir rauskommen.«

»Danke dir.«

Gleich darauf kam sie über den Bürgersteig auf mich zu. Sie sah blass aus, ihr sonst immer sorgfältig geföhntes, kastanienbraunes Haar hatte sie in einem nachlässigen Pferdeschwanz zusammengebunden.

»Musst du nicht auf dem Zimmer bleiben?«

»Ich soll sogar ein wenig auf und ab laufen. Es ist alles weniger dramatisch, als es den Anschein hatte«, sagte sie. »Tut mir leid, dass ich dich einspanne. Sven hatte Timmy abholen wollen. Er hat ihn auch heute Morgen in die Kita gebracht.

Aber ich kann ihn einfach nicht erreichen, er geht nicht an sein Handy und bei uns zu Hause scheint er auch nicht zu sein. Wahrscheinlich ist er für seine Story unterwegs, für die er gerade recherchiert. Er hat angedeutet, dass es eine ziemlich große Sache ist.« Sven war Matthias jüngerer Bruder. Er arbeitete als freier Journalist für verschiedene Zeitungen und hatte seinen eigenen Blog, mit dem er zunehmend bekannt wurde. »Ich hoffe, du hattest keinen Ärger im Büro, weil du früher gegangen bist?«

»Ach wo«, sagte ich abwinkend. »Die Elster war sowieso wieder einmal nicht da und hat mir nur Korrekturfahnen zum Lesen hinterlassen.«

»Wenn du den neuen Job bekommst, wirst du endlich etwas zu tun haben. Dann müssen wir irgendwann Frau Professorin zu dir sagen.« Linda lachte.

»Selbst wenn ich die Stelle bekomme, würde das noch ein paar Jahre dauern«, wehrte ich rasch ab.

»Du warst schon mit deiner Promotion extrem schnell«, widersprach sie. »Da wirst du uns sicher wieder überraschen.«

Linda und ich waren seit unserem ersten Studientag befreundet, an dem wir in einer Orientierungsvorlesung nebeneinandergesessen hatten. Nachdem wir uns in der Halbzeit der Veranstaltung immer noch orientierungslos fühlten, hatten wir uns aus dem Saal geschlichen und waren den Rest des Tages in einem Café versackt.

»Das klingt, als sei ich ein schreckliches Arbeitstier.« Und so falsch war das nicht. Merkwürdigerweise motivierte mich der Gedanke an eine Habilitation kein bisschen. Stattdessen verspürte ich, wann immer das Thema angesprochen wurde, ein Unwohlsein. Dabei war dies genau die akademische Karriere, die ich für mich geplant hatte.

»Ich lasse Timmy nicht häufig auf dem MP3-Player hören«, sagte Linda, als sie mir das Gerät gab. »Deswegen kann man ihn damit sehr gut becircen, wenn er unleidig wird. Ich hoffe, ich kann heute Abend schon das Krankenhaus verlassen, spätestens morgen Mittag nach der Visite.«

»Immer mit der Ruhe«, sagte ich und gab ihr einen Kuss auf die Wange. »Timmy ist in guten Händen, und ansonsten brauchst du dich um nichts zu kümmern.«

Ich fuhr nach Uhlenhorst zu Timmys Kita, wo Linda mich telefonisch angekündigt hatte. Alle anderen Kinder waren bereits abgeholt worden. Timmy hatte seine Jacke und Schuhe an und spielte mit einem Kipplaster. Als er mich erkannte, lächelte er. Er sah aus wie ein Engel mit seinen blonden Locken und den großen braunen Augen. Allerdings hatte er nur selten Zeit, ein Engel zu sein. Weihnachten zum Beispiel.

»Hallo Timmy, mein Schatz«, begrüßte ich ihn. »Können wir los?«

Er runzelte die Augenbrauen.

»Wo ist Mami?«

Ich setzte ein sorgloses Lächeln auf.

»Die muss noch etwas erledigen. Ich bringe dich jetzt nach Hause und wir spielen noch ein bisschen.«

Das hatte nicht die gewünschte Wirkung.

»Die Mami soll mich abholen.«

»Sie beeilt sich, nach Hause zu kommen.« Ich beugte mich zu ihm hinunter und flüsterte ihm ins Ohr. »Wenn du mit mir fährst, darfst du im Auto ohne Kindersitz fahren. Wie ein Großer.« Und ich würde mir einen saftigen Strafzettel einhandeln, wenn uns die Polizei anhielt. Sofort ließ er den Laster liegen. Die Chance darauf, etwas Verbotenes zu tun, besserte seine Laune schlagartig. Rasch winkte er der

Erzieherin zu und war an der Tür, so dass ich mir schnell seinen Rucksack schnappte und hinterherlief.

Wir hatten Glück und wurden nicht angehalten. Die Fröbes wohnten am Feenteich, in einer imposanten Villa, die Linda und Matthias von seinen Eltern geerbt hatten. Matthias selbst war ein bekannter Naturfotograf und derzeit in der Arktis auf Tour. Ich öffnete das Gartentor und wir gingen den gepflegten Kiesweg zum Haus entlang. Timmy hüpfte neben mir her, seinen Rucksack auf dem Rücken. Auf dem Weg zum Haus saß ein dicker, roter Kater in der Sonne. Als Timmy ihn sah, lief er sofort auf ihn zu und packte ihn im Würgegriff. Offenbar war das Tier daran gewöhnt, denn es wehrte sich nicht.

»Komm erstmal mit rein, Timmy.«

»Ich bleib bei Erik.«

Ich wollte ihn nicht im Vorgarten allein sitzen lassen, der zur Straße hin nur von einer niedrigen Hecke abgeschirmt war.

»Wir können drinnen ein Eis essen«, lockte ich. Der Junge tat einfach so, als hörte er mich nicht, und vergrub seine Nase im Fell der Katze. Da ich ihn schlecht hinter mir her schleifen konnte, beschloss ich, nachzusehen, ob Sven mittlerweile nach Hause gekommen war.

An der Haustür blieb ich überrascht stehen, denn sie war nur angelehnt. Vielleicht hatte Sven die Tür nicht richtig geschlossen, als er zurückgekommen war. Vorsichtig trat ich ins Haus. Aus einem unerklärlichen Unbehagen heraus rief ich nicht nach Sven. Dabei erschien alles friedlich. Da hörte ich Rascheln aus einem der angrenzenden Zimmer, Matthias Arbeitszimmer. Wahrscheinlich war es Sven, doch was machte er dort? Es war Matthias Heiligtum. Wenn er nicht da war, schloss Linda die Tür ab, damit Timmy nicht hinein ging und das durchgeplante Chaos veränderte. Neugierig schlich ich näher. Es hörte sich an, als suchte er etwas.

Was, wenn es nicht Sven, sondern ein Einbrecher war, durchfuhr es mich und ich blieb stehen. Nein, an der Tür waren keinerlei Einbruchsspuren gewesen. Als großer Fan von Serien wie CSI und *Criminal Minds* hätte ich natürlich sofort erkannt, wenn welche da gewesen wären.

Du siehst zu viele von diesen Serien, dachte ich.

Trotzdem ergriff ich im Vorbeischleichen einen der zwei Tennisschläger, die neben dem Garderobenschrank an der Wand lehnten. Behutsam zog ich die Tür, die nur angelehnt war, auf.

Im Bruchteil einer Sekunde nahm ich die Situation auf, die sich mir zeigte. Vor dem Schreibtisch mit Blick in den Garten kniete ein Mann, schwarze Kleidung, Kapuze über dem Kopf, mit dem Rücken zu mir und durchwühlte die Schubladen. Daneben lag leblos ein Mann am Boden. Unter seinem Haar hatte sich ein dunkler, feucht glänzender Fleck auf dem Teppich ausgebreitet. Erschrocken schnappte ich nach Luft. Der Mann vor dem Schreibtisch sprang auf. In heller Panik, die Hand noch auf der Klinke, zog ich die Tür zu und drehte den Schlüssel im Schloss herum. Dann machte ich auf dem Absatz kehrt und stürzte aus dem Haus.

Timmy hockte noch immer mit Erik auf dem Weg. Erstaunt sah er mich an und ließ vom Kater ab, der sofort das Weite suchte. Ich verlor keine Sekunde, schlang einen Arm um den Jungen und riss ihn hoch. Dann raste ich weiter, durch das halb offene Gartentor und galoppierte zu meinem Käfer. Er ist bestimmt hinter dir, dachte ich verzweifelt, gleich kommt er, gleich kommt er! Kaum hörte ich, dass Timmy etwas rief. Während ich die Fahrertür aufschloss, hielt ich ihn fest umklammert, damit er mir nur ja nicht weglief. Ich klappte den Sitz nach vorn und schubste ihn auf den Rücksitz.

So schnell es meine zitternden Finger zuließen, startete ich den Motor. Ich schaute nicht zum Haus hinüber vor lauter Angst, den Mann zu sehen. Er würde die Tür aufbrechen. Das dürfte nicht allzu lange dauern.

»Lilly«, drang Timmys Stimme an mein Ohr.

»Halt dich fest!« Ich warf den Gang rein und gab Gas. Während wir die Straße hinunter sausten und um eine Kurve bogen, wurde mir erst wirklich klar, was ich gesehen hatte. Der Mann am Boden war Sven gewesen. Der andere hatte ihn umgebracht!

»Ohgottogott«, flüsterte ich. Polizei rufen, sagte ich mir, während ich orientierungslos um die nächste Straßenecke fuhr. Meine Tasche hatte ich umhängen, saß aber halb darauf. Mit der Hand zerrte ich sie unter mir hervor, doch an der nächsten Ecke musste ich wieder schalten.

»Lilly, was ist?« fragte Timmy.

»Weißt du, ich habe etwas vergessen. Wir fahren am besten gleich zur Mama, ja?«

»Ja, zur Mami!«, rief Timmy erfreut. Ich musste aus den menschenleeren Wohnstraßen hinaus, und wo zum Teufel war die nächste Polizeistation?

»Du musst mich anschnallen, Lilly«, erinnerte mich eine kleine Stimme streng von hinten.

»Ich weiß, Schatz, ich weiß, machen wir gleich. Halt dich am Gurt fest.« Vor uns sah ich eine größere Straße, mit Autos befahren, juhu! Das hieß Menschen. Da glitt ein großer schwarzer Schatten an uns vorbei. Im nächsten Moment stellte sich ein Range Rover wenige Meter vor mir quer und blockierte den Weg. Die Straße war zu schmal, um an ihm vorbeizufahren, ohne einen Unfall zu bauen. Ich trat auf die Bremse, dachte gleichzeitig an Timmy und versuchte, nicht zu scharf abzustoppen. Knapp vor dem fremden Auto standen wir endlich. Als erstes sah ich nach hinten.

»Alles in Ordnung?«

Tatsächlich hatte er sich am Gurt festgehalten, aber er war trotzdem von der Rückbank gerutscht. Tapfer nickte er und sah mich verwirrt an.

»Was war das?«, fragte er.

Da wurde meine Tür geöffnet. Es war zu spät, die Verriegelung zu betätigen, und so drückte ich mit aller Kraft die Tür gegen den Mann, der draußen stand. Zumindest stieß er überrascht die Luft aus, als sie ihn so unvermittelt traf. Mehr leider nicht.

»Was zum Teufel –«, fluchte er. Mein Plan war gewesen, die Tür sofort wieder zu schließen, zu verriegeln und rückwärts davon zu fahren. Leider hatte er den Griff nicht losgelassen.

Trotzdem versuchte ich hektisch, den Rückwärtsgang einzulegen. Da griff eine Hand zwischen mir und dem Lenkrad hindurch und zog den Zündschlüssel heraus. Der Käfer machte hustend einen Satz nach vorn und stand. Gleich darauf wurde ich am Arm gepackt und aus dem Wagen gezerrt.

»Wo wollen Sie denn hin?«, herrschte mich der Mann an.

»Lassen Sie mich los! Verschwinden Sie!«, rief ich. Mein Puls schlug so heftig in meinem Hals, dass es in meinen Ohren dröhnte. Er fasste mich um die Schultern und gab mir einen energischen Ruck.

»Jetzt beruhigen Sie sich.«

Mich in diesem Moment zu schütteln war nicht gerade das Mittel, um mich zu beruhigen. Ich sah nur einen bedrohlich großen und breitschultrigen Mann in schwarzer Windjacke über mir aufragen.

»Sagen Sie mir, was passiert ist«, sagte er. »Dann kann ich Ihnen helfen.«

Helfen?

»Halten Sie mich für bekloppt?«, stotterte ich, »Sie waren doch im Haus!«

Er trat einen Schritt zurück und musterte mich durchdringend.

»Ich war nicht in dem Haus. Ich bin gekommen, als Sie gerade wie eine wilde Hummel davongerast sind.«

Seine Jacke hatte keine Kapuze, stellte ich fest, aber das kurze Haar des Mannes war dunkelbraun. Vielleicht hatte ich mir die Kapuze nur eingebildet, alles war so schnell gegangen. Die Person in dem Zimmer hatte am Boden gekniet, also wusste ich auch nicht, wie groß sie gewesen war. Auf keinen Fall hätte ich sagen können, ob dies der Mann war, den ich im Arbeitszimmer gesehen hatte. Himmel, inzwischen konnte ich nicht einmal mehr mit Sicherheit sagen, ob ich einen Mann oder eine Frau gesehen hatte.

Sein Blick ging an mir vorbei ins Innere des Käfers.

»Wieso haben Sie den Jungen dabei«, fragte er, »und was wollten Sie bei den Fröbes? Wer sind Sie?«

Das fragte er mich? Sollte sich lieber selbst vorstellen, wenn er mich schon auf der Straße überfiel. Ich schloss die Fahrertür und stellte mich davor.

»Wenn ich nicht Sie im Haus gesehen habe, wo kommen Sie dann so plötzlich her?«

»Ich soll auf den Jungen aufpassen. Ich war gerade unterwegs zu den Fröbes, um…«

»Quatsch!«, fiel ich ihm ins Wort.

»Wie bitte?«

»Wer soll Sie denn beauftragt haben? Linda mit Sicherheit nicht, sonst hätte sie ja nicht mich angerufen, damit ich Timmy abhole, sondern Sie. Ich sollte Timmy nach Hause bringen und auf ihren Schwager warten. Stattdessen treffe ich auf einen Fremden im Arbeitszimmer und Sven Fröbe, der tot am Boden liegt.«

»Sven Fröbe ist tot?«, unterbrach er mich harsch. Seine Kieferknochen traten hart hervor und in seine Augen trat ein drohender Ausdruck, der mich noch dichter an mein Auto zurückweichen ließ. Der wollte, dass ich ihm vertraute?

Im selben Moment klingelte ein Handy. Er zog eines aus der Hosentasche und meldete sich mit knappem »Ja«.

Während er zuhörte, ließ er mich nicht aus den Augen.

»Kümmere dich um alles. Ich habe den Jungen.« Er steckte das Handy weg und stützte die Hände in die Hüften. »Sie haben Recht, Sven ist tatsächlich tot. Ansonsten war niemand mehr im Haus. Sie fahren mit mir, holen Sie Timmy aus dem Auto.«

»Sie glauben doch nicht, dass wir zu Ihnen ins Auto steigen«, sagte ich mit mehr Entschlossenheit, als ich fühlte, und verschränkte die Arme vor der Brust.

»Doch, das glaube ich.« Er stützte die Hände in die Hüften und sah auf mich herab. »Ich bin ein Freund der Fröbes.«

Ein Freund der Fröbes? Wie er da stand, als pfeife er gleich ein Sprengkommando heran, konnte ich mir das nicht vorstellen. Zum Lachen! Aufgebracht tippte ich mir gegen die Schläfe. »Na klar. Ich bin zwar blond, aber nicht blöd.«

»Herzchen, dein IQ ist mir gerade völlig egal. Wir fahren jetzt hier weg.«

Ich rührte mich nicht. Erst würde ich Linda anrufen und mich bei ihr rückversichern.

»Das ist doch nicht wahr«, murmelte er, blickte kurz um sich und griff unter seine Jacke. Im nächsten Moment spürte ich den Lauf einer Pistole gegen meine Rippen gedrückt.

»Sie holen jetzt den Jungen aus dem Auto und bringen ihn zu meinem Wagen.«

Fassungslos starrte ich auf die Pistole.

»Sie«, kiekste ich heiser und räusperte mich, »Sie können mich doch hier nicht einfach erschießen.«

Er hob eine Augenbraue.

»Wollen Sie es darauf ankommen lassen?«

Diesmal brauchte ich nicht lange für die Entscheidung, sondern öffnete die Tür und klappte den Sitz nach vorn.

»Timmy, wir fahren mit dem«, – Kidnapper? –, »Mann weiter.«

»Warum?«

Es gab keinen Grund, das Kind zu verängstigen. Es reichte, wenn ich Angst hatte.

»Er hat das größere Auto.«

In den Augen eines Dreijährigen schien das ein logisches Argument zu sein, denn er kletterte aus dem Auto. Der Mann hatte seine Pistole weggesteckt, aber ich wollte trotzdem keine heroischen Taten wagen. Angesichts seiner finsteren Miene vermutete ich, dass er die Waffe in Sekundenschnelle wieder hervorzaubern würde, wenn ich nicht mitmachte.

»Freund der Fröbes«, sagte ich leise. »Warum kennt der Junge Sie dann nicht?«

»Weil's lange her ist, dass ich zu Besuch war.«

Als Timmy von der Rückbank kletterte, sah ich den Tennisschläger im Fußraum liegen und hob ihn verblüfft auf. Ich konnte mich nicht erinnern, ihn auf der Flucht in der Hand behalten zu haben.

»Lassen Sie den da«, sagte der Mann und nahm ihn mir aus der Hand, »ich glaube nicht, dass Sie für eine Partie Zeit haben werden.«

»Der gehört den Fröbes«, antwortete ich. »Ich hatte ihn zur Verteidigung.«

Mit einem zweifelnden Blick auf mich schloss er die Tür.

»Falls man auf Sie schießt? Wollten Sie die Kugel mit einer Rückhand parieren?«

»Um zuzuschlagen! Bisher ging ich nicht davon aus, dass jeder gleich bewaffnet ist. Sie haben mich jetzt eines Besseren belehrt«, setzte ich hinzu. Ungerührt nahm er mich beim Arm und schob mich vor sich her zum Range Rover.

»Steigen Sie ein, ich bin gleich wieder da.«

Er knallte die Tür hinter uns zu. Ich sah ihm nach, wie er zu meinem Käfer ging, sich hinter das Steuer setzte und ihn am Straßenrand parkte. Auf der Rückbank des Geländewagens lag eine Decke, die ich ein paar Mal faltete und dann Timmy daraufsetzte, damit er wenigstens ein bisschen erhöht saß. Wieder kein Kindersitz, eine Schande. Ich setzte mich selbst in die Mitte, um Timmy zusätzlich festhalten zu können. Der Mann stieg ein und startete den Motor.

Das war jetzt also der beste Tag meines Jahres?

2

»Wo fahren wir hin?«, fragte ich, als er uns durch den Verkehr lenkte. »Warum haben Sie nicht die Polizei angerufen?«

»Mein Mitarbeiter hat die Polizei bereits angerufen. Er wartet beim Haus auf sie.«

»Mitarbeiter, pf«, murmelte ich. Es gab also noch mehr von seiner Sorte. »Wir hätten auf die Polizei warten sollen.«

»Wo ist Timmys Mutter?«, fragte der Mann.

»Im UKE.«

»Was?«

»Deswegen sollte ich Timmy abholen. Warum wissen Sie das nicht, wenn Sie doch –.«

Den Rest des Satzes vergaß ich, als er abrupt den Wagen auf die rechte Seite hinüberzog. Autos hupten und mein Herz hatte mindestens zwei Schläge verschluckt.

»Sind Sie verrückt?«, japste ich, als er am Straßenrand hielt. Ohne mir zu antworten, stieg er aus. Draußen zog er sein Handy hervor und fing an zu telefonieren.

»Was macht er?«, fragte Timmy.

»Er spinnt«, murmelte ich. Er schien mit jemandem zu diskutieren. Die Chance wollte ich nutzen und fischte mein Handy aus der Tasche. Zuerst wählte ich Lindas Nummer, aber dann brach ich wieder ab. Ich würde die Polizei anrufen. Gerade wollte ich den Notruf antippen, als die Tür aufging und mir mit einem Griff das Handy entwunden wurde. Wütend sah ich zu dem Mann auf, doch er schloss bereits wieder die Tür und stieg ohne ein Wort vorne ein. Mein Handy verstaute er im Handschuhfach, dann ließ er den Motor wieder an.

»Ich will telefonieren«, sagte ich, um einen ruhigen Ton bemüht.

»Nicht jetzt.«

»Ach, aber Sie dürfen?«, rief ich wütend. »Wen haben Sie denn angerufen?«

»Linda natürlich, ich musste mit ihr besprechen, was zu tun ist. Sie hat mir auch bestätigt, dass Sie sich kennen.«

»Dafür mussten Sie extra anhalten und aussteigen?«

Er warf mir einen Blick im Rückspiegel zu.

»Es gibt hier jemanden, der nicht alles mitzuhören braucht, meinen Sie nicht auch?«

»Hast du mit der Mami telefoniert?«, fragte Timmy prompt dazwischen.

»Ja«, sagte der Mann freundlich. »Deiner Mama geht es gut und sie gibt dir einen dicken Kuss, sagt sie.«

»Fahren wir jetzt zu Mami?«

»Bald.«

»Na, so bald wohl nicht«, sagte ich. »Sie fahren nämlich in die falsche Richtung.«

»Entspann dich, Lilly.«

»Wir sind nicht beim Du«, sagte ich eisig.

Er lachte leise.

»Dann entspannen Sie sich, Frau Doktor Hart.«

»Das fällt mir auch besonders leicht in Ihrer Gesellschaft.«

Darauf schwieg er. Ich rückte mich auf dem Mittelsitz zurecht und sah aus dem Fenster.

»Ich würde nicht auf Sie schießen«, sagte er plötzlich. Unsere Blicke trafen sich im Rückspiegel.

»Soll mich das jetzt beruhigen?«, fragte ich ungläubig.

Er zuckte die Schultern.

»Ja, ich finde, das ist beruhigend für Sie.«

Ich wünschte, das wäre alles, was es dazu brauchte.

»Lilly«, sagte da eine müde Stimme.

Ich sah zu Timmy hinüber.

»Ja, Schatz?«

»Mami.«

»Wir können im Moment nicht zur Mami, weißt du?«

Er ließ den Kopf zur Seite fallen und sah mich enttäuscht an.

»Jetzt.«

»Geht wirklich nicht.«

»Ich will aussteigen.« Seine Stimme wurde bedenklich lauter.

»Später, okay?«

»Neiiin! Ich will Papi. Ich will Mami!« Die Stimme kippte zum Weinen über. Er warf den Kopf gegen die Lehne seines Sitzes und stemmte sich gegen den Gurt hoch, die Unterlippe vorgeschoben. Oh, oh, das würde ein schlimmes Ende nehmen. Dann brach auch schon das Gebrüll über uns herein, die Tränen flossen und das Auto vibrierte. Unglaublich, was für Dezibel aus dem kleinen Körper kommen konnten. Gutes Zureden half nichts. Ich versuchte, Timmy in die Arme zu nehmen. Er schlug um sich und dabei verpasste er mir versehentlich eine Kopfnuss. Als ich wieder richtig sehen konnte, pfiff ich auf die Verkehrsregeln. Ich schnallte ihn ab und zog ihn auf meinen Schoß. Timmy steigerte sich immer weiter in seinen Anfall hinein, er japste schon nach Luft. Jetzt galt es, durchzuhalten.

»Ganz ruhig, es ist alles gut«, flüsterte ich immer wieder. Schließlich beruhigte er sich, was weniger an meinem mütterlichen Talent lag als an seiner Erschöpfung.

»Möchtest du ein Gummibärchen?«

Er wurde von einem stummen Schluchzen geschüttelt.

»Ja«.

Gott sei Dank.

»Geben Sie mir die Tüte Gummibärchen aus meiner Tasche«, befahl ich unserem Fahrer und sparte mir das Bitte, das mir automatisch auf den Lippen lag. Was der konnte, konnte ich schon lange. Gleich darauf reichte er mir die zerknautschte Tüte nach hinten. Ich fütterte Timmy mit einem Bärchen nach dem anderen und Friede kehrte auf der Rückbank ein. Dann kuschelte er sich in meinen Arm und war Sekunden später eingeschlafen. Behutsam setzte ich ihn zurück und schnallte ihn wieder an. Als ich nach vorne schaute, sah ich, wo wir waren.

»Was machen wir denn auf der Autobahn?«, rief ich aus.

»Schläft er?«, fragte der Mann, anstatt meine Frage zu beantworten.

»Ja. Hören Sie, wir können nicht mit dem Jungen ohne Kindersitz auf der Autobahn fahren. Wenn das die Polizei sieht, sind Sie dran.«

»Wir werden schon nicht kontrolliert werden.«

»Es geht um die Sicherheit des Jungen«, sagte ich scharf. Leichtfertige Draufgänger, die Risiken lässig herunterspielten, brachten mich auf die Palme.

»In Ihrem Auto war auch keiner«, sagte er ruhig. Mir fiel wieder ein, wie Timmy von meiner Rückbank gerutscht war und ich wurde noch ärgerlicher.

»Da hätte er sich auch verletzen können, das gebe ich zu. Und dabei wechsele ich nicht auch noch urplötzlich die Spur oder rase mit«, ich reckte den Hals, um die Tacho-Anzeige zu erkennen, »zweihundertzwanzig über die Autobahn? Sind Sie wahnsinnig? Gehen Sie sofort vom Gas runter!«

Er fuhr mit unvermindertem Tempo weiter.

»Nur weil Sie diesen alten Käfer fahren, brauchen Sie keine Angst vor Geschwindigkeit zu haben.«

Angst? Er hatte mich mit einer Pistole bedroht, ich war weder in Ohnmacht gefallen noch in Tränen ausgebrochen, und der nannte mich einen Angsthasen?

»Es gibt einen Unterschied zwischen ängstlich und vernünftig. Ich habe keine Angst vor Geschwindigkeit, sondern vor Ihrem launischen Fahrstil.«

»Okay.«

»Okay, was?«

Er seufzte.

»Sind Sie eigentlich auch mal für eine Minute still?«

»Oh, bitte«, gab ich beleidigt zurück, »konzentrieren Sie sich ausschließlich auf die Straße, wenn Sie nicht gleichzeitig reden können.«

Wir schwiegen einen Moment.

»Vielleicht fangen wir noch einmal von vorn an«, sagte er schließlich in vermittelndem Tonfall. »Kommen Sie ein Stück näher, dann erzähle ich Ihnen, was los ist.«

Na, das wurde auch Zeit. Als ich meinen Kopf zwischen den Sitzen nach vorn schob, stutzte ich. Unauffällig atmete ich tiefer ein. Wenn ich nicht mit ihm auf Kriegsfuß gestanden hätte, hätte ich ihn gefragt, welches Aftershave er benutzte, um es für Martin zu kaufen. Stattdessen rückte ich wieder ein wenig ab.

»Als erstes möchte ich wissen, wo wir hinfahren«, sagte ich unwirsch.

Es war bereits dämmrig und wir passierten eine leichte Anhöhe. In einiger Entfernung kündigte sich ein Stau durch eine lange Kette von Rücklichtern an.

»Nicht doch«, murmelte er und suchte auf dem Navi nach Staumeldungen. Dann wechselte er in angemessener Weise auf die rechte Spur hinüber. »Den umfahren wir besser.«

»Danke für die Verkehrsmeldungen, aber ich meinte vielmehr, wo unser Ziel liegt«, erinnerte ich ihn.

Da klingelte sein Telefon.

»Was gibt's, Sascha?«, meldete sich der Mann, als er das Gespräch über die Freisprechanlage annahm.

»Einen schönen Gruß von Kommissar Lenberg«, erklang eine Männerstimme. »Er war reichlich angefressen, dass du nicht auf die Polizei gewartet hast.«

Er hatte also tatsächlich die Polizei informiert. Das war immerhin beruhigend. Dass ein Kriminalkommissar sauer war, hingegen weniger.

»Es war mir für den Jungen zu gefährlich, der Täter muss schließlich noch in der Nähe gewesen sein. Ich hätte der Polizei sowieso nichts erzählen können. Du hast auf sie gewartet, das reichte doch. Aber trotzdem gut zu wissen, dass Lenberg an dem Fall dran ist.«

»Ehrlich gesagt, hatte ich dich auch gar nicht erwähnt, weil du nicht mit ins Haus gegangen bist. Aber Linda Fröbe hat ihm von dir erzählt. Eben hat er mich angerufen und wollte wissen, wo zum Teufel du mit dem Kind bist. Habe gesagt, das wüsste ich nicht so genau. Das hat seine Laune nicht gerade verbessert.«

Sobald der Kommissar wusste, dass ich im Haus gewesen war, würde auch ich Ärger haben. Das verdankte ich nur diesem Freizeit-Batman, der offenbar meinte, er stünde über dem Gesetz.

»Ich habe mit Linda ausgemacht, den Kleinen zu seinen Großeltern zu bringen.«

Mir sank das Kinn auf die Brust.

»Zu den Eltern von Linda?«, rief ich aus, doch Sascha redete schon wieder.

»Vielleicht besprichst du dich erst mit Lenberg?«

»Was sollte er für ein Interesse an dem Jungen haben?«, wandte der Mann ein. »Der hat mit seinen Ermittlungen nichts zu tun. Ich tue nur der Mutter einen Gefallen, damit sie sich nicht noch mehr aufregt in ihrem Zustand. Der Tod ihres Schwagers ist schlimm genug. Wer soll sich um Timmy kümmern, wenn sie im Krankenhaus und Matthias auf Reisen ist?«

»Du sollst dich jedenfalls bei ihm melden«, sagte Sascha in einem Ton, der klar machte, dass er nur der Bote sei und seinen Kopf gern behalten würde.

Wir fuhren durch ein kleines Straßendorf. Hinter den Fenstern der Häuser brannte Licht, kein Mensch war draußen zu sehen.

»Wir werden bald Halt machen und uns was für die Nacht suchen, dann rufe ich Lenberg an.«

Für die Nacht? Oh nein, wir fuhren also tatsächlich zu Lindas Eltern. Die wohnten in München!

»Moment«, begann ich wieder.

»Na schön, hast du seine Nummer?«, sagte Sascha. »Er hat mir seine Handynummer gegeben.«

»Schick sie mir.«

»Alles klar«, sagte Sascha. »Gute Fahrt.«

»Also, das glaube ich einfach nicht«, sagte ich, sobald das Gespräch beendet war. »Sie fahren hier seelenruhig vor sich hin und erzählen mir nicht, dass es nach München geht?«

»Haben Sie was gegen die Stadt?«, fragte er betont begriffsstutzig.

»Ich habe einen Job! Morgen muss ich bei der Arbeit sein, wie stellen Sie sich das vor?« Außerdem musste ich mich auf mein Vorstellungsgespräch, das am Montag stattfand, vorbereiten.

Wir hielten wegen einer roten Ampel an einer um diese Zeit menschen- und autoleeren Kreuzung.

»Sie können sich doch wohl einen Tag frei nehmen«, sagte er. »Dann sind wir wieder zurück.«

Einen Tag freinehmen, war der noch ganz dicht? Ich hatte Termine! Wie arrogant, derart in mein Leben einzugreifen, ohne mich auch nur zu fragen. Ich öffnete meine Tür und stieg aus.

»He!«

Selber »He«. Der konnte froh sein, dass ich nur ausstieg und ihn nicht hinterrücks erwürgte. Erst mich mit einer Pistole erschrecken und dann auch noch aus der Stadt entführen! Wütend lief ich über die Kreuzung. Ungefähr zwanzig Meter weiter war eine Tankstelle und auf die steuerte ich zu. Das Gehsteigpflaster hatte schon bessere Tage gesehen und war nicht für dünne, hohe Absätze geeignet. Da fuhr der Range Rover vorbei und versperrte mir gleich darauf den Weg. Ja, das kannten wir schon. Nur weiter so, bei dem Zirkus würden die braven Dorfbewohner bestimmt bald aufmerksam. Statt stehen zu bleiben, sauste ich so zügig es ging um das Auto herum und setzte meinen Weg fort. Die Autotür knallte und gleich darauf war der Mann bei mir.

»Was soll denn das?«

»Einfach über meinen Kopf hinweg entscheiden, dass ich nach München reise! Sie haben gar nicht in Betracht gezogen, mich zu fragen, oder?«

»Es hat sich nicht ergeben«, sagte er, wirkte aber keineswegs zerknirscht.

»Eine Unverschämtheit! Glauben Sie, ich habe nichts zu tun? Für wen halten Sie sich, King of the road?« Ich ließ ihm keine Zeit, zu antworten. »Glauben Sie bloß nicht, ich mache, was Sie wollen. Schon gar nicht, wenn Sie mich austricksen. Das haben Sie mit Absicht gemacht. Sie wussten ganz genau, wenn Sie sagen, wo Sie hinfahren, würde ich nicht mitkommen.«

Vor lauter Empörung und weil ich in der rasch zunehmenden Dämmerung die Unebenheiten nicht mehr so gut sehen konnte, stolperte ich. Er erwischte mich am Ellbogen und fing mich gerade noch ab.

»Jetzt lassen Sie uns doch vernünftig reden«, sagte er mit einem unterdrückten Lachen in der Stimme. Ich entwand ihm meinen Arm und lief weiter.

»Lachen Sie nur. Ich komme mit Ihnen keinen Meter mehr weit mit. Ich werde mir hier einen Wagen mieten oder einen Traktor und nach Hamburg zurückfahren.«

»Bleiben Sie stehen, wir können den Kleinen nicht allein lassen.«

»Sie können nicht! Sie sind Mister Bodyguard, gehen Sie doch zurück.«

Er hielt mich erneut am Arm fest.

»Jetzt kommen Sie endlich wieder runter.«

Ich entriss ihm nochmals meinen Arm. Dabei trat ich mit Schwung in eine Unebenheit, knickte um und der Absatz brach ab. Ich geriet endgültig ins Straucheln und in der nächsten Sekunde fand ich mich in einer Hagebuttenhecke wieder, die ein Grundstück säumte.

»Au, verdammt noch mal!«

Seine Hand packte meine und zog mich wieder auf den Bürgersteig. Ich hörte ein Reißen und sah mit Entsetzen, dass sich mein Lieblingsrock in den Zweigen verfangen hatte und Dank der zartfühlenden Hilfe des lästigsten Mannes der Welt nun einen Riss hatte.

»Alles okay?«, fragte er.

»Nichts ist okay! Wenn ich den finde, der das blöde Horoskop geschrieben hat, bringe ich ihn um. Und du!« Ich stieß ihm meinen Zeigefinger unter die Nase. »Hat dich der Teufel geschickt? Wie viel Unheil kannst du an einem Tag anrichten, was schätzt du? Lass mich raten, du bist so ein Unterteufel auf Urlaub. Such dir gefälligst ein anderes Opfer!«

Er schaute mich mit einer Mischung aus Verwirrung und Belustigung an.

»Ich habe keine Ahnung, was du da redest, aber es freut mich, dass wir jetzt beim Du sind.«

Ich gab ihm einen Schubs und wollte mich wieder auf den Weg zu meiner Tankstelle machen.

»Verschwinde. Husch, ab nach unten in die Hölle zurück.«

Statt mit einer Schwefelwolke zu verschwinden, griff der Unterteufel um meine Beine und hob mich über seine Schulter.

»Wir reden, wenn wir beim Auto sind«, sagte er, während wir zurückgingen. Besser gesagt, er ging, ich hing. Sprachlos.

Beim Auto setzte er mich wieder ab.

»Haben wir uns beruhigt?«, fragte er. Langsam holte ich Luft, dann holte ich aus und rammte ihm meinen Ellbogen in den Magen. Leider klappte er nicht zusammen, wie ich es mir vorgestellt hatte, aber er musste wenigstens husten und hielt sich den Magen.

»Wir haben uns beruhigt«, bestätigte ich. »Mach so etwas nie wieder!«

»Dann hätten wir das geklärt«, sagte er nickend. »Was ist mit deinem Knöchel, kannst du auftreten?«

»Keine Ahnung, du hast mir keine Gelegenheit gegeben, es zu versuchen.« Ich belastete den Fuß. »Nichts passiert. Nur meine Beine sind zerkratzt.«

»Dann können wir uns also unterhalten«, sagte er zufrieden.

»Es gab keinen Grund, mich mit auf die Fahrt zu nehmen«, stellte ich klar.

»Den gab es sehr wohl. Linda ist im Krankenhaus und ich brauche einen Babysitter.«

»Hast du keine Freundin, die du hättest anrufen können?«

»Genügend, aber keine, die so schnell zur Stelle gewesen wäre.« Er sah mich vorwurfsvoll an. »Wie du wohl gemerkt hast, kann sich Timmy nicht an mich erinnern, aber dich kennt er. Du bist die Patentante.«

»Stimmt. Patentanten kaufen Geschenke und schmeißen irgendwann für den Teenager eine Party und, äh, gehen mit ihm in die Kirche.« Gut, dass mir das noch einfiel.

»Sie halten eine schützende Hand über das Patenkind«, belehrte er mich.

»Ich heiße nicht Corleone. Gegen Killer kann ich nichts ausrichten.«

»Dafür bin ich ja da. Außerdem sagt keiner, dass jemand dem Kleinen ans Leben will. Nun sei mal nicht so ungeschmeidig.« Er hob die Hände. »Vielleicht war es ein wenig unfair von mir, es nicht vorher mit dir abzuklären, aber hier kannst du jedenfalls nicht bleiben. Du wirst sicher kein Auto zum Mieten finden. Auch wenn ich dich zu gern in dem Outfit Traktor fahren sehen würde, kämest du damit nicht bis Hamburg. Also, warum steigst du nicht wieder ein und wir fahren bis zu einer Stadt weiter, in der wir ein Zimmer zum Übernachten finden?«

Einen Moment stand ich unschlüssig da, denn ich wollte ihm nicht zustimmen, nur leider fiel mir kein besserer Plan ein. Außerdem war mir kalt, es war immerhin Ende September und nicht mehr Sommer.

»Na schön.«

Er öffnete mir die Beifahrertür.

»Du kannst vorn einsteigen. Timmy schläft und ich werde mein Tempo mäßigen.«

Ich stieg ein und wenig später ließen wir das friedliche Dörfchen hinter uns.

3

Ich hielt still bis wir wieder auf der Autobahn waren, denn so lange war ich damit beschäftigt, meine Schrammen zu inspizieren. Schließlich musste ich eingestehen, dass sie allesamt harmlos waren.

»Wann hast du vor, wieder in Hamburg zu sein? Ich habe am Samstag einen wichtigen Termin.«

»Bis dahin sind wir längst zurück.«

»Dann kann ich mich beruhigt zurücklehnen«, sagte ich honigsüß zurück. »Ich wollte schon immer mit einem Fremden durch die Nacht fahren, von dem ich nicht einmal den Namen weiß.«

»Oh, richtig, sorry.« Er hielt mir die Hand hin. »Patrick McClane.«

Ich ignorierte seine Hand.

»Na klar, sehr erfreut. Lara Croft, mein Name.«

Er ließ die Hand sinken.

»Bitte?«

»McClane? Das soll ich dir abnehmen? Wie langsam hast du denn vor, auf dieser Reise zu sterben? Hätte ich gewusst, dass wir uns begegnen, hätte ich eine Packung Aspirin eingesteckt, damit du ausgerüstet bist. Weiß das NYPD Bescheid, dass du hier bist?«

»Sieh an«, sagte er mit einem Lachen, »Frau Doktor hat die *Die Hard*-Filme gesehen? Der Vorname ist Patrick, nicht John.«

»Ja, wie auch immer.«

»Es ist der einzige Name, den ich dir anbieten kann. Aber du kannst bei Gelegenheit einen Blick in meinen Ausweis werfen und dich überzeugen«, sagte er.

Vorausgesetzt, das war ein echter Ausweis.

»Also, McClane«, sagte ich, »es ist doch immer Bruce Willis, der sich während seiner Abenteuer die Kleidung ruiniert. Warum habe ich dann jetzt ein Loch im Rock und einen Absatz verloren?«

»Ich war mir sicher, dass du für Gleichberechtigung bist.« Er warf mir einen Blick zu. »Übrigens, Kompliment für den Schlag, den hatte ich nicht erwartet. Selbstverteidigungskurs, Lara Croft?«

»Wir modernen Frauen sind alle Kick-ass Actionheldinnen, wie du im Kino sehen kannst,« gab ich zurück. »Kein Kurs, ich hatte einen großen Bruder.«

»Hatte?«

»Ja«, sagte ich knapp, ärgerlich darüber, dass mir das herausgerutscht war. Über den Tod meines Bruders Jan redete ich nur selten und schon gar nicht mit Fremden. Deshalb beeilte ich mich, das Thema zu wechseln. »Also, nur ein bisschen Babysitting?«

»Hab ich doch gesagt. Im wahrsten Sinne des Wortes ein Kinderspiel.«

»Das macht zwanzig Euro die Stunde.«

Jetzt hatte ich seine ganze Aufmerksamkeit.

»Wofür?«

»Meine Bezahlung. Babysitter werden bezahlt.«

Er hob die Augenbrauen.

»Welcher Babysitter bekommt zwanzig Euro die Stunde?«

»Inklusive Reise- und Auslandszuschlag.«

»Alle regionalen Vorurteile in Ehren, aber München liegt nicht im Ausland, Sugar.«

»Vielleicht sagst du nur, es geht zu den Großeltern und das ist wieder ein Trick. Vielleicht finde ich mich morgen Abend in Marokko wieder.« Und über Sugar würden wir auch noch reden.

»Sechzehn. Für die Stunden, in denen der Kleine wach ist.«

»Achtzehn und ich höre mit den Bruce-Willis-Witzen auf.«

»Einverstanden«, sagte er prompt.

»Gut«, sagte ich und hielt ihm die Hand so lange hin, bis er seufzend einschlug.

»Ich werde dich trotzdem nur McClane nennen«, fügte ich grinsend hinzu.

»Etwas anderes hätte ich auch nicht von dir erwartet.«

Da wir nun so gut befreundet waren, beschloss ich, den Fall ein wenig mit ihm zu besprechen.

»Du wolltest mir erzählen, was du weißt.«

Er nickte.

»Das ist nicht viel. Sven Fröbe hat mich heute Morgen angerufen. Leider saß ich zu der Zeit im Flieger. Er sprach auf meine Mailbox. Er sagte, er sei in Hamburg bei seinem Bruder und brauche unbedingt meine Hilfe. Er sagte, ich solle auch auf Linda und Timmy aufpassen. Das war alles, aber er stand eindeutig unter Druck und hatte Angst.«

»Hast du ihn nicht zurückgerufen?«

»Sobald ich gelandet war, aber das war zwei Stunden später. Er ging nicht mehr ans Telefon. Da bin ich bei den Fröbes vorbeigefahren.«

»Linda hat mir erzählt, dass Sven überraschend bei ihnen aufgetaucht sei«, fiel mir ein. »Was hat Linda gesagt, als du mit ihr telefoniert hast?«

»Sie war vollkommen überrumpelt und konnte nur an Timmy denken. Ich glaube nicht, dass sie etwas weiß, das uns hier weiterhilft.«

»Wie geht es ihr?«

»Sie soll noch mindestens einen Tag zur Beobachtung bleiben und sich ausruhen. Mein Anruf hat ihren Zustand sicher nicht verbessert. Sie hat sich erst beruhigt, als ich versprochen habe, Timmy zu ihren Eltern zu bringen«, fuhr er dann fort.

»Was glaubst du, worum es bei der Sache geht?«

»Keine Ahnung.«

Sein mangelnder Enthusiasmus konnte mich nicht entmutigen.

»Vielleicht war Sven nur zur falschen Zeit am falschen Ort?«

»Er hat mich angerufen und wollte meine Hilfe«, erinnerte er mich.

»Richtig. Dann geht es also um Sven. Ich denke, dass der Mann ihm gefolgt ist. Sven ist vor ihm geflüchtet?«, überlegte ich. »Er ist Journalist. Linda sagte, er sei an einer heißen Story dran. Könnte es darum gegangen sein?«

»Wer weiß«, meinte McClane ausweichend.

»Jemand hetzt ihm diesen Mann auf den Hals, um ihn zu bedrohen, damit er die Story nicht schreibt«, kombinierte ich. »Sven weigert sich, die Sache zu vertuschen.«

»Welche Sache?«, unterbrach er mich.

»Die Sache eben«, sagte ich und wedelte seinen Einwand mit der Hand beiseite. Ich konnte mich jetzt nicht mit Details aufhalten, wenn ich so gut dabei war. »Er hat sich nicht einschüchtern lassen und wollte am Ball bleiben, ganz Robert Redford und Dustin Hoffmann.«

»Redford?«, fragte er zweifelnd.

»*Die Unbestechlichen*. Watergate-Affäre. Also eher Bernstein und Woodward«, sagte ich, ungehalten über die erneute Unterbrechung. »Da hat der andere kurzen Prozess mit ihm gemacht.«

»Wer, Nixon?«

»Haha. Der aus dem Arbeitszimmer, natürlich.« An diesem Punkt kam meine Analyse leider ins Stocken. »Was wollten sie in Matthias' Arbeitszimmer?«

»Lassen wir doch erst die Polizei ermitteln und warten ab«, warf mein kriminalistisch unbrauchbarer Beifahrer ein.

»Vielleicht hatte Sven dort etwas versteckt«, flickte ich die Lücke in meiner Geschichte. »Oder er wollte den Mann nur ablenken. Dann hat es der andere gemerkt, Sven wollte fliehen und...« Ich machte eine beredte Geste. Nachdem ich den Tathergang also geklärt hatte, der Kommissar würde mir dankbar sein, widmete ich mich nun den Details. »Um was könnte es bei der Story gehen? Vielleicht ein Politiker, der seine schmutzigen Geheimnisse vertuschen will. Schmiergelder, Korruption, Steuerhinterziehung.«

»Ehebruch«, fügte McClane hinzu. »Vergiss nicht, wie viele Verbrechen aus Leidenschaft begangen werden.«

»Richtig.« Endlich trug er etwas Sinnvolles bei. »Leidenschaft. Vielleicht ist es auch kein Politiker, der hinter dem Mord steckt, sondern die Mafia oder die Kirche.«

»Der Da Vinci Code«, raunte er mit Verschwörerstimme.

»Oh Gott, dagegen hätten wir keine Chance.«

»Wow, Moment«, rief er und hob abwehrend eine Hand. »Schluss jetzt, bevor deine Fantasie ganz mit dir durchgeht.«

»Irgend so etwas muss es doch sein.«

»Oder ganz anders«, meinte er unbeeindruckt. »Meine einzige Aufgabe ist derzeit, das Kind zu beschützen.«

»Einzige? Nee schönen Dank auch, warum sollte auch das Leben des Babysitters einen Blick wert sein«, sagte ich.

»Werden wir noch sehen.« Ein provozierendes Lächeln hob einen Mundwinkel, als er mich kurz musterte.

Da konnte er lange warten, gar nichts würde er zu sehen bekommen. Verstohlen beobachtete ich ihn aus dem

Augenwinkel. Gegen das aufflackernde Scheinwerferlicht von der Gegenfahrbahn zeichnete sich sein Profil mit einer leicht gebogenen Nase ab. Hohe Wangenknochen wurden durch einen beginnenden Bartschatten betont. Gutes Gesicht, musste ich einräumen, sehr gut. Trotzdem, er hatte mich einfach über seine Schulter geworfen, da half sein Aussehen nicht drüber hinweg. Unter zusammen gezogenen Augenbrauen sah er schweigend auf die Straße. Schließlich hielt ich es nicht mehr aus.

»Gib´s zu, du denkst auch die ganze Zeit über die Hintergründe nach, du willst mich bloß nicht einweihen.«

Mit einem Stöhnen fasste er sich an den Kopf.

»Es ist unglaublich mit dir.«

»Ich bin so etwas nicht gewohnt. Ein Mann ist ermordet worden und ich habe den Täter gesehen! Was noch schlimmer ist, der Täter hat mich gesehen.«

»Als Sascha in das Haus kam, war das Schloss der Arbeitszimmertür aufgeschossen worden«, teilte er mir unvermittelt mit. Diese Information hätte er mir ruhig unterschlagen können.

»Dann wollte er mir tatsächlich folgen.« Mir wurde nachträglich flau im Magen, als ich daran dachte, wie knapp Timmy und ich mit dem Leben davongekommen waren.

»Wahrscheinlich hat er dann unseren Wagen vorm Haus halten sehen und ist umgekehrt. Das Fenster zum Garten stand offen, dort hinaus ist er wohl geflüchtet.«

»Du solltest die Polizei fragen, mit was für einem Kaliber geschossen wurde.«

»Und das sollte ich fragen, weil?«, fragte er gedehnt.

Eigentlich hatte ich nur vor mich hingeredet, um meine Angst zu überspielen. »Schaust du nie CSI? Ganz einfach, falls jemand auf uns schießen sollte, können wir feststellen, ob es derselbe Mann ist.« Ich sah die Situation bildlich vor

Augen. »Wenn wir nicht getroffen werden«, fügte ich kläglich hinzu.

»Hmhm«, machte er nur. »Ich kann dir versichern, wenn wir nicht getroffen werden, bleiben wir bestimmt nicht stehen und suchen nach Projektilen. Klar?«

»So hatte ich das selbstverständlich nicht gemeint«, sagte ich. »Lassen wir das Thema. Warum habe ich übrigens noch nie von dir gehört, obwohl ich Linda schon seit dem Studium kenne?«

»Ich kenne Matthias noch aus der Schulzeit, und von mir hast du wahrscheinlich nicht gehört, weil wir uns in den letzten Jahren nicht häufig gesehen haben. Meist ist einer von uns beiden beruflich unterwegs, wenn der andere in der Stadt ist und Zeit hätte.«

»Dann kanntest du Sven gut?«

»Mit Sven hatte ich nicht viel zu tun, schließlich ist er - war er - ungefähr acht Jahre jünger als ich. Aber er wusste, dass er mich um Hilfe bitten konnte, wenn er welche brauchte.«

Mein Magen knurrte. Aufregung und Stress machten mich immer hungrig.

»Hast du nicht langsam Hunger?«, fragte ich.

»Nein«

Ein Blick auf die Uhr sagte mir, dass jeder normale Mensch Hunger haben musste.

»Mein Magen schreit nach Nahrung. Ich möchte darauf hinweisen, wenn ich unterzuckere, kann ich äußerst ungemütlich werden.«

»Noch mehr, als wenn du einen Absatz verlierst?«, fragte er interessiert, wartete aber meine Antwort nicht ab. »Nur die Ruhe. Wir müssen bald tanken, dann suchen wir uns eine Bleibe für die Nacht. Bestimmt finden wir auch noch etwas zu essen für dich.«

»Willst du nicht doch den Kommissar anrufen?«

»Sobald wir von der Straße sind«, sagte er.

»Der ist sicher verärgert darüber, dass Sven sich nicht an die Polizei gewandt hat, als er Probleme bekam, sondern den Schulfreund seines Bruders aus Kindertagen angerufen hat.«

»Klingt es nur so, als ob du mich für die letzte Wahl für diesen Job hältst?«, fragte er betont liebenswürdig.

»Erst prüfen, bevor Vertrauen geschenkt wird.«

»Meine Rede«, stimmte er zu, keineswegs beleidigt.

4

Zu McClanes Ärger reichte der Tank nicht mehr bis Hannover. Wir mussten schon vorher von der Autobahn abfahren und suchten in der ersten Stadt, in die wir kamen, nach einer Tankstelle. Zuerst jedoch fanden wir eine Pension.

»Ich frage nach, ob sie ein Zimmer frei haben«, sagte McClane und parkte den Wagen am Straßenrand. »Die können uns in jedem Fall sagen, wo eine Tankstelle ist. Warte hier.«

Weg war er. Schnell öffnete ich das Handschuhfach, holte mein Handy heraus und wählte.

»Hallo Papa«, rief ich, sobald mein Vater sich meldete.

»Oh, Lilly«, sagte er freundlich, aber hörbar abwesend. Wahrscheinlich war er in seine Bücher vertieft. Mein Vater war Physikprofessor und unterrichtete an der Universität. Ein Wunder, dass er überhaupt ans Telefon gegangen war.

»Ich wollte nur sagen, dass ich heute bei Martin übernachte, also warte nicht auf mich.«

»Mhm.«

»Vergiss das Abendbrot nicht«, sagte ich. Schließlich lebte er derzeit allein, seit meine Mutter sich eine kreative Pause nahm, wie sie es nannte, und wieder einmal in dem kleinen Apartment über ihrem Künstleratelier wohnte.

»Sicher nicht«, murmelte mein Vater, »grüß Matthias von mir.«

»Martin.«

»Mhm.«

»Tschüss dann«, sagte ich rasch und beendete das Gespräch. Jetzt musste ich nur noch schnell Martin erreichen und behaupten, ich übernachtete bei einer meiner Freundinnen. Gerade hatte es zum ersten Mal geklingelt, als McClane aus der Pension zurückkam. Hektisch schmiss ich das Handy in meine Tasche. Er öffnete die Tür und hängte sich mit einem Arm über den Rahmen.

»Hast du gerade telefoniert?«

»Ich, wieso?«

»Mit wem?«

»Mit meinem Vater. Ich habe ihm gesagt, dass er sich keine Sorgen machen soll, wenn ich nicht nach Hause komme.«

»Du wohnst bei deinen Eltern?«, fragte er, für den Moment abgelenkt.

Beredtes Schweigen. Ja, es gab solch armselige Kreaturen.

Das Kinn auf den Unterarm gestützt, sah er auf mich herunter.

»Was würdest du sagen, wenn die nur ein Zimmer mit Doppelbett zu vergeben hätten?«

»Houston, wir haben ein Problem!«

Er grinste leicht.

»Die haben kein Zustellbett?«, bohrte ich nach.

»Ist schon an eine Familie vergeben. Die Pension ist klein, die haben nur wenige Zimmer.«

Ich ließ nicht locker.

»Luftmatratze, Isomatte, Yogamatte?«

»Hängematte hast du vergessen. Nada, tut mir leid. Ich schnarche auch nicht.«

»Woher willst du denn das wissen«, sagte ich, während ich aus dem Auto stieg.

»Bisher gab es keine Beschwerden.«

Schnarchen war das geringste Problem auf meiner Liste. Ich sollte mit einem Mann in einem Zimmer schlafen, der eine Pistole besaß und sie schon einmal gegen mich gerichtet hatte. Andererseits war ich mittlerweile so müde, dass mir alles egal war.

»Schlaf ich eben in der Badewanne«, murmelte ich und holte Timmy aus dem Auto. Der war aufgewacht und blickte mit von Schlaf verklebten Augen um sich. McClane nahm seine Tasche aus dem Kofferraum und Timmys kleinen Rucksack.

Im Eingangsbereich der Pension roch es muffig und verstaubt. Der Empfangstresen aus braunem Holz war reichlich abgenutzt und verkratzt. Eine Flügeltür mit Butzenscheiben führte zum Frühstücksraum. Der Pensionsbetreiber, ein alter Herr mit schütterem grauem Haar, ließ McClane den Anmeldezettel ausfüllen. Dann zauberte er noch zwei Kekse aus einer Blechdose hervor, die ebenso vertrocknet aussahen wie er. Timmy schien das nicht zu stören, die Kekse verschwanden so schnell in seinem Mund, dass das Krümelmonster keine Chance gegen ihn gehabt hätte.

»Der Fahrstuhl ist defekt«, erklärte der alte Herr fröhlich. »Wir nehmen die Treppe.« Damit machte er sich ächzend an den Aufstieg und wir folgten ihm über die knarrenden Stufen in den zweiten Stock. Er leite die Pension ganz allein mit seiner Frau, erzählte er stolz. Na wunderbar, das versprach den besten Service.

Unser Zimmer lag nach hinten zum Parkplatz hinaus. Es war klein und spartanisch eingerichtet, aber sauber. Das Bett war nicht allzu breit. Das würde eine Nacht werden, wenn wir uns da zu dritt tummelten.

»Leider gibt es keine zwei Schlüsselkarten für das Zimmer«, sagte der Pensionsbetreiber. »Die letzten Gäste haben eine verloren. Die Leute sind immer so nachlässig, wissen Sie, und wir hatten hier so viel zu tun.«

»Kein Problem«, versicherte ihm McClane. »Wir sind nur diese Nacht hier. Vielen Dank.« Nachdem er sich noch hatte erklären lassen, wo die nächste Tankstelle war, schob er den Mann zur Tür hinaus.

Als erstes ging es mir darum, Timmy ins Bett zu bringen. Nachdem ich ihm erzählt hatte, dass wir auf dem Weg zu seinen Großeltern waren und die Mama mit dem Flieger nachkomme, war die Freude groß.

»Deshalb musst du jetzt schnell schlafen, denn morgen stehen wir früh auf, um weiterzufahren«, erklärte ich.

McClane wollte sich verdrücken, um zur Tankstelle zu fahren, doch Timmy bestand darauf, dass er blieb. Hier hatte er einen neuen Zuschauer für seine abendlichen Turnübungen auf der Matratze und er war entschlossen, diesen nicht entwischen zu lassen. Die beiden einigten sich auf eine Kurzvorführung und anschließendes braves Einschlafen. Na, das wollte ich sehen. McClane setzte sich tatsächlich in den Sessel und Timmy hüpfte was das Zeug hielt. Nach fünf Minuten war er so erschöpft, dass er mit einem letzten Purzelbaum liegen blieb.

»Ganz toll«, lobte McClane und stand auf. »Jetzt wird geschlafen, Sportsfreund.«

Zu meinem Erstaunen blieb der Junge tatsächlich liegen und ließ sich auch noch von ihm zudecken. Bei mir hätte das nie ohne Verhandlungen funktioniert.

»Das ist nur der Seltenheits-Bonus«, sagte ich zu McClane.

»Wie du meinst«, sagte er grinsend und verließ das Zimmer.

»Ich brauch meinen Teddy«, sagte Timmy.

»Den haben wir aber nicht dabei«, antwortete ich und wappnete mich für einen Tränenausbruch.

»Doch!« Er wollte wieder aus dem Bett krabbeln. »In meinem Rucksack.«

»Ich hole ihn schon.« Als ich den Rucksack öffnete, schaute mir tatsächlich ein zerknautschter brauner Teddy entgegen. Erleichtert zog ich ihn heraus. Darunter entdeckte ich zu meiner Freude neben Tupperdose und Trinkflasche auch eine Ersatzunterhose und ein T-Shirt. So hatten wir morgen etwas Frisches für den Jungen zum Anziehen. Was mich daran erinnerte, dass mir leider niemand eine Ersatzunterhose, geschweige denn ein sauberes T-Shirt eingepackt hatte. Ich würde in meinen angeschmutzten Klamotten sogar schlafen müssen.

Timmy strahlte, sobald er seinen Teddy sah.

»Er hat mir so gefehlt«, erklärte er.

»Habt ihr euch lange nicht gesehen«, fragte ich belustigt und schüttelte das T-Shirt aus dem Rucksack aus, um es etwas zu glätten.

»Guck Lilly, jetzt hat er wieder beide Ohren.«

»Mh, tatsächlich«, bestätigte ich.

»Ich hab so geweint, als das eine ab war«, erzählte er ernst. »Einfach so.« Ratlos hob er die Schultern.

»Naja, das kann einem Teddy schon mal passieren. Die Mama hat es wieder gut angenäht«, sagte ich und deckte ihn nachdrücklich zu.

»Nein, die Eva. Von der Kita, weißt du? Onkel Sven hat ihr das Ohr gegeben und sie hat es angenäht. Ganz schnell.«

»Großartig«, lobte ich. Timmy bohrte seine Nase in den Bauch des Bären und war tatsächlich innerhalb von Minuten eingeschlafen.

Vorsichtig zog ich die Decke über ihn und schob ihm den Bären so unter den Arm, dass seine Nase zum Atmen frei war. Eine Weile schaute ich auf das kleine Gesichtchen. Nun war ich doch froh, mitgekommen zu sein. Zumindest war er daran gewöhnt, dass ich ihn ohne die Mama ins Bett brachte. Die Zeit, in der McClane fort war, wollte ich nutzen und holte mein Handy aus der Tasche. Martin hatte in der Zwischenzeit zurückgerufen.

Ich ließ mich in den Sessel fallen und rief ihn an.

»Hallo Lilly«, meldete er sich. »Kommst du heute nicht zu mir? Ich wollte uns was Schönes kochen.«

Martin kochte gut, und bei dem Gedanken, dass ich nur ein Tankstellen-Sandwich bekommen würde, knurrte mein Magen besonders vorwurfsvoll.

»Ich schaffe es heute leider nicht. Mia hat sich mit Dennis gestritten und braucht ein wenig Aufmunterung.«

»Schade«, sagte Martin. »Ich hatte mich auf einen schönen Abend gefreut.«

Wenn ich jedes Mal nur einen Euro kassierte, wenn Martin »schön« sagte, hätte ich davon bereits meinen Käfer neu lackieren lassen können.

»Tja, manche können es einfach nicht schön haben, sondern streiten sich ständig«, stimmte ich zu, während ich die Schuhe von den Füßen streifte. »Schrecklich. Jedenfalls bin ich bei Mia. So, wie sie gerade den Wein einschenkt, bleibe ich lieber gleich über Nacht.« Meiner Freundin schickte ich eine stumme Entschuldigung für die Verleumdungen, sie würde es schon verstehen.

»Na gut. Morgen dann?«

»Klar«, versprach ich. Schließlich war es möglich, dass ich bis dahin wieder in Hamburg war. »Ich geh dann besser zurück zu meinem Wein. Bis morgen.«

Ich inspizierte noch einmal meine Beine. Die Kratzer sahen zwar harmlos aus, aber sie brannten gemein. Vielleicht konnte der Pensionsinhaber mir aus der Küche Eiswürfel geben oder hatte eine Creme, ein Sportgel, irgendetwas, das half. Leider fiel mir jetzt auf, dass McClane die Schlüsselkarte mitgenommen hatte. Aber der alte Mann hatte bestimmt einen Universalschlüssel und würde mir die Tür wieder öffnen.

Timmy schlief friedlich, da konnte ich schnell hinaus huschen. Würde gar nicht auffallen. Ich ließ die Tür angelehnt und humpelte los. Auf dem Treppenabsatz angekommen, ließ ein Klicken mich herumfahren. Die Tür Nr. 21 war zugefallen. Ich lief zurück und legte ein Ohr gegen das Holz, aber ich hörte nichts. Hoffentlich war Timmy nicht wach geworden. Normalerweise schlief er fest, aber ich würde mich besser beeilen. Hektisch drückte ich mehrmals den Fahrstuhlknopf, bevor mir einfiel, dass er nicht funktionierte. Barfuß flitzte ich die Treppen hinunter zum Empfang. Der alte Mann war nicht mehr da, nirgends konnte ich ihn finden, sogar im Frühstücksraum sah ich nach. Vierundzwanzig-Stunden-Service gab es hier nicht. Also wieder hinauf zum zweiten Stock. Als ich diesmal an der Tür lauschte, meinte ich ein Geräusch zu hören.

»Timmy«, rief ich zaghaft, doch es kam keine Antwort. Schreckensszenarien spielten sich in meinem Kopf ab. McClane hatte vorhin das Fenster geöffnet, das hatte ich noch nicht wieder geschlossen! Was, wenn Timmy auf der Suche nach uns kopfüber zwei Stockwerke tief fiel? Was, wenn der Mann aus Lindas Haus uns gefolgt war? Wo blieb nur McClane?

Unser Zimmer lag gleich neben dem Vorraum mit dem Fahrstuhl. Dort war ein Fenster, das zum Parkplatz der Pension hinausging. Ich öffnete es und schaute hinaus. Der Parkplatz war von einer Laterne spärlich beleuchtet, doch ich entdeckte eine Feuerleiter, die direkt an unserem Zimmerfenster vorbeiführte. Ungefähr auf Höhe des ersten Geschosses war das Dach eines Anbaus, wahrscheinlich des Frühstücksraums. Von dort aus konnte man leicht die Leiter erreichen. Kurz entschlossen kletterte ich durch das Fenster, stützte mich mit den Unterarmen auf dem Fensterbrett ab und schob mich hinaus. Zu spät bemerkte ich, dass ein Zipfel meines Flatterrocks unter meiner Hand klemmte. Je weiter ich mich hinabließ, desto höher rutschte der Rock, aber ich wagte nicht, meine Hand zu verschieben, aus Angst, den Halt zu verlieren.

Einen Moment baumelte ich unentschlossen über dem Vordach. Wenn ich mich nun mit der Entfernung verschätzt hatte? Auch egal. Würde ich mir eben die Knochen brechen. Dann müsste ich ins Krankenhaus, konnte mollig eingegipst im Bett fernsehen und keiner könnte mich nerven. Was wollte ich mehr?

Ich ließ los und landete recht unsanft, aber heil auf dem Vordach. Erleichtert zog ich meinen Rock herunter, lief hinüber zur Leiter und hangelte mich hinauf. Dann war es nur noch ein Katzensprung zum geöffneten Fenster. Ein Katzensprung ziemlich hoch oben. Sah auch viel weiter aus, als mir lieb war. Eins stand fest, für dieses Abenteuer war ich so gut vorbereitet wie ein Pfadfinder auf die Häkelstunde. Beherzt schob ich ein Bein hinüber auf den Sims, nahm eine Hand von der Leiter und krallte mich an den Fensterrahmen. So weit so gut. Jetzt musste ich nur meine andere Hand dazu überreden, die Leiter loszulassen, und den anderen Fuß auf das Fensterbrett hinüberlocken. Die Spidey-Nummer kostete mich schreckliche Sekunden, aber dann stand ich auf dem Fensterbrett und kletterte in das Zimmer hinein. Das kleine Licht neben dem Sessel brannte. Timmy lag quer im Bett und schlief fest. Kein Killer weit und breit. Ganz taumelig vor Erleichterung ließ ich mich auf die Bettkante sinken und zählte leise bis zehn, damit sich mein Atem beruhigte. Bei Sieben klickte das Schloss, die Tür ging auf und McClane schlenderte herein, eine Tüte in der Hand. Ich versuchte, gelangweilt dreinzuschauen.

»Das hat ziemlich lange gedauert.«

»Es gab so viel zu sehen. Was war denn das eben dort draußen?«, fragte er beiläufig, während er die Tüte auf dem Tischchen abstellte. Es kostete mich einen Moment, bis ich begriff.

»Warst du etwa unten auf dem Parkplatz?«

Er nickte und ich sah ihn vorwurfsvoll an.

»Warum hast du mich nicht gerufen? Dann hätte ich mir das Ganze sparen können.«

Gemächlich nahm er sich ein Sandwich heraus und wickelte es aus dem Zellophan.

»Ich war so fasziniert von deiner Akrobatik, dass ich nichts verpassen wollte, und schließlich hast du das Fenster auch ohne meine Hilfe erreicht. Du hast ein echtes Talent zum Freeclimbing.« Er grinste breit. »Sexy.«

Jetzt wusste ich, dass er nichts von meinem Ausflug verpasst hatte. So was Peinliches! Unwillkürlich ballte ich die Fäuste.

»Ich könnte dich wirklich -« Tja, was? Gelassen erwiderte er meinen Blick und kaute an seinem Brot.

»Warum bist du übrigens nicht auf den Parkplatz hinausgelaufen und einfach von unten die Feuerleiter hinaufgeklettert?«

»Wirklich? Mit so einer Frage kommst du mir jetzt? Nachdem du mir gerade unter den Rock geschaut hast? Okay, nicht unter den Rock im wörtlichen Sinne, da er hochgerutscht war, aber immerhin hättest du dich auch diskret umdrehen können. Zumindest müsstest du mir nicht unter die Nase reiben, dass du es gesehen hast. Ich an deiner Stelle würde mir vorwitzige Fragen verkneifen.«

Zu seinem Grinsen gesellte sich jetzt auch noch ein Funkeln in den graugrünen Augen.

»Ich habe nichts von dem Rock gesagt. Aber dir ist keine Sekunde die Idee gekommen, dass es auch unkompliziert geht.«

»Hey«, rief ich. »Nach der Sitzerei im Auto war mir nach sportlicher Betätigung. Nur die Treppe hinunter und ums Haus herum laufen verbrennt nicht gerade viele Kalorien und ist zu langweilig.«

»Klar«, meinte er gedehnt und musterte mich, immer noch grinsend. »Meinst du, du kannst dir jetzt ein ganzes Sandwich leisten?«

Un-er-träg-lich, dieser Mann!

»Kann mir alles leisten«, brummelte ich und nahm die Tüte.

Es waren noch zwei Sandwichs und drei Flaschen Wasser darin. Der Käse im Sandwich war bereits reichlich hart, aber was war an diesem Tag schon in Ordnung. Ich ließ mich auf das Bett plumpsen und biss in das pappige Weißbrot. Zu meiner Überraschung legte mir McClane die Hand auf die Schulter und setzte sich neben mich.

»Alles ein bisschen anders als der Alltag im Museum, was?«

»Das hört sich an, als würde ich den ganzen Tag nur Kaffee trinken und über meinem Schreibtisch gähnen.« Wie zutreffend das war. Ich seufzte. »Es ist ein wenig stressiger, das gebe ich zu.«

Ein Mundwinkel hob sich zu einem leisen Lächeln.

»Was wolltest du denn nun da draußen?«, fragte er.

»Ich hatte mich ausgesperrt und du hattest die Karte beschlagnahmt.«

»Stimmt«, sagte er nur, sah auf seine Armbanduhr und fluchte leise.

»Was ist?«

»Ich muss Kommissar Lenberg anrufen«, sagte er, während er das Handy aus der Hosentasche zog. Zu gern wollte ich hören, was der Kommissar zu sagen hatte. Von Neugier getrieben, rückte ich näher an ihn heran. Bereits im Wählen, hielt er inne und hob eine Augenbraue.

»Willst du dich gleich auf meinen Schoß setzen?«

»Du könntest auch den Lautsprecher einschalten«, schlug ich vor. »Wenn Timmy einmal schläft, weckt ihn nichts mehr auf.«

Er warf einen Blick zur Decke und schüttelte den Kopf, doch dann drückte er auf Lautsprecher.

»Nett, dass du geruhst, dich zu melden«, dröhnte gleich darauf die Stimme des Kommissars durch die Leitung.

»Ich war beschäftigt«, sagte McClane.

»Ach wirklich? Und ich drehe hier Däumchen, oder wie?«

»Nur die Ruhe, Olaf. Deine Stimme ist noch Kilometer entfernt zu hören, das ist nicht gut für den Blutdruck.«

»Leck mich.«

»Sorry, falsche Adresse.«

Ein bellendes Lachen ertönte.

»Okay, noch einmal von vorn. Bist du Zeuge in der Sache Sven Fröbe oder nicht?«

»Nicht wirklich. Als wir ankamen, war er schon tot. Sascha ist ins Haus hinein gegangen, hat die Polizei gerufen und dort auf euch gewartet. Er hat dich doch bestimmt über alles informiert.«

»Du dachtest, das reicht, und du kannst machen, was du willst?«

»Ich wollte den Sohn von Linda Fröbe zu seinen Großeltern bringen, das hatte ich ihr versprochen.«

Zu dem Zeitpunkt noch nicht, dachte ich kleinlich, mit Linda hatte er schließlich erst später telefoniert.

»Ist dir verdammt nochmal klar, dass du dich von einem Tatort davon gemacht hast, anstatt dich für eine Befragung bereit zu halten? Ein Mord, McClane! Aber du nimmst das ganz lässig, was?«

»Ich selbst war nicht im Haus, ich hätte dir nichts erzählen können. Sascha ging hinein und ich bin mit dem Jungen losgefahren. Der hat schließlich mit alledem nichts zu tun.«

»Wieso bist du mit dem Jungen weggefahren, wenn du noch gar nichts von der Leiche wusstest?«

Der Kommissar mochte wütend sein, aber er hörte genau zu.

»Ich bin der Frau gefolgt, die mit dem Jungen das Haus verlassen hat.«

»Was für eine Frau?«

»Sie hat den Jungen nach Hause gebracht. Eine Freundin von Linda Fröbe. Sie sagte, Sven Fröbe sei tot und da rief mich auch schon Sascha an und bestätigte es«, erklärte McClane in einem Ton, als sei damit alles zufriedenstellend erklärt. »Habt ihr schon irgendwelche Anhaltspunkte?«

»Moment, Moment. Die Frau war im Haus? Sie hat den toten Sven gesehen und ist seelenruhig wieder hinaus spaziert?«

»Ein bisschen hysterisch war sie schon.« McClane zuckte zusammen, als ich ihn in die Seite knuffte.

Am anderen Ende war es still.

»Hat sie vielleicht noch etwas mehr gesehen als den Toten?«, fragte Kommissar Lenberg dann gefährlich ruhig.

»Jetzt, wo du es sagst, das könnte sein«, entgegnete McClane mit milder Überraschung in der Stimme.

»Du bist mit meiner wichtigsten Zeugin abgezogen?« Die Stimme des Kommissars überschlug sich fast. »Sag mal, spinnst du?«

»Ich bringe sie dir zurück, sobald das Kind in Sicherheit ist. Sie kann dir nicht viel erzählen, außer, dass dort jemand war, und darauf dürftet ihr schon selbst gekommen sein. Sie ist gleich davongelaufen und konnte den Täter nicht beschreiben, außer dass er dunkel gekleidet war und eine Kapuze trug.«

»Wie ist sie dem Täter denn entkommen?«, rief der andere wütend. »Er wird ihr wohl kaum die Haustür offengehalten haben, nachdem sie ihn neben der Leiche überrascht hat.«

McClane ließ den Blick ungeduldig durchs Zimmer schweifen.

»Sie hat die Tür abgesperrt.«

»Die ist aufgeschossen worden.«

»Hat Sascha mir erzählt. Ich denke, unsere Ankunft hat ihn davon abgehalten, ihr zu folgen. Hör zu, wenn sie den Täter hätte beschreiben können, hätte ich dich längst informiert. Sie hilft mir, Timmy zu den Großeltern zu bringen. Er kennt mich nicht und hätte Angst mit mir allein. Ich habe ihn das letzte Mal bei seiner Taufe gesehen, wohingegen sie die Patentante ist.«

»Unfassbar.« Lenberg atmete tief durch. »Aber ich rege mich nicht mehr weiter auf, ich habe mich heute schon wieder zu viel aufgeregt, und ich bin fest entschlossen, meine Pensionierung noch zu erleben. Aber das ist nicht das letzte Wort dazu, verlass dich drauf. Weißt du ansonsten irgendwas? Dein Kollege sagte mir, ihr wart auf dem Weg zu den Fröbes, weil Sven Fröbe dich darum gebeten hatte.«

»Ich weiß leider nichts«, sagte McClane, »Sven hatte mir heute Morgen die Nachricht hinterlassen, er bräuchte meine Hilfe. Als ich ihn später nicht erreichte, bin ich zu den Fröbes gefahren, denn er hatte gesagt, er wäre bei seinem Bruder. Wir kamen zu spät.«

»Toll. Wir haben bisher keine Ahnung, womit wir es hier zu tun haben. Es sieht leider nicht danach aus, als habe er lediglich Pech gehabt und einen Einbrecher überrascht.«

»Nicht gut.«

»Das ist optimistisch formuliert«, sagte der Kommissar missmutig. »Mir hat sich vorhin so ein Superagent vom BND angekündigt. Er wird jeden Moment hier hereinschneien. Sven Fröbe wollte sich angeblich heute mit ihm treffen.«

Mein Herz machte einen Salto. BND? Er konnte doch nicht den Bundesnachrichtendienst meinen? Natürlich nicht, schalt mich eine innere Stimme sarkastisch. Der Bundesnaturschutzdienst, Lilly, kein Grund zur Sorge.

»Als Fröbe nicht wie verabredet erschien, ist er zur Villa gefahren und hat unsere Leute dort entdeckt«, fuhr der Kommissar fort. »Der hat mir gerade noch gefehlt. Kündigte an, er werde den Fall an sich reißen. Da muss er sich erst einmal mit dem Direktor auseinandersetzen.«

»Der ist noch da?«

»Der hat Feierabend und lässt sich nicht von diesem Pinsel ins Präsidium holen, wenn wir die Sache selbst gut unter Kontrolle haben. Das wird morgen früh geklärt. Und du verziehst dich mit meiner Zeugin, ich fasse das einfach nicht. Wenn du mir unter die Augen kommst, kriegst du einen Tritt in den Hintern, dass du nicht mehr drauf sitzen kannst.«

»Quatsch, du liebst mich, Olaf. Du willst wirklich, dass wir umkehren?«

Der Kommissar seufzte resigniert.

»Klären wir auch morgen. Wir werden abwarten, ob Herr Bundesagent sich durchsetzen kann. Denn dann wird er entscheiden, wie es weiter geht.«

»Hoffen wir das Beste.«

»Wenn du ein halbwegs guter Mensch bist, machst du mir nicht noch mehr Kummer!« Es krachte in der Leitung.

McClane warf sein Handy auf den Sessel zu seiner Jacke.

»Enger Freund?«, fragte ich. Er zuckte die Schultern.

»Wir kennen uns schon lange.«

Abwesend nahm ich das dritte Sandwich aus der Tüte und wickelte es aus.

»Sven wollte sich mit einem Agenten vom BND treffen?«, überlegte ich. »Dann liege ich mit meinen Theorien gar nicht so falsch. Wahrscheinlich ist es noch schlimmer, als meine Fantasie reicht.«

»Beschrei es nicht«, warnte er. Dann zeigte er auf das Sandwich, in das ich gerade hineinbiss. »Guten Appetit.«

»Hattest du etwa noch Hunger?«, fragte ich und mimte Schuldbewusstsein.

»Schon in Ordnung.« Damit stand er auf und verschwand im Bad.

Eben, toughe Typen mussten hart im Nehmen sein, die überlebten ein bisschen Hunger.

An meinem letzten Bissen wäre ich beinahe erstickt. McClane kam aus dem Badezimmer zurück in schwarzer Jogginghose, die bedenklich tief auf seinen Hüftknochen saß, und einem T-Shirt, das gerade eng genug war, um mir einen Eindruck von seinem muskulösen Oberkörper zu geben. Was auch immer dieser Mensch den Tag über trieb, ein beträchtlicher Teil ging sicher für körperliche Ertüchtigung drauf.

Sein Handy klingelte.

»Hast du was vergessen?«, begrüßte er den Anrufer. Ich musterte die ausgeprägten Muskeln seiner Oberarme und mein Blick wanderte zu den breiten Schultern hinauf.

»Ich denke, da kann dir Linda Fröbe mehr erzählen«, sagte er. »Sven war freier Journalist.« Während er, wie ich vermutete, mit dem Kriminalhauptkommissar telefonierte, tigerte er durchs Zimmer. Damit gab er mir die wunderbare

Gelegenheit, ihn von allen Seiten zu betrachten. Schmale Mitte, breites Kreuz, mmhmm. Streng rief ich mir Martin ins Gedächtnis.

»Doch«, sagte McClane, »gut im Geschäft, soweit ich weiß. Hatte ein paar brisante Stories ausgegraben und sich damit einen Namen gemacht.«

Martin hatte auch Muskeln, erinnerte ich mich. Vielleicht nicht solche wie der hier. Aber das war auch nicht nötig, wenn man am Schreibtisch arbeitete.

»Ich kann mir bisher auch keinen Reim darauf machen, aber da es das Einzige ist, was Sven mir sagte, nehme ich es ernst. Was mich wundert, ist, dass er sich an jemanden vom BND gewandt hat. Aber wer weiß, was der Grund war.«

Die rückwärtige Ansicht war auch sehr erfreulich, stellte ich fest. War in der Cargohose gar nicht so aufgefallen.

»Ruf mich morgen früh an. Nein, ich werde mich vorher nicht vom Fleck rühren.«

Ob sich unter diesem T-Shirt ein nettes Sixpack verbarg? Wenn ich daran dachte, wie wenig ihn mein Schlag mit dem spitzen Ellbogen in den Magen beeinträchtigt hatte, war davon auszugehen. Mit Sicherheit. Hör auf, Lilly, du bist doch kein Teenager!

»Ja, wir werden jetzt ein paar Stunden schlafen, danke Mutti. Kriegst 'nen Kuss.« Er legte auf und blieb direkt vor mir stehen. »Was ist?« Die direkte Ansprache riss mich abrupt aus den Gedanken.

»Was denn?«, fragte ich verblüfft.

»Du starrst mich so finster an. Habe ich was gesagt, was dir nicht passt, oder das falsche T-Shirt an?«

Ich starrte ihn an? Hüstel.

»Das falsche T-Shirt«, bestätigte ich, sprang auf und flitzte an ihm vorbei ins Badezimmer. Naja, gucken wird man wohl noch dürfen!

In der Hoffnung, er würde schlafen, wenn ich wieder hereinkam, trödelte ich mit der Hotelseife herum. Nicht einmal die Zähne konnte ich mir putzen. Ärgerlich knallte ich die Seife in die Badewanne. Dann linste ich durch die Tür ins dunkle Zimmer. McClane lag bereits mit dem Rücken zu mir auf einer Seite des Bettes. Timmy machte sich auf meiner Betthälfte breit. Ich löschte das Licht im Bad und krabbelte unter die Bettdecke, die ich mir mit Timmy teilen musste, denn McClane hatte selbstverständlich eine für sich allein beansprucht.

Nach diesem ereignisreichen Nachmittag hätte ich sofort erschöpft einschlafen sollen, aber das klappte nicht. Neben mir schnarchte Timmy und auch McClane schien zu schlafen. Martin wäre nie so schnell eingeschlafen. Wenn er Sorgen hatte, zum Beispiel eine schwierige Verhandlung, drehte er sich die halbe Nacht von einer Seite auf die andere. Was mich daran erinnerte, dass mein Freund gar nicht entzückt wäre, wüsste er, dass ich mit einem wildfremden Mann in einem Bett schlief. Noch dazu mit einem, der wahrscheinlich eine Tür eintrat, wo Martin den Schlüsseldienst anrufen müsste.

Dabei gab es keinen Grund für schlechtes Gewissen, verteidigte ich mich. Schließlich interessierte mich McClane über seine Rolle als Timmys Beschützer hinaus kein bisschen. Er mochte vielleicht ganz gut aussehen, aber er war nicht mein Typ. Ich bevorzugte die Männer kultiviert, besonnen und höflich. Nichts davon traf auf ihn zu. Kultiviert? Ha! Andere Frauen mochten furchtlose Abenteurer attraktiv finden, bei denen Risiko schon zum Frühstück serviert wurde. Ich nicht.

Entschlossen drehte ich ihm den Rücken zu. Allerdings war das nicht meine Lieblingsseite. Nach ein paar Minuten drehte ich mich deshalb auf den Rücken. Besser. Dann juckte meine linke Pobacke. Grrh, ich konnte mich nicht schon wieder herumdrehen. Schlaf, redete ich mir gut zu.

Was war, wenn der Mann aus Fröbes Haus uns gefolgt war? Hatten wir daran gedacht, die Tür zu verschließen? Ruckartig hob ich den Kopf und spähte durch die Dunkelheit zur Tür. Kein fremder Mann lauerte dort, auch kein Monster oder Gespenst. Ich legte mich wieder hin und hörte McClanes aufreizend ruhige Atemzüge. Wie konnte der einfach schlafen? Überhaupt lag er viel zu dicht neben mir. Mh, genau genommen lag Timmy zwischen uns. Trotzdem, ich spürte ihn bis zu mir, wahrscheinlich war es seine überbordende Testosteronaura. Die war definitiv zu groß für dieses Bett. Mit einem frustrierten Seufzer setzte ich mich auf.

»McClane!« flüsterte ich. »Bist du wach?«

Nichts regte sich. Mann, wenn der so tief schlief, wie wollte er uns denn gegen Eindringlinge verteidigen? Der arbeitete im Sicherheitsdienst?

»Hey«, wisperte ich. Weiterhin Funkstille. Allein um sicherzustellen, dass wir nicht völlig schutzlos waren, musste ich die Reaktionsfähigkeit dieser Schlafmütze testen. Ich lehnte mich hinüber und boxte ihn gegen die Schulter.

»Ist dir klar, wie gefährlich es für dich ist, einen fremden Mann nachts zu reizen?« Seine Stimme klang leicht heiser. Er drehte sich nicht zu mir um, hob nicht einmal den Kopf.

»Ich will dich nicht reizen, aber du schläfst wie ein Stein.«

»Bei deinem Gewühl und Gestöhne ist das kaum möglich, das kannst du mir glauben.«

»Ich kann nicht schlafen.«

Er seufzte.

»Lilly, ich habe jetzt keine Lust zu diskutieren, und da wir einen Minderjährigen im Bett haben, kann ich dir auch nicht geben, was dir anscheinend sonst fehlt.«

Mir blieb der Mund offen stehen.

»Hör zu, verkneif dir das gefälligst. Ich habe einen Freund. Sex ist das Letzte, was ich brauche.«

»Tut mir leid, wenn du damit schlechte Erfahrungen gemacht hast.«

»Du weißt ganz genau, wie ich das meine«, zischte ich im Flüsterton.

Da drehte er sich langsam auf den Rücken.

»Was ist das Problem, Lilly?«

»Ich weiß nicht, ich bin aufgeregt. Immer wenn ich die Augen zumache, dann habe ich Angst, ich könnte von Sven im Arbeitszimmer träumen. Und dann ist da noch der andere Mann, der ist fast noch schlimmer, weil er lebendig ist und vielleicht jetzt die Sorge hat, dass ich ihn identifizieren kann.«

»Er weiß nicht, wo du bist.«

»Das ist wahrscheinlich, aber es ist nicht unmöglich, dass er es weiß.«

»Na schön«, sagte er gähnend. »Was können wir tun, damit du dich beruhigst? Soll ich meine Pistole holen und griffbereit unter das Kopfkissen legen?«

»Auf keinen Fall. Nachher geht das Ding los und pustet uns allen dreien die Köpfe weg.«

Ich stutzte. »Darfst du die überhaupt geladen herumtragen? Das darf man doch nicht ohne besondere Erlaubnis.«

»Machen Sie sich keine Sorgen, Euer Ehren, ich habe sowohl Waffen-Besitzkarte als auch Waffenschein.«

»Trotzdem darfst du nicht einfach unschuldige Frauen auf der Straße bedrohen, da bin ich mir sicher. Der Schreck hat mich zehn Jahre gekostet.«

»Dann hol ein paar Jahre auf, indem du jetzt schläfst.«

»Ha!« Ich ließ mich auf mein Kopfkissen fallen. »Ich wünschte, ich könnte.«

»Zähl Schäfchen.«

Der Vorschlag ließ mich grinsen.

»Dann muss ich an Shawn das Schaf und seine Freunde denken und das bringt mich zum Lachen.«

Immerhin, jetzt ging es mir doch ein wenig besser. Wir lagen still da.

»Du schläfst schon wieder, oder?«, flüsterte ich.

»Nein«, sagte er nach einer merklichen Verzögerung.

»Kein Problem, schlaf ruhig. Ich werde noch ein kleines bisschen an Shawn denken, und wenn ich vom Killer träume, werde ich ihm sagen, dass du die Pistole unterm Kopfkissen hast und ihm weh tust, wenn er mir weh tut.«

»Du kannst ihm sagen, ich tue ihm weh, bevor er dir weh tut.«

»Das ist richtig nett«, sagte ich anerkennend.

»Mhm.«

»Schlaf gut«, sagte ich.

»Schlaf schnell.«

Es dauerte tatsächlich nicht mehr lange, bis ich einschlief.

5

Nach ein paar Minuten, so schien es mir, drückte mir jemand einen Gewehrlauf in den Bauch. In Erwartung des Knalls riss ich erschrocken die Augen auf. Timmys Fuß lag in meinem Magen, sein Kopf auf McClanes leerer Betthälfte. Sonnenlicht schien durch die Vorhangspalten. Behutsam schob ich den kleinen Fuß zur Seite und wälzte mich aus dem Bett. Meine Augen fühlten sich verquollen an und ich hatte einen dumpfen Geschmack auf der Zunge. Die Badezimmertür ging auf und McClane kam heraus, frisch geduscht und rasiert.

»Morgen«, sagte er und klang, als habe er Energie für drei - Igittigitt. Er trug die schwarze Cargohose, ein frisches schwarzes T-Shirt und offen darüber ein graues, weiches Hemd. Als ich wortlos an ihm vorbei das Badezimmer ansteuerte, musterte er mich kurz.

»Oh Schreck, nicht gut geschlafen, was?«

Danke, Mister Obercharmant war wieder im Einsatz. Wie schön, dass wir heute nach Hause fahren würden und ich dann wieder mit höflichen Männern zu tun hätte. Sicher würden uns der Kommissar und der Agent nach Hamburg zurückbeordern.

»Ich habe so gut wie gar nicht geschlafen.«

»Das hast du sehr wohl, meine Liebe«, sagte er mit dem Rücken mir zugewandt, während er die Vorhänge zurückzog.

»Hat dir schon mal jemand gesagt, dass du mit den Zähnen knirschst? Du solltest wirklich anfangen, dich zu entspannen.«

»Sonst noch was?«, fauchte ich und zog, ohne die Antwort abzuwarten, die Tür hinter mir zu. Am frühen Morgen war wirklich nicht die Zeit für neunmalkluge Ratschläge.

»Wir fahren los, sobald ich mit Lenberg gesprochen habe«, rief er durch die Tür hindurch.

Das war's. Jetzt würde ich was zur Tagesplanung sagen. Ich riss die Tür wieder auf.

»Es gibt noch etwas, was wir davor machen werden. Guten Morgen, Timmy«, fügte ich hinzu, denn der saß mittlerweile wach im Bett. »Nämlich Einkaufen.«

McClane hob ein wenig die Augenbrauen und wollte mir damit wohl ungläubige Überraschung darüber signalisieren, dass in seine Planung eingegriffen wurde.

»Es mag dir nicht auffallen«, fuhr ich fort, »aber mein Rock ist zerrissen, nachdem ich gestern mit einer gewissen Hecke auf Tuchfühlung gegangen bin.«

»Darüber sehen wir hinweg.« McClane fuhr Timmy durch die Locken. »Sie sieht doch ganz in Ordnung aus, nicht wahr, Großer?«

Timmy strahlte McClane treuherzig an. Der Junge hatte eine Menschenkenntnis, die war zum Heulen.

»Darauf falle ich nicht herein. Außerdem werde ich keinen Meter mehr als nötig mit Schuhen herumlaufen, die sich in ihrer Absatzhöhe um acht Zentimeter unterscheiden.«

Seine Mundwinkel zuckten verdächtig.

»Wofür«, fuhr ich ihn an, »ebenfalls du verantwortlich bist.«

»Ich bin den Absätzen nicht einmal nahegekommen«, versicherte er und hob die Hände. »Hat das nicht noch etwas

Zeit? In München sind die Geschäfte sicher besser als hier. Oder Hamburg, falls wir zurückfahren.

»Nein. Wenn wir nach Hamburg fahren, muss ich sofort zur Arbeit, und wenn wir weiterfahren, dann sicher nicht in diesem Outfit.«

Wir maßen uns schweigend.

»Okay, ich gebe dir eine faire Chance«, sagte ich und nahm mein Portemonnaie aus der Handtasche.

»Eine faire Chance wofür?«, fragte er stirnrunzelnd.

Ich suchte einen Euro heraus.

»Wir lassen die Münze entscheiden.«

Er legte den Kopf in den Nacken und schloss die Augen.

»Was denn, Angst vor ein bisschen Glücksspiel?«, stichelte ich.

»Mach schon«, sagte er nur und beobachtete mich nun genau.

»Also, hier ist die Münze, siehst du, eine ganz harmlose kleine Münze. Kopf, ich gewinne, Zahl, du verlierst. Alles klar?« Rasch warf ich die Münze hoch, fing sie wieder auf und wollte sie auf meinen Handrücken legen. Da hielt McClane mein Handgelenk fest.

»Was ist los?«, fragte ich.

Er drehte meine Hand um, öffnete meine Finger und nahm die Münze.

»Versuchen wir es doch ohne Tricks.«

Mist, ich hatte gedacht, er hätte nicht so genau zugehört.

»Tricks? Ich trickse nicht.«

»Verstehe«, sagte er nickend. »Du hast dich nur versprochen. Also noch einmal: Kopf, du gewinnst, Zahl, ich gewinne.«

Er hielt meine Hand weiter fest, warf die Münze, fing sie auf und legte sie in meine Handfläche.

»Ha«, stieß ich triumphierend hervor. »Kopf! Shoppen!«

McClane sah ziemlich gewittrig aus.

»Du kannst mich auch hier zurücklassen«, schlug ich vor. »Ich gehe gemütlich einkaufen und fahre dann zurück nach Hamburg.«

Er atmete hörbar aus.

»Wir kaufen dir was, aber das wird kein Einkaufsbummel, damit das klar ist.«

Zufrieden verschwand ich im Bad. Als ich wieder ins Zimmer kam, war McClane mit seinem Handy beschäftigt, während Timmy fröhlich auf ihn ein plapperte.

»Geh du schon mit ihm vor«, sagte McClane knapp, ohne aufzublicken. Ganz chefig waren wir wieder, es musste eine Freude sein, für diesen Mann zu arbeiten.

»Hat Kommissar Lenberg sich schon gemeldet?«, fragte ich.

»Nein. Ich muss mit meinen Mitarbeitern ein paar Dinge klären.«

Auch ich hatte ein paar Anrufe zu erledigen, beschloss aber, damit zu warten, bis McClane auf Timmy aufpassen konnte. Timmy wollte seinen Rucksack mitnehmen und dann machten wir uns auf den Weg zum Frühstücken.

Der Frühstücksraum war gut besucht. Geschäftsleute rührten in ihren Kaffeetassen und gingen die Unterlagen für den Tag durch. Ein Ehepaar saß in einer Ecke des Raumes und wickelte verstohlen belegte Brötchen in Servietten ein, die dann in einer Tasche unter dem Tisch verschwanden. Das Frühstücksbuffet war bescheiden in der Auswahl.

»Ich esse nie Müsli«, verkündete Timmy. Eine glatte Lüge, wie ich wusste. Trotzdem holte ich ihm ein Ei und einen Toast. Patentanten sind zum Verwöhnen da. Die Großeltern konnten ihm ab Morgen wieder Müsli vorsetzen, fand ich. Trotzdem bemühte ich mich, ein gutes Vorbild zu sein und füllte mir für den ersten Gang eine Schale mit Müsli. Als ich meine Beute zum Tisch zurück balancierte, sah ich zu meinem Schrecken eine Frau, die neben Timmys Stuhl hockte und mit ihm redete. Normalerweise hätte ich mir keine Gedanken darüber gemacht, doch nach den gestrigen Ereignissen erregte alles mein Misstrauen. Als ich an den Tisch kam, drehte sich die Frau zu mir um und lächelte. Sie war bestimmt um ein paar Jahre jünger als ich und wirkte sehr sportlich. Das blonde Haar war kurz geschnitten.

»Der kleine Mann saß hier so allein am Tisch, da dachte ich, wir unterhalten uns ein wenig.« Sie hielt mir die Hand hin. »Ich heiße Tilda.«

»Lilly.«

»Habe ich schon erfahren«, sagte sie und zwinkerte Timmy zu. »Die Patentante.«

»Mhm.« Ich rang mir ein Lächeln ab. Zu meiner Überraschung pflanzte sich Tilda einfach auf den Stuhl neben Timmy, als seien wir alte Freunde.

»Vorsicht mit dem Kaffee«, sagte sie. »Der ist so stark, dass er einen Herzinfarkt verursachen kann.«

»Danke für die Warnung. Bist du auch auf der Durchreise?«

»Nein. Ich habe beruflich in Hannover zu tun und es war nur noch außerhalb der Stadt ein Zimmer zu bekommen. Ich glaube, es finden gerade wieder mehrere Messen statt.« Sie warf einen Blick auf ihre Armbanduhr. »Aber mein Termin ist erst in einer Stunde.« Ihre freie Zeit wollte sie anscheinend nicht allein verbringen.

»Übrigens, bist du überfallen worden?«, fragte sie unvermittelt.

»Wieso?«, fragte ich erschrocken.

»Naja, dir fehlt ein Absatz und deine Kleidung schaut auch ein wenig ramponiert aus.«

»Ach so.« Jetzt hätte McClane hier sein sollen, um das zu hören. »Nein, ich hatte einen kleinen Unfall. Bin gestern Abend in eine Hagebuttenhecke gefallen.«

»Aha«, meinte sie zweifelnd. »Einfach so?«

»Ja«, bestätigte ich. »Mein Freund hat auch nur den Kopf geschüttelt.« Schließlich würde McClane jeden Moment auftauchen, da hatte ich gleich die Zusammenstellung unserer Gruppe erklärt.

»Dein Freund?« Ihr Blick wurde durchdringend. »Der war dabei?«

»Ja. Ich war wirklich ungeschickt«, erklärte ich. »Es war schon dunkel, ich bin umgeknickt und in die Hecke gestolpert.«

»Mhm«, machte sie nur. Ihr Tonfall verriet, dass sie eher vermutete, dass mein sogenannter Freund nicht ganz unschuldig an dem Unfall war.

»Ich war wütend auf ihn. Wenn ich wütend bin, dann achte ich nicht so darauf, wo ich hintrete.«

Oh je, diese Erklärungen machten es nicht gerade besser. Timmy rettete mich vor weiteren Fragen.

»Noch ein Ei«, sagte er und klopfte fordernd mit seinem Löffel auf den Teller. McClane färbte anscheinend ab. Höchste Zeit, dass wir nach München kamen.

»Wie heißt das?«, fragte ich liebenswürdig.

Er musterte mich und schien seine Chancen abzuwägen. Dann lenkte er ein.

»Ein Ei, bitte.«

»Kommt sofort«, sagte ich und stand auf, denn ich war selbst mit meinem Müsli fertig und noch hungrig.

Gerade stellte ich unseren zweiten Gang zusammen, als ich jemanden hinter mir spürte.

»Wer ist die fremde Frau bei Timmy?«, herrschte mich McClane mit gedämpfter Stimme an.

»Da bist du ja«, sagte ich gelassen und wandte mich um. Er hatte die Reisetasche über die Schulter gehängt und beobachtete finster Tilda an unserem Tisch. »Sie ist ein Gast hier.«

»Woher weißt du das? Du kannst ihn doch nicht einfach allein dort sitzen lassen«, sagte er und goss sich eine Tasse Kaffee ein. Dabei behielt er Tilda und Timmy weiter im Blick.

»Das klingt, als hätte ich ihn vor einer Kirche ausgesetzt und wäre zur Pediküre gegangen. Ich bin doch kaum fünf Meter von ihnen entfernt und es sind noch andere Gäste hier.«

»Wenn du mit dem Jungen allein bist, darfst du ihn nicht aus den Augen lassen.«

Ich blies die Wangen auf und stieß dann die Luft wieder aus.

»Meine Güte. Ich weiß, ich habe heute Nacht Theater gemacht, aber wer soll denn hier sein, der Timmy gefährlich werden könnte?«

»Linda ist aus dem Krankenhaus verschwunden«, unterbrach er mich. Mein Teller geriet in Schieflage und beinahe wäre Timmys Ei heruntergefallen.

»Seit wann?«

»Ich habe mit Lenberg telefoniert«, sagte er. »Keiner weiß, wo sie ist.«

»Man kann doch sicher nicht einfach jemanden aus einem Krankenhaus entführen?«

McClane schwieg. Natürlich konnte man, dachte ich und mir wurde ganz elend. Er warf einen kritischen Blick auf mich.

»Hey, gerate jetzt nicht in Panik«, sagte er ruhig. »Es muss nicht bedeuten, dass sie in Gefahr ist. Sie war nicht besonders glücklich mit der Lösung, Timmy bei den Großeltern zu lassen, weil es denen gesundheitlich gerade nicht so gut geht. Die Befragung der Polizei hat sie sicher noch mehr beunruhigt. Ich traue ihr zu, dass sie das Krankenhaus verlassen hat, um uns nach München nachzukommen.«

»Aber dann hätte sie doch eine Nachricht hinterlassen.«

»Vielleicht wollte sie nicht riskieren, mit den Ärzten und der Polizei diskutieren zu müssen. Und mit mir, denn ich hatte ihr mehr oder weniger verboten, nach München zu kommen.« Das konnte ich mir vorstellen. Er drückte beruhigend meinen Arm. »Kommissar Lenberg bespricht sich mit dem Mann vom BND, dann ruft er mich an. Mach dir erst einmal keine Sorgen. Trotzdem passen wir auf den Kleinen jetzt besonders gut auf.«

Damit nahm er mir den Teller mit dem Ei aus der Hand und wollte zu unserem Tisch gehen, wo Timmy gerade den Inhalt seines Rucksacks zu Tildas Unterhaltung neben seinem Teller ausbreitete.

Ich hielt ihn zurück.

»Du bist übrigens mein Freund, damit du es weißt. Verplappere dich nicht.«

Er runzelte die Augenbrauen.

»Dein Freund?«

»Na, ich konnte ihr wohl kaum erzählen, dass Timmy mit einem Bodyguard reist, oder?«

»Am besten wäre, du hättest ihr gar nichts erzählt«, sagte er und ließ mich stehen.

Erst Panik verbreiten und dann sollte ich mir keine Sorgen machen, der war lustig. Ich würde Linda später auf dem Handy anrufen. Sie musste doch erreichbar sein, wenn alles in Ordnung war. Im Gegensatz zu anderen Menschen, die bei Aufregung keinen Bissen herunterbringen, brauchte ich in diesen Fällen für meine Nerven eine solide Grundlage.

Als ich zurück an den Tisch kam, warf McClane einen Blick auf meinen Teller mit den zwei Brötchen, Butter, Käse und Wurst.

»Ist das für mich gleich mit?«, fragte er.

»Nein, alles für mich«, sagte ich knapp. Wenn er von einer Tasse schwarzem Kaffee leben konnte, bitte sehr.

»Dann pack dir besser das zweite Brötchen ein, wir haben nicht ewig Zeit.« In seinem Ton schwang kaum unterdrückte Ungeduld.

Tilda saß noch immer neben Timmy und beobachtete McClane eingehend. Ich schnitt ein Brötchen auf und bestrich es mit Butter. Timmy rollte sein Ei auf dem Teller herum, begeistert vom Knacken der Schale.

»Du musst das Ei für Timmy pellen, das kann er noch nicht«, sagte ich an McClane gewandt und griff dabei bereits über den Tisch.

»Er war doch gerade dabei«, sagte er nur. Ich verdrehte die Augen.

»Klassische Rollenverteilung«, murmelte Tilda vernehmbar. Ausgedachte Beziehung hin oder her, diese Bemerkung wurmte mich.

»Nicht bei uns«, verkündete ich.

»Ach nein?«, fragte McClane interessiert.

»Nein«, sagte ich, auf das Eipellen konzentriert. »Wir wollen schließlich beide nicht, dass du wie dein Vater wirst, nicht wahr, Darling?«

»Mein Vater?«, wiederholte er gedehnt und lehnte sich in seinem Stuhl zurück.

»Mhm. Ein Patriarch wie er im Buche steht. Ist schon mit Wasser kochen überfordert, sage ich nur. Einen Ton hat der Mann am Leibe, als wäre man auf dem Exerzierplatz.« Ich warf ihm einen bedeutungsvollen Blick zu. »Das macht jede Beziehung kaputt.«

Das gepellte Ei stellte ich vor Timmy.

»Aber Sugar, wir waren erst auf der Silberhochzeit meiner Eltern«, wandte McClane ein, »wo du meiner Mutter erzählt hast, du wünscht dir vier Kinder.«

Allein der Gedanke ließ mich beinahe ohnmächtig werden.

»Ich wollte sie aufmuntern, nachdem sie so traurig über deinen Bruder war.« Vertraulich beugte ich mich zu Tilda hinüber, die unser Gespräch gespannt verfolgte. »Scheidung. War zu erwarten.«

Ich konnte mir ein herausforderndes Grinsen für McClane nicht verkneifen, als ich mich wieder meinem Brötchen widmete.

»In der Tat«, stimmte er zu und trank einen Schluck Kaffee. »Bei der Xanthippe, die ihn vor den Altar geschleift hat. In den zwei Jahren ihrer Ehe hat sie außerdem so viel geredet wie andere in zehn.«

Diese kleine Zankerei lenkte wunderbar von meiner Sorge um Linda ab, stellte ich fest.

»Das wirkt nur so«, sagte ich, belegte mein zweites Brötchen mit Käse und Wurst und klappte es zu, »weil die Männer in deiner Familie höchstens in Drei-Wort-Sätzen kommunizieren.« Ich sah auf und pustete ihm einen Kuss zu, was er mit einem spöttischen Hochziehen der Augenbraue quittierte. »Ich werde meine Sprachgeschwindigkeit jetzt nutzen und meine Anrufe erledigen. Bin gleich wieder da.«

Sofort war er wieder ernst.

»Das kannst du vom Auto aus erledigen. Wir brechen besser auf.«

»Wir müssen vorher noch einkaufen, schon vergessen? Ich beeile mich mit dem Telefonat, es dauert nicht lange«, versprach ich und wickelte rasch das Brötchen in eine Serviette. »Timmy ist außerdem noch nicht fertig mit Essen.«

Der hatte mittlerweile angefangen, mit seinem letzten Toaststreifen im Eidotter herumzurühren.

»Timmy«, sagte ich, während ich mein Brötchen in der Handtasche verstaute. »Es würde helfen, wenn du hin und wieder auch von dem Brot abbeißt.«

»Dann kann ich nicht stippen«, erklärte er.

»Tatsache«, sagte McClane trocken. Mit einem Seufzen stand ich auf, doch McClane hielt mich am Handgelenk zurück.

»Wir haben nicht ewig Zeit, Lilly, und wir müssen noch auschecken.«

Ich sah auf den halb ausgeräumten Kinderrucksack, der noch immer auf dem Tisch lag und nickte.

»Genau. Du räumst zusammen, machst Timmys Finger sauber, checkst uns aus und schwuppdiwupp bin ich mit Telefonieren fertig. Schatz.« Damit entwand ich ihm mein Handgelenk.

»Ich unterstütze ihn«, verkündete Tilda. »Außerdem würde ich zu gern erfahren, wie deine Freundin es genau geschafft hat, in einer Hagebuttenhecke zu landen.«

Oh oh, ich verdrückte mich besser. Sollte McClane doch sehen, wie er sich da herausredete.

Draußen in der Lobby war es ruhig. Als erstes rief ich in der Kunststiftung an. Ich wusste genau, dass die Elster um diese Zeit noch nicht da war und hinterließ im Sekretariat die Nachricht, dass ich mir den Magen verdorben hatte und heute nicht zur Arbeit kommen konnte. Als nächstes versuchte ich es auf Lindas Handy, doch sie ging nicht dran. Ich hinterließ eine Nachricht auf ihrer Mailbox und bat sie, mich zurückzurufen, weil ich mir Sorgen machte.

Kurz überlegte ich, bei der Universität anzurufen, entschied dann aber, damit noch zu warten. Vielleicht kam ich noch heute nach Hamburg zurück. Dann hätte ich genügend Zeit, um mich auf den Termin am Montag vorzubereiten. Rasch nutzte ich die Gelegenheit und machte noch einen Abstecher in den Waschraum.

Als ich zurückkam, wartete in der Lobby bereits meine Reisegruppe. Timmy hielt McClanes Hand und versuchte mit der anderen, eine Kübelpflanze von ihren Blättern zu befreien. Auch Tilda war da, anscheinend hatte McClane sie nicht zum Teufel geschickt, oder es war ihm zumindest nicht gelungen. Als er mich entdeckte, ließ er Timmys Hand los. Er lächelte, doch dieses Lächeln ließ meine Schritte bleischwer werden. In den graugrünen Augen stand ein Glimmen, das auf eine versteckte Agenda schließen ließ. Oh, oh Zahltag. Wovon würde ich mich verabschieden müssen, von ein paar Zähnen? Oder gar den neuen Schuhen?

»So, bin wieder voll und ganz für Timmy da«, verkündete ich und wollte den Jungen mütterlich auf den Arm nehmen. Er wäre ein Schutzschild gegen McClane gewesen. Leider war der kleine Kerl nur an der Pflanze interessiert und wollte nicht auf meinen Arm. McClane betrachtete mich unter halb geschlossenen Lidern.

»Ich hatte sehr erhellende zehn Minuten mit Tilda. Liebling, ich werde ab heute ganz anders an unsere Beziehung herangehen, das schwöre ich.«

Damit griff McClane mit einem Arm um meine Taille und zog mich hart an sich. Ich sah ihm in die Augen und fühlte mich plötzlich atemlos. Seine andere Hand fuhr in meinen Nacken, bog meinen Kopf ein wenig nach hinten, und dann küsste er mich. Automatisch öffnete ich meine Lippen, weil ich etwas sagen wollte. Oh, zum Beispiel. Als ich versuchte, den Kopf zurückzuziehen, verstärkte er den Griff in meinem Haar und küsste mich noch leidenschaftlicher. Eine Hitzewelle schoss durch meinen ganzen Körper. Und dann küsste ich ihn zurück. Mit dem Daumen strich er sanft über meinen Hals. Zum zweiten Mal innerhalb von vierundzwanzig Stunden kam ich urplötzlich ins Straucheln, aber diesmal landete ich nicht unsanft in einer Hecke. Meine Finger krallten sich in sein Hemd. Da löste er auch schon seine Lippen von meinen. Benommen blinzelte ich zu ihm auf. Holla die Waldfee, der Mann konnte küssen. Um seine Lippen spielte ein Lächeln, dessen Botschaft eindeutig war: Leg dich nicht mit mir an. In Sachen Rache war er auf alle Fälle Profi. Das gefährliche Glimmen in seinen Augen war verschwunden, offensichtlich hatte er sich abreagiert. Wenn er seinen Ärger immer auf die Art loswurde, musste ich etwas dagegen unternehmen. Er hielt mich noch immer mit festem Griff um die Taille.

»Schönen Tag noch« sagte er zu Tilda, mit einer Stimme wie dunkler, schwerer Samt. Ich musste was mit den Ohren haben. Aber ein Blick auf Tilda bestätigte mir, dass mit meinem Gehör alles in Ordnung war. Sie schielte beinahe. Booah, was für ein unverfrorener Schauspieler! Mit einem fröhlich hüpfenden Timmy an unserer Seite verließen wir die Pension.

Vor dem Eingang hob McClane Timmy hoch und schob mich eher unsanft vor sich her, um die Ecke und zum Gästeparkplatz.

»Hey«, protestierte ich, »wenn Tilda das sieht, nimmt sie uns die glückliche Beziehung nicht mehr ab.«

»Da hat sie keine Illusionen mehr«, meinte er gelassen und ging auf unseren Wagen zu. »Sie weiß schließlich, wie unberechenbar du mit deinen Stimmungsschwankungen bist. Verdacht auf bipolare Störung. Liegt bei dir in der Familie. Aber keine Sorge, ich habe mich trotzdem überreden lassen, dich Anfang nächsten Jahres zu heiraten.«

»Bipolare Störung?«, rief ich empört und blieb neben dem Range Rover stehen. »Das hast du nicht wirklich behauptet!«

Er zuckte mit einer Schulter und grinste leicht.

»Du hast das Spiel angefangen.«

»Heiraten«, schnaubte ich. »Ich habe genug von dir kennen gelernt, um klüger zu sein.«

Ohne mich aus den Augen zu lassen, setzte er Timmy ab. Die Zunge in die rechte Wange geschoben, kam er langsam auf mich zu. Ich wich zurück, bis ich mit dem Rücken gegen die Autotür stieß. Dicht vor mir blieb er stehen. Dann stützte er gemächlich eine Hand nach der anderen zu beiden Seiten von mir gegen das Wagendach. Er legte den Kopf schräg und betrachtete mich träge und in meinem Bauch krabbelten plötzlich tausende kleine Ameisen mit glühenden Füßchen. Ich sollte es doch besser wissen. Rasch presste ich die Hände gegen das Auto, um sie auf gar keinen Fall dazu zu benutzen, ihn an mich heranzuziehen. Der Kuss vor wenigen Augenblicken war noch zu gut in meiner Erinnerung. Der Mann konnte von nun auf jetzt Sex in alle Richtungen ausstrahlen wie ein undichtes Atomkraftwerk sein Plutonium. Er strich mir eine Haarsträhne, die sich aus meinem Pferdeschwanz gelöst hatte, hinter das Ohr und neigte den Kopf zu mir herunter. Das gehörte verboten! Da spürte ich seine Lippen an meinem Ohr.

»Du hast keine Ahnung«, sagte er leise, »wie wenig von mir du bisher kennengelernt hast.« Sein warmer Atem strich über meinen Hals. Unwillkürlich schloss ich die Augen, während mir durch den Kopf schoss, was alles von ihm ich noch kennen lernen könnte.

»Aha«, sagte ich heiser und Hitze überflutete meine Wangen, als ich sein Lächeln spürte. Stopp! Das war vollkommen falsch! Es gab nichts, was mich an ihm interessieren sollte. Vollkommen egal konnte er mir sein, denn in Hamburg hatte ich einen großartigen Freund namens - Moment, hab´s gleich - Martin, jawoll. Oh Mann!

Mit beiden Händen gab ich ihm einen heftigen Stoß vor die Brust, der nichts ausrichtete. Sein Lächeln vertiefte sich zu einem Grinsen. Dann ließ er das Wagendach los und trat einen Schritt zurück.

»Dann können wir jetzt los«, sagte er und ging zur Heckklappe, um die Tasche zu verstauen.

Ich sammelte Timmy ein, der mit Kiessteinen spielte.

»Wo ist sein Rucksack?«, fragte ich.

»In meiner Tasche«, antwortete McClane und stieg ein. Ich war froh, mich zu Timmy auf die Rückbank setzen zu können, denn den Kuss hatte ich noch nicht ganz verdaut. Dass McClane mich so aus der Fassung bringen konnte und das obendrein genau zu wissen schien, nahm ich ihm außerdem übel. Er selbst schien in keiner Weise von unserem Kuss emotional bewegt. Kühl wie eine Gurke. Beleidigend. Den Spieß würde ich bald umdrehen müssen. Oder auch nicht, erinnerte ich mich schnell. Es sollte mich nicht interessieren, ob ich ihn reizen konnte. Auch wenn meine Eitelkeit da anderer Meinung war. Entnervt schlug ich mir gegen die Stirn.

»Gibt es ein Problem?« McClanes fragender Blick begegnete mir im Rückspiegel.

»Alles bestens«, sagte ich, während ich Timmy half, die Kopfhörer in die Ohren zu stecken, damit er eine Geschichte hören konnte.

McClane hatte gerade sein Handy mit der Freisprechanlage verbunden, als es klingelte.

»Lenberg«, murmelte er und stellte den Motor wieder ab. »Olaf, hast du die Zügel abgeben müssen?«

»Sieht so aus«, knurrte uns der Kommissar aus der Freisprechanlage entgegen. »Uns wird der Fall entzogen, wir dürfen immerhin ein bisschen mithelfen.«

»Heißt?«

»Wir arbeiten bei den Mordermittlungen nach Anweisungen des BND, wir tappen dabei größtenteils im Dunkeln. Und wir suchen nach der Mutter. Das Personal im Krankenhaus ist überzeugt, dass niemand unbemerkt auf Lindas Zimmer gelangt sein kann. Wer's glaubt, denn unbemerkt das Krankenhaus verlassen konnte sie anscheinend. Es nervt mich total, dass alle kommen und gehen, wie sie gerade lustig sind.«

»Was ist jetzt mit dem Jungen? Weiterfahren oder zurückkommen?«

»Das wird dir unser werter Bundesbeamter gleich mitteilen, er will mit dir persönlich sprechen. Er ist gerade auf dem Gang draußen und schlürft seinen dritten Cappuccino aus dem Automaten.«

Ein wissendes Grinsen erschien auf McClanes Gesicht.

»Das ist ja was für dich. Welcher Mann trinkt schon Cappuccino.«

»Lach du nur«, sagte Lenberg verdrießlich, »dieser Grieser behauptet, dich zu kennen.«

»Wie heißt er?«

»Andreas Grieser.«

»Scheiße, das gibt es doch nicht!«, fluchte McClane.

»Was ist los?«, fragte Lenberg.

»Ach verdammt, Olaf, der Kerl ist dümmer als eine Amöbe! Halt mir den vom Leib.«

»Du kennst ihn? Hrmh, er- äh, kommt gerade herein, was für ein Zufall. Dann gebe ich den Hörer gleich weiter.«

Der Herr Kriminalhauptkommissar war sichtlich froh, sich schnell aus der Affäre zu ziehen. Aus dem Lautsprecher dröhnte nun eine joviale Männerstimme.

»McClane. Ich konnte es kaum fassen, als ich gestern hörte, an wen sich Sven Fröbe gewandt hat. Man begegnet sich immer zweimal im Leben.«

»Anscheinend.«

»Kommen wir zur Sache. Was hat Fröbe dir erzählt?«

»So gut wie nichts. Er sagte, er brauche meine Hilfe.«

»Mir wäre es lieber gewesen, du hättest den Kleinen in Hamburg gelassen in der Obhut der Polizei.«

»Warum?«, fragte McClane. »Glaubst du aus irgendeinem Grund, dass jemand es auf ihn abgesehen hat? Ich denke, Sven wollte, dass ich ein Auge auf Linda und Timmy habe, weil er bei ihnen wohnte und sich verfolgt fühlte.«

»Ich sage gar nichts. Im Moment ist alles wichtig. Sven Fröbe hat am Morgen seinen Neffen in die Kita gebracht und nur wenige Stunden später ist er tot.«

»In der Zeit könnte eine Menge passiert sein, was zu seinem Tod geführt hat. Ehrlich, Grieser, ein Kita-Kind? Oder hat er dir etwa erzählt, dass jemand angedroht hat, Timmy zu entführen?«

»Die Sache ist unter Verschluss.« Meine Güte, der hatte zu viele Spionagefilme gesehen. »Mehr musst du nicht wissen, als dass du auf den Jungen aufpassen musst. Du fährst nach München und bringst ihn erst einmal zu unserer Außenstelle in Pullach. Dann kann er danach zu seinen Großeltern, wenn das sicher ist.«

»Schick mir jemanden entgegen, dann haben sie ihn schneller.«

»Du hast den Job. Unsere Mitarbeiter in Pullach sind für solche Einsätze nicht eingestellt worden, wie du weißt «, kam die herablassende Antwort. »Bei dir hingegen ist Außeneinsatz immer noch dein täglicher Job.«

McClane sah aus, als ob er gleich explodieren würde.

»Ich bin in der Not der Stunde eingesprungen, ich habe andere Aufträge.«

»Darum sollen sich deine Mitarbeiter kümmern, oder bist du ein Einzelkämpfer?«

Die Hand, die auf dem Lenkrad lag, spannte sich kurzzeitig an.

»Nein.«

»Na also. Du wirst doch ein Kind nicht im Stich lassen«, fügte Grieser hinzu und seufzte dann. »Wir sind sowieso unterbesetzt, wie jede Behörde. Hat sich übrigens Linda Fröbe bei dir gemeldet?«

»Nichts gehört.«

»Mist. Apropos, was ist das für eine Frau, die mit dir unterwegs ist?«

»Sie heißt Lilly Hart.«

»Schon gehört. Hat sie Erfahrung im Personenschutz, Waffengebrauch, Überwachungen?«

McClane verdrehte die Augen.

»Nein, sie kennt sich nicht mit Überwachungen und Waffen aus. Sic Timmys die Patentante und Kunsthistorikerin.«

»So, so, das wird also eine Bildungsreise.« Es ertönte ein herzhaftes Wiehern. »Scherz beiseite, wir werden sie auf jeden Fall überprüfen.«

»Sag Lenberg, ich melde mich noch einmal bei ihm.«

»Lcnberg ist nicht mehr zuständig für dich.« Der Agent war schlagartig ernst. »Wenn es etwas gibt, ruf mich an.«

»Wen sonst«, sagte McClane und legte auf.

»Nimmt der das Ganze überhaupt ernst?«, fragte ich und nickte in Richtung des Handys.

»Man darf ihn nicht unterschätzen«, sagte er. »Er ist nicht der Brillanteste, aber ehrgeizig. Leider kann man nie wissen, was er sich als nächstes ausdenkt.«

Ich legte den Kopf schief und kniff ein Auge zu.

»Was ist jetzt mit shoppen?«

Er bedachte mich mit einem langen Blick.

»Verdient hast du es nicht, aber so wie du aussiehst, denke ich, wir können die Viertelstunde erübrigen«, sagte er.

»Ich soll in fünfzehn Minuten einkaufen?« Von welchem Stern kam der?

»Wenn du es nicht schaffst, helfe ich dir.«

»Vielleicht schaffe ich es auch in zehn Minuten«, lenkte ich ein.

»Wir lassen den Wagen hier stehen«, sagte er und stieg bereits aus.

»Wo willst du denn hin?«, rief ich, als ich ihm mit Timmy folgte. Wir konnten kaum Schritt halten. »Ich habe auf der Straße kein einziges Bekleidungsgeschäft bemerkt«, fügte ich hinzu.

»Doch«, sagte er und zielstrebig ging voran. »Gleich am Ende ist eins.«

Nach etwa dreißig Metern entdeckte ich das Geschäft, auf das er zusteuerte und meine Schritte verlangsamten sich. Kein Wunder, dass ich es übersehen hatte.

»Da soll ich mich einkleiden?«

Er hielt mir bereits die Tür auf.

»Fünfzehn Minuten.«

Ich hatte schon befürchtet, dass er keine Lust haben würde, durch Boutiquen hinter mir her zu traben, aber musste es ein Laden sein, bei dem ich anschließend wie seine kleine Schwester aussah? Hier gab es Army-Klamotten, Jeans und Doc Martens, nichts, was seinen Weg auf die Seiten der InStyle gefunden hätte. An den Wänden standen Sperrholzregale, in denen sich Jeans, Cargo- und Lederhosen stapelten. Auf Bügeln hingen Sweatshirts, Parka, Lederjacken. Kaum hatten wir uns zwischen den niedrigen

Tischen mit T-Shirts und Jeanshemden hindurch gequetscht, latschte ein Mädchen von ungefähr siebzehn Jahren auf uns zu. In der Unterlippe hatte sie ein Piercingstäbchen, und drei Ringe zogen sich durch eine Augenbraue. Ihr Make-up verriet, dass sie noch dabei war, den Smokey-Eyes-Effekt zu perfektionieren. Sie erinnerte mich stark an einen Waschbären. Als sie vor uns stand, schob sie ihren Kaugummi in die rechte Wange und starrte auf McClane. Der bedachte sie mit dem leichten Anflug eines Lächelns, das sich sofort in einem sonnigen Strahlen auf ihrem Gesicht widerspiegelte. Offensichtlich war sie augenblicklich auf die McClane-Schwingungen eingestellt.

»Sie braucht was zum Anziehen«, sagte er mit einem kurzen Nicken in meine Richtung.

Daraufhin wurde ich aus Waschbäraugen abgescannt, bevor sie den Kaugummi in die linke Wange schob und nickte.

»Klar, dann kommen Se mal mit.«

McClane nahm mir Timmy ab und ich kam mir völlig verloren vor. Da ich keine andere Wahl hatte, zockelte ich hinter dem Mädchen her. Sie warf noch einen Blick auf mich und zog gedankenverloren an ihrem Piercingstäbchen, so dass ich Phantomschmerzen in der Unterlippe bekam. Dann nahm sie ein paar Cargohosen in schwarz und Camouflage aus den Fächern, die sie mir in den Arm drückte. Sie suchte noch ein paar T-Shirts aus den Stapeln auf einem Tisch. Mit den T-Shirts in der Hand eskortierte sie mich zu einer improvisierten Umkleidekabine, die nur aus einem Vorhang bestand, der diagonal zu einer Ecke des Raumes gespannt war.

»So, bitte sehr. Ich bin hier, falls Sie was brauchen.«

In der Enge zog ich mühsam eine schwarze Cargohose und ein olivfarbenes T-Shirt mit Che Guevara vorne drauf an. Da zwischen mir und dem schmalen Spiegel an der Wand kaum fünf Zentimeter Abstand blieben, war eine kritische Betrachtung unmöglich.

»Kommt mir alles etwas eng vor«, sagte ich und steckte den Kopf durch den Vorhang. Sie kam zu mir.

»Nee, das muss so sein, sonst isses total spießig.« Sie nickte zufrieden. »Sieht scharf aus, steht Ihnen.«

Scharf? Ich beäugte mich im Spiegel, so gut es ging. Naja, eine Neunzehnjährige fand das vielleicht scharf.

»Nehmen Sie auch die anderen Hosen?«

Die Zeit zum Anprobieren hatte ich gar nicht. Allerdings wusste ich nicht, was noch alles auf unserer Spazierfahrt passieren würde, da konnte ein zweites T-Shirt nicht schaden. Außerdem ging das auf Kosten von McClanes Geldbeutel, beschloss ich. »Das T-Shirt hier nehme ich noch dazu. Sagen Sie, äh, haben Sie auch Unterwäsche hier?«

»Klar. Nur schlichte Baumwolle«, meinte sie entschuldigend, »aber die von Calvin Klein.«

Schlichte Baumwolle, aber von Kate Moss geadelt.

»Soll ich Ihnen die alten Klamotten eintüten?«, fragte sie, als sie mir die Unterwäsche brachte.

»Eintüten, bitte.« Diese Klamotten hatten mich eine ganze Stange Geld gekostet, vielleicht war der Rock noch zu retten.

»Echt geiler Typ, den Se dahaben«, sagte sie mit einem vertraulichen Zwinkern, während sie mir die alten Sachen abnahm.

Skeptisch sah ich zu McClane hinüber, der entspannt zurückgelehnt mit Timmy auf dem Schoß in einem abgewetzten Ledersessel saß. Tja, wenn ich ihn ohne Waffe kennengelernt hätte und er mich nicht so durch die Gegend scheuchen würde, könnte er ziemlich geil sein.

»Oh, Sie brauchen noch Schuhe.«

»Keine Doc Martens bitte«, entfuhr es mir.

»Das wird schwierig, sonst haben wir nur Cowboystiefel und diese Stilettos da.« Sie zeigte auf eine Reihe Sandalen mit knapp zwölf Zentimetern Absatz und Strassverzierung in Bonbonfarben. Die würde mir mein geiler Typ gleich verbieten und die Cowboystiefel wollte ich nicht.

»Schwarze Docs, Größe achtunddreißig bitte und Socken.«

Als ich die Schuhe auch anhatte, ging ich zu meinen Jungs hinüber. McClane ließ den Blick wortlos von oben bis unten über mich wandern, während Timmy vergnügt den Teddy auf seiner Schulter auf und nieder hopsen ließ. Schließlich warf ich die Hände hoch.

»Was denn! Hab ich mich vielleicht aus- statt umgezogen?«

»Na, sie schaut doch gut aus«, sagte das Mädchen in dem Glauben, mir etwas Gutes zu tun. »Sie müssen sich umdrehen, die macht nämlich ´nen prima Hintern, die Hose.«

McClane neigte leicht den Kopf und warf mir unter hochgezogener Augenbraue einen vielsagenden Blick zu. Ich stand wie angewurzelt und drehte mich nicht einen Millimeter. Schließlich stand er auf.

»Hast du gut gemacht«, versicherte er der Verkäuferin mit seinem angedeuteten Lächeln. Sie wandte sich zu mir um und formte tonlos mit den Lippen »so hot!«.

Mhm, so not, dachte ich. Für mich.

Nicht. Mein. Typ.

Meine Antwort beschränkte sich auf ein leicht verkrampftes Lächeln. Sobald sie zur Kasse voraus ging, verdrehte ich für McClane gut sichtbar die Augen.

»Na, muss ich mich jetzt noch tätowieren lassen?«, fragte ich leise. Er musterte mich einen Moment.

»Ich kann dir ein Piercing machen, wo immer du es haben willst, Sugar«, sagte er dann. Wow, diese Augen.

Unwillkürlich dachte ich an all die Stellen an meinem Körper für ein mögliches Piercing, und das, obwohl ich noch nie eines haben wollte!

Rasch wich ich dem lässig herausfordernden Blick aus und fixierte die Einkaufstüte, die das Mädchen über den Tisch schob.

»Ich lass dich's wissen, wenn ich mich entschieden hab«, gab ich zurück. Aus dem Augenwinkel sah ich, wie es spöttisch um seine Mundwinkel zuckte. So konnte das nicht weitergehen, ich konnte nicht immer den Kürzeren ziehen. Normalerweise brachten mich Männer nicht so durcheinander.

Endlich standen wir wieder auf dem Bürgersteig. Immerhin hatte McClane ohne mit der Wimper zu zucken gezahlt. Als wir aus dem Laden traten, fiel mein Blick auf eine Drogerie ein paar Häuser weiter.

»Geht schon vor, ich springe da schnell hinein und hole Zahnbürsten für mich und Timmy.« Ohne die Antwort abzuwarten, lief ich in die Drogerie. Ein Deo wäre bei all der Aufregung ebenfalls von Nutzen. An der Kasse erstand ich außerdem noch zwei kleine Bilderbücher für Timmy.

Als ich kurz darauf den Parkplatz erreichte, standen McClane und Timmy vor dem Auto.

»Lilly«, rief Timmy, bevor McClane etwas sagen konnte. »Das Auto ist gebrochen.«

»Wie bitte?«, fragte ich und blieb stehen.

»Aufgebrochen«, sagte McClane. »Der Wagen wurde aufgebrochen.«

6

»In der Pension hat niemand etwas bemerkt. Die Fenster des Frühstücksraums gehen auf den Parkplatz hinaus, aber die Zeit zum Frühstücken war schon vorbei. Die Pensionsleute waren damit beschäftigt, das Buffet abzuräumen und Gäste auszuchecken.«

»Das gibt es doch nicht«, sagte ich. »Haben sie viel gestohlen?«

»Nichts von der Wagenausstattung«, sagte McClane mit undurchdringlicher Miene. »Nur meine Tasche.«

»Die haben die Tasche geklaut?«, fragte ich verdutzt.

»Und meinen Rucksack«, sagte Timmy. »Gut, dass ich Teddy nicht eingepackt habe, nicht Lilly?« Er schwenkte den Teddy in seiner Hand.

»Ein großes Glück«, stimmte ich zu und sah dabei McClane an, der sein Handy hervorgeholt hatte.

»Immerhin ist das Auto noch da. Es ist doch noch fahrtüchtig, oder?«

»Ich muss nur die Wegfahrsperre aufheben«, sagte er nickend und blickte kurz von seinem Handy auf. »Das ist doch kein Zufall.«

Unwillkürlich zog ich mein Patenkind dichter an mich heran. »Was meinst du damit? Warum sollte es etwas mit uns zu tun haben?«

McClanes Anruf wurde nicht entgegengenommen. Genervt ließ er das Handy sinken und kniff die Augen zusammen.

»Warum sollte jemand das Auto aufbrechen und nur eine unscheinbare Reisetasche stehlen?«, fragte er mich. Ich hob die Schultern.

»Vielleicht wollten sie den Range Rover an sich, aber dann ist die Wegfahrsperre aktiviert worden. Sie haben wenigstens etwas mitnehmen wollen. Was sollte an deiner Tasche schon sein, dass jemand nur deshalb den Wagen aufbricht.«

»Sicher nichts, aber vielleicht ging es nicht um meine Tasche«, sagte er betont. Mein Blick ging zu Timmy. Sven hatte Timmy gestern morgen zur Kita gebracht. Sollte er tatsächlich den Jungen in Gefahr gebracht haben, indem er etwas in dessen Rucksack versteckt hatte? Hatte er deshalb gewollt, dass McClane auf ihn aufpasste? Ich hockte mich vor Timmy hin.

»Hat Onkel Sven dir gestern morgen etwas geschenkt, oder etwas Besonderes mit in die Kita gegeben?«

Timmy schüttelte den Kopf.

»Er hat dich direkt zur Kita gebracht?«

»Er hat mir ein Franzbrötchen gekauft«, erklärte der Kleine mit leuchtenden Augen. Ich sah zu McClane und der zuckte mit der Schulter.

»Vielleicht ist es wirklich ein Zufall. Die Frage wäre auch, woher sie wissen sollten, wo wir sind.«

Dazu wiederum konnte ich etwas beisteuern.

»Na ja, vielleicht haben sie dein Auto geortet?«

»Dazu hätte jemand das Nummernschild kennen müssen. Der Kerl aus dem Haus ist nach dem, was wir wissen, aus dem Fenster des Arbeitszimmers geflüchtet, und das geht zum Hintergarten hinaus. Das hat mir Lenberg berichtet. Er hat mein Auto nicht sehen können.«

»Sie haben dein Handy geortet?«, schlug ich vor.

Er hob eine Augenbraue.

»Stammt das aus deinem TV-Serienfundus? Zum einen müssten sie dann wissen, wer ich bin, und zum anderen macht man so etwas nicht einfach schnell zwischendurch, Lilly.«

»Dass es keine einfachen Kleinkriminellen sind, hatten wir doch schon vermutet«, widersprach ich. Da brummte McClanes Handy. Er warf einen Blick darauf und dann stellte er es auf Lautsprecher.

»Ja, Olaf.«

»Rick, warum bist du noch nicht losgefahren?«, meldete sich der Kommissar.

»Wie kommst du darauf?«

»Wir haben dein Handy geortet. Du bist noch immer kurz vor Hannover.«

»Ha«, stieß ich hervor. Von wegen TV-Serienfundus.

McClane schüttelte ungläubig den Kopf.

»Habt ihr nichts Besseres zu tun?«

»Als dir ein wenig auf die Finger zu schauen? Du weißt doch, dass ich mich langweile, nachdem deine Amöbe mit meinem Fall abgezogen ist. Also, warum führst du nicht Griesers Auftrag aus und bist unterwegs nach München?«

»Zum Beispiel, weil unser Auto aufgebrochen wurde.«

Es war einen Moment still.

»Zum Teufel, glaubst du, dass es mit unserem Fall zu tun hat?«

»Das Auto stand auf einem zwar unbewachten, aber privaten kleinen Parkplatz. Nicht gerade die Lage, die sich ein Dieb bevorzugt aussucht. Der Kofferraum wurde aufgebrochen und meine Tasche und der Rucksack des Jungen sind weg.«

»Woher sollten die wissen, wo ihr seid? Und warum sollten sie es auf euer Gepäck abgesehen haben?«

»Olaf, hast du wirklich keine Ahnung, worum es geht?«

Der Kommissar stieß ein Knurren aus.

»Grieser hält mich auf strikter Need-to-know-Basis. Und das ist nichts. Irgendwie muss dieser Journalist auf etwas gestoßen sein, das der BND für ein heißes Eisen hält. Ach verflucht«, unterbrach er sich plötzlich. »Was will der denn noch hier.«

Es folgte ein kurzer, unverständlicher Wortwechsel zwischen Lenberg und einer weiteren Person.

»Also, was ist passiert?«, erscholl dann eine Stimme.

»Grieser, du wirst mir jetzt erzählen, worum es hier geht«, sagte McClane. »Unser Wagen wurde aufgebrochen.«

»Im Ernst? Das ist wirklich Pech«, kam unbeeindruckt die Antwort.

»Meine Tasche und der Rucksack des Jungen wurden gestohlen. Sprich mir nicht von Zufall, das glaube ich nicht.«

»Was soll es denn sonst sein?«, fragte Grieser gedehnt.

»Na schön«, sagte McClane scharf, »sieh zu, dass du deine Leute aus Berlin oder Pullach herschickst, damit sie das Kind nach München bringen. Ich bin raus. Das Risiko trage ich nicht, wenn ich nicht weiß, was hier los ist.«

»Moment, Moment.« Der Agent schien jetzt ein wenig aufmerksamer. »War irgendetwas in deiner Tasche, das wichtig oder wertvoll war?«

»Nein. Mein Laptop ist jetzt weg, aber das ist nur für mich ärgerlich.«

Grieser schwieg eine Weile, dann lenkte er ein.

»Also gut«, sagte er widerwillig. »Angenommen, Sven Fröbe hätte mich kontaktiert, weil er wichtige Informationen besaß, zum Beispiel auf einem Datenträger oder so etwas Ähnlichem. Angenommen weiter, dass er sie versteckt hat und wir nicht wissen, wo sie sind. Nicht nur wir, sondern auch andere, die sie gern hätten. Dann könnte es sein, dass der Diebstahl kein Zufall war, man euch seit Hamburg gefolgt ist - wobei ich mich sehr wundere, dass du so etwas nicht bemerkst - und man das Auto in der Hoffnung aufgebrochen hat, dass sich diese Informationen in dem Gepäck des Kleinen befinden. Denn wenn wir wissen, dass Sven Fröbe seinen Neffen heute früh zur Kita gebracht hat, dann wissen es andere sicher auch.«

»Was für Informationen? Wer sind die anderen?«

»Langsam, langsam«, sagte der Agent. »Ich komme dir hier schon sehr weit entgegen. Ich müsste dir überhaupt nichts sagen. Außerdem wissen wir nicht genau, wer sie sind. Mich beruhigt ehrlich gesagt der Diebstahl, denn ich gehe davon aus, dass das Kind jetzt außer Gefahr ist, wenn die Daten im Rucksack versteckt waren. Wenn nicht, werden sie davon wissen, dass ihr sie nicht habt. In jedem Fall sollten sie euch nicht mehr verfolgen.«

»Soll das heißen, dass wir den Jungen jetzt zurück nach Hamburg bringen sollen?«, fragte McClane, keineswegs zufrieden gestellt.

»Mh, nein, das ist keine gute Idee. Hör zu«, sagte Grieser. »Angesichts dessen, dass die Mutter nicht da ist und der Vater auch nicht, halte ich es weiterhin für das Sicherste, wenn der Kleine zu den Großeltern kommt.«

»Warum übernehmen das nicht deine Leute?«

»Das dauert zu lange, und hier vor Ort stecken wir mitten in den Ermittlungen.«

»Wie wäre es, wenn ihr versucht, von hier aus eine Spur aufzunehmen?«

»Es ist jetzt sehr wahrscheinlich, dass niemand mehr hinter euch her sein wird.«

McClane machte eine beredte Geste.

»Wenn dem Kind was passiert, Grieser -.«

»Hast du deinen Job nicht richtig gemacht«, fiel der ihm ins Wort. McClane biss die Zähne zusammen, so dass seine Kiefermuskeln hervortraten.

»Gib mir Lenberg.«

»Unnötig, du hast einen klaren Auftrag. Melde dich, wenn ihr in München seid.« Es klickte. Im ersten Moment dachte ich, McClane würde sein Handy gegen die Mauer schleudern, die den Parkplatz eingrenzte, doch er beherrschte sich.

»Was macht ihr denn noch hier?«, ertönte hinter uns eine Stimme. Tilda kam von der Straße auf den Parkplatz und musterte uns überrascht. »Ich dachte, ihr seid längst weg.«

»Wir, äh, waren noch kurz einkaufen«, mit einer Hand deutete ich an mir herunter, »und in der Zeit hat jemand unser Auto aufgebrochen und das Gepäck gestohlen.«

»So ein Ärger!« Tilda schüttelte bestürzt den Kopf. »Habt ihr schon die Polizei gerufen?«

»Das bringt nichts mehr«, sagte McClane knapp.

»Könnt ihr mit dem Wagen noch fahren?«

Wir nickten.

»Immerhin. Das tut mir alles leid für euch«, sagte Tilda. »Kann ich irgendetwas tun? Braucht ihr etwas?«

»Danke, aber nein«, sagte ich. »Es war einfach Pech.«

»Tja, dann wünsch ich euch mehr Glück für den Rest der Reise. Ich muss los zu meinem Termin, der wurde verschoben.« Sie hob die Hand zum Gruß. »Mach´s gut, Timmy.«

Timmy winkte ihr mit seinem Teddy.

Wir waren kaum zehn Minuten auf der Straße, als ich mein Handy hervorholte, um nach verpassten Anrufen und Nachrichten zu sehen. Martin hatte eine WhatsApp geschickt, ebenso meine Chefin. Ich las ihre als erstes.

»Mist«, murmelte ich.

»Schlechte Nachrichten?«

»Meine Chefin. Die gerät immer außer sich, wenn ich nicht erreichbar bin. Ich sollte sie anrufen. Außerdem versuche ich lieber, das Bewerbungsgespräch am Montag zu verschieben. Ich hätte mich in diesen Tagen darauf vorbereiten müssen, der Professor wollte mit mir eine bestimmte Arbeit diskutieren.«

Ich suchte gerade die Nummer des Professors heraus, als McClane das Auto am Straßenrand anhielt. Verwundert sah ich auf.

»Was ist denn jetzt wieder?«

Er wandte sich zu mir um.

»Pass auf, Lilly«, sagte er ernst. »Die Strecke nach München schafft man locker bis heute Abend, dann ist Timmy bei seinen Großeltern. Ich bin ihm nicht mehr ganz so fremd und wir werden die paar Stunden schon überstehen. Es gibt keinen Grund, darauf zu bestehen, dass du mitfährst. Außerdem will ich dich nach allem, was wir jetzt wissen, nicht weiter in diese Sache reinziehen. Selbst, wenn keine Gefahr mehr für den Jungen zu bestehen scheint. Ich kann dich hier am Bahnhof absetzen und du fährst über Hannover nach Hamburg zurück. Dann hast du das ganze Wochenende, um deine Unterlagen durchzulesen.«

Überrascht schwieg ich. An die Möglichkeit hatte ich gar nicht gedacht.

»Ich weiß nicht«, stotterte ich, »ich meine, das wäre für mich ganz hervorragend, aber …«

Statt sofort zuzustimmen, war ich hin und her gerissen.

»Das ist nicht die Reaktion, die ich erwartet hatte«, meinte er mit leichter Belustigung.

Was gab es da noch zu überlegen? Dann sah ich zu Timmy.

»Kannst du mit McClane zu Oma und Opa fahren und ich fahre zu meiner Arbeit zurück?« Timmy sah mich mit großen Augen an.

»Nein«, sagte er ernst.

»Natürlich sagt er nein«, sagte McClane leise, »was soll denn die Frage, Lilly?«

»Er ist mein Patenkind«, sagte ich schlicht.

»Ja, aber jetzt übertreibe es nicht. Das schaffen wir schon allein. Er wird ein bisschen traurig sein, aber das gibt sich schon wieder. Den MP3-Player lässt du allerdings da«, schloss er mit halbem Lächeln.

Er hatte sicher recht. Die paar Stunden konnte Timmy überstehen, McClane würde schon gut auf ihn aufpassen.

»Also schön«, sagte ich. Wir fuhren weiter. Meine Anwesenheit war nicht mehr nötig, versicherte ich mir.

»Timmy«, sagte ich. »Willst du noch eine Geschichte hören?«

Oh ja, das wollte er. Als ich ihm die Geschichte eingestellt hatte und ihn beobachtete, wie er sich mit gewissenhafter Miene die Kopfhörer in die Ohren pfriemelte, fühlte ich mich wie eine Verräterin.

»Hast du Bargeld für die Fahrkarte?«, fragte McClane.

»Ich kann sicher mit Karte zahlen«, sagte ich und lehnte mich widerstrebend in meinem Sitz zurück. »Jetzt war der Einkauf umsonst«, fügte ich mit einem kleinen Lachen hinzu. »Ich überweise dir das Geld, das hatte ich sowieso vor. Sag mir einfach deine Kontoverbindung.«

Er warf mir im Rückspiegel einen Blick zu.

»Keine Ursache«, sagte er ruhig.

»Da habe ich jetzt doch ein schlechtes Gewissen. Obwohl«, sagte ich und tippte mir nachdenklich mit einem Finger an die Lippen, »ich dort wiederum nie eingekauft hätte.«

Mit einer Hand zog er aus der Tasche seines Hemdes eine Sonnenbrille und setzte sie auf.

»War mir ein Vergnügen.«

»Das glaube ich«, sagte ich. In seinen Augenwinkeln zeigten sich Lachfältchen.

»Tut mir leid, dass ich dich nicht bis zum Bahnhof von Hannover fahre, aber dann würden wir zu viel Zeit verlieren.«

»Das ist kein Problem.« Verflixt, mir fiel es zunehmend schwerer, die beiden allein zu lassen. Musste ich wirklich zurück nach Hamburg? Auf jeden Fall, sagte ich mir. Wir fuhren an einem kleinen, etwas herunter gekommenen Platz mit einem Kiosk, einem Springbrunnen und ein paar Parkbänken darum herum vorbei. Ein paar Rentner genossen die warme Septembersonne und zwei Mütter spielten mit ihren Kindern am Rand des Brunnens. Nicht weit entfernt davon lag der Bahnhof, ein altes, in hässlichem Altrosa gestrichenes Gebäude mit einem Blumenladen und einer Bäckerei zu beiden Seiten der Eingangstüren. McClane hielt in der Ein- und Ausladezone direkt vor dem Bahnhofsgebäude.

»Komm gut nach Hamburg, Lilly«, sagte er. Seine Augen konnte ich hinter den dunklen Brillengläsern nicht sehen, was mich merkwürdig enttäuschte.

»Ja«, sage ich langsam und rührte mich nicht. »Danke.«

Er hob eine Augenbraue in einer stummen Frage.

»Ähm, viel Glück also«, fügte ich hinzu und warf zögernd einen Blick auf Timmy.

»Steig einfach aus«, sagte McClane nachdrücklich. Ich schüttelte den Kopf.

»Wenn ich einfach gehe und nicht wieder komme, dann gibt das ein Drama.«

»Das wird es so oder so geben.«

Das stimmte vielleicht, aber wortlos zu verschwinden war schlimmer, fand ich.

»Wir müssen es ihm sagen«, beharrte ich. »Timmy.«

McClane fluchte unterdrückt. Timmy sah zu mir.

»Schatz, ich gehe jetzt.« Ich gab ihm einen schnellen Kuss auf die Wange. »McClane fährt mit dir zu Oma und Opa.«

»Nein«, sagte Timmy sofort.

»Es dauert gar nicht mehr lange. Ein, zwei Hörspiele und dann seid ihr da.«

»Nein«, sagte er noch einmal und Tränen stiegen ihm in die Augen. »Lilly, bleib.«

»Lilly, tu mir den Gefallen und geh jetzt endlich«, fuhr mich McClane mit kaum unterdrückter Gereiztheit an. »Sofort.«

Ich öffnete die Tür und stieg aus.

»Lilly!«, rief Timmy. Mit einem fröhlichen Winken schloss ich die Tür und rannte in das Bahnhofsgebäude. Als ich mich umsah, fuhr der Wagen bereits weiter. Es war die richtige Entscheidung gewesen, sagte ich mir. Wenn Timmy mitten auf der Fahrt plötzlich gemerkt hätte, was los war, hätte McClane es noch schwerer gehabt. Und mein Patenkind hätte sich gemerkt, dass ich mich einfach davongeschlichen hatte. Er merkte sich alles. Auch, dass ich ihn jetzt allein ließ. Nicht dramatisieren, ermahnte ich mich und ging entschlossen auf den kleinen Schalter zu.

Hinter dem Schutzglas saß eine verschlafen dreinblickende Angestellte der Bahn. Vielleicht war sie auch nur gelangweilt, denn es schien mir nicht viel los zu sein im Bahnhof.

»Ich brauche eine Verbindung nach Hamburg, bitte.«

»Da muss ich nachsehen«, brummte sie und tippte unmotiviert auf ihr Keyboard ein. Mir war elend. Ich stellte mir vor, wie Timmy sich aufregte, weil er ganz allein war mit einem

Mann, den er kaum kannte, ohne die Mama und nun auch noch ohne mich.

Jetzt wurde ich wirklich zur Gefühlstraufe. Die Traurigkeit würde vielleicht eine Viertelstunde andauern, dann wäre alles wieder gut. Timmy hatte noch zwei Bilderbücher, eine Menge an Hörspielen und McClane würde mit Vollgas nach München durchfahren. Oh je, schlechte Vorstellung. Würde er auch daran denken, dass ein Dreijähriger häufiger aufs Klo musste als ein Erwachsener? Dachte er daran, ihm zu Trinken und zu Essen zu kaufen? Er selber hatte schließlich kaum Hunger. Sicher würde er auch keine Pause machen, damit Timmy ein wenig herumlaufen konnte.

»Sie müssen über Hannover fahren«, knurrte mich die Frau an, als ob sie umsteigen müsste und nicht ich.

»In Ordnung«, sagte ich. Was Linda wohl sagen würde, wenn sie erfuhr, dass ich wegen eines Job-Interviews, das ich sicher auch verschieben konnte, ihren Sohn allein ließ? Und noch dazu, da keiner wusste, wo Linda war. Oh mein Gott, ich war die mieseste, egoistischste Patentante auf der Welt! Ich verdiente diese Bezeichnung gar nicht.

»Wissen Sie was, vergessen Sie´s«, sagte ich zu der Frau am Schalter und drehte mich um.

»Aber wieso denn das?«, protestierte sie, doch ich joggte schon zum Ausgang. Ob McClane einfach auf die Autobahn gebraust war, obwohl das Kind weinte? Aus meiner Tasche kramte ich mein Handy hervor, während ich mich suchend umsah. Mist, ich hatte nicht einmal seine Handynummer! Da ich nicht wusste, wohin ich mich wenden sollte, lief ich einfach los in Richtung der kleinen Grünanlage, an der wir vorhin vorbeigekommen waren. Vielleicht hatte er in der Pension seine Telefonnummer eingetragen. Sicher nicht, es war aussichtslos.

Ich erreichte die Anlage, wo plötzlich viel mehr los war als noch vor wenigen Minuten. Eine Schlange von Kindern stand am Kiosk an, um Eis zu kaufen, andere scharten sich um eine Frau. Offenbar ein Kindergartenausflug. Kein McClane. Mit schwindender Hoffnung ließ ich den Blick über den Platz wandern. Mein Herz hopste erfreut, als ich hinter der Wasserfontäne auf der anderen Seite des Brunnens eine vertraute, große Gestalt entdeckte. Ich umrundete den Brunnen und sah Timmy neben einem großen Weimaraner hocken, der geduldig am Boden lag und sich das graubraune, glänzende Fell streicheln ließ. Der Hund war an der Leine, und das Ende derselben hielt eine langbeinige Frau mit üppigem, kastanienbraunem Haar in der Hand. Sie hatte ihre Sonnenbrille ins Haar geschoben und lächelte unter langen Wimpern - ja, da war ich mir auch auf die Entfernung sicher! - zu McClane auf. Nichts war von einem tränenüberströmten Timmy zu sehen oder einem verzweifelten McClane, der meine Unterstützung benötigte. Meine Schritte verlangsamten sich. Sollte ich mich vielleicht einfach wieder verdrücken? In dem Moment sah Timmy von dem Hund auf und entdeckte mich.

»Lilly!«, rief er entzückt und flitzte auf mich zu. Nie hatte ich mich so gefreut, wichtiger als ein großer Hund zu sein. Ich breitete die Arme aus und hob Timmy in die Höhe. »Bist du da!«, sagte er und sein rundes Gesicht war ein einziger Sonnenschein. »Kommst du mit, ja?«

Ich knuddelte ihn fest, während ich zu McClane und der Frau hinüber ging. Er hatte die Sonnenbrille abgenommen und beobachtete mich mit einer Mischung aus Überraschung und etwas anderem, das ich nicht ganz deuten konnte.

»Ja, ich kann euch doch nicht allein fahren und all den Spaß haben lassen«, sagte ich zu Timmy. »Ich will auch mit zu Oma und Opa.« Ein wenig unsicher sah ich McClane an. »Die Zugverbindung ist einfach mies und ich hasse Zugfahren. Das Job-Gespräch kann ich sicher verschieben.«

Langsam hob sich ein Mundwinkel und die kleinen Fältchen erschienen in den Augenwinkeln. Ich interpretierte das als Zustimmung.

»Dann müssen wir sie wohl mitnehmen auf unseren Ausflug, was meinst du?«, sagte er zu Timmy. Der lehnte den Kopf an meine Schulter und nickte.

McClane wandte sich an die Frau, die mich verwirrt gemustert hatte.

»Danke für die schnelle Hilfe.« Kam mir das nur so vor, oder war seine Stimme wieder eine Nuance tiefer? Die Frau warf das Haar über die Schulter und lächelte.

»Immer gern. Und falls du irgendwann deine Webseite überarbeiten lassen willst«, sie zog aus ihrer Handtasche eine Visitenkarte hervor und reichte sie ihm. »Ich bin wirklich gut.«

Er erwiderte ihren Blick und steckte die Karte in die Hosentasche.

»Merke ich mir«, sagte er. Sie schüttelte wieder ihr Haar (das schien eine ganz eigene Sprache zu sein), ließ ihren Blick noch einmal anerkennend an ihm hinauf und hinunter wandern und entfernte sich dann mit perfektem Hüftschwung, ihren Hund hinter sich herziehend.

»Wie subtil«, bemerkte ich schnippisch. »Warst du gerade dabei, die nächste Nanny zu requirieren?«

»Nicht zufrieden mit dem Manöver?«, entgegnete er amüsiert und setzte seine Sonnenbrille wieder auf. »Der Hund.«, fügte er hinzu.

Ich zog skeptisch eine Augenbraue hoch.

»Er war eine perfekte Ablenkung für Timmy.«

»Mhm. Tja, den hätte sie dir sicher auch ausgeliehen, wenn sie dafür deinen -«, ich ließ meinen Blick wie sie zuvor an ihm hinuntergleiten, »Webauftritt hätte bearbeiten dürfen.«

Er lachte auf.

»Fahren wir«, sagte er und deutete in die Richtung, wo der Range Rover geparkt war. Als ich mich zu Timmy nach hinten ins Auto setzte, stellte ich fest, dass ich nicht ein bisschen bereute, zurückgekommen zu sein.

7

Wenig später waren wir auf der Autobahn. Nachdem ich Timmy ein Bilderbuch vorgelesen hatte, lehnte ich mich zu McClane nach vorn.

»Wo werden wir heute Nacht sein?«

»In München natürlich.«

»Ich hatte unsere Unterkunft gemeint.«

»Ich habe einen Freund angerufen. Er überlässt uns seine Wohnung.« Er wandte leicht den Kopf zu mir nach hinten, damit ich ihn besser verstehen konnte. »Vielleicht bekommst du sogar ein eigenes Bett.«

Mit theatralischer Geste, die er auch im Rückspiegel sehen musste, legte ich die Hände an die Brust. »Oh bitte, übertreibe es nicht mit deiner Großzügigkeit, ich könnte mich daran gewöhnen.«

»Danke für die Warnung«, sagte er mit einem Grinsen, »werde ich mir merken.«

»Ich rufe jetzt in der Uni an«, sagte ich und McClane stellte das Radio leise.

Professor Kulbeck erzählte ich meine Geschichte von der Magen-Darm-Grippe und er erklärte sich tatsächlich bereit, den Termin um zwei Tage zu verschieben. Allerdings sollte ich mich noch einmal bei seiner Sekretärin melden, damit er auch wirklich Zeit hatte. Ohne sie und ihren Kalender war er aufgeschmissen.

Dann rief ich widerstrebend meine Chefin zurück und war erleichtert, als sie nicht erreichbar war.

»Was machst du bei der Kunststiftung?«, fragte McClane anschließend. »Ich meine, in was für einem Bereich arbeitest du?«

»Tischreservierungen.«

Er zog hinter der Sonnenbrille eine Augenbraue hoch.

»Willst du was sagen?«, fragte ich. Er zuckte mit einer Schulter.

»Mir war bisher die historische Relevanz dieses Vorgangs nicht bewusst, aber man findet sicher in allem eine Aussage über die Gesellschaft.«

»Es ist auch kein historisches Thema! Sehr witzig. Meine Chefin verwechselt mich mit einer Sekretärin.« Mit einem Seufzen verstaute ich mein Handy in der Tasche. »Wenn alles läuft wie geplant und ich die Stelle am Lehrstuhl bekomme, bin ich da bald weg. Dann werde ich wieder mehr Arbeit haben, für die ich ursprünglich studiert habe. Mein Schwerpunkt liegt bei den Impressionisten, in dem Bereich habe ich promoviert.« Ich rückte mich auf meinem Sitz bequemer zurecht. »Wo genau arbeitest du?«

»Ich habe gemeinsam mit meinem Geschäftspartner eine Sicherheitsfirma.«

»In Hamburg?«

Er nickte.

»Ihr habt auch Aufträge außerhalb Hamburgs? Ich meine, weil du gestern sagtest, du kamst direkt vom Flughafen.«

»Ich war im Libanon. Personenschutz für einen Geschäftsmann.«

Okay, vielleicht war er auf diese Aufgabe hier wirklich vorbereitet. Besser gesagt, vielleicht war das hier für ihn tatsächlich ein Kinderspiel.

»Wie kommt man zu dem Job?«

»Unterschiedlich.«

»Das macht mich nicht gerade schlauer.«

Er sah halb über die Schulter.

»Überlegst du, die Branche zu wechseln?«

»Ich bin neugierig.« Als er nicht gleich antwortete, beugte ich mich zu ihm hinüber. »Na schön, dann fange ich eben zu spekulieren an. Du hast als Türsteher angefangen? Ein Online-Lehrgang an einer Fernuni?«

Sein trockenes Lächeln blitzte auf und er schüttelte leicht den Kopf. »Ich war bei der Bundespolizei.«

»Ui«, entfuhr es mir. »Was hast du da gemacht? Auf die Kanzlerin aufgepasst? Oder Obama?«

Er schmunzelte.

»Fünf Jahre davon war ich Scharfschütze bei der GSG9.«

Beinahe klappte mir das Kinn auf die Brust. Und da hatte ich Bruce-Willis-Witze gemacht.

»Warum bist du von da weggegangen?«, fragte ich, als ich das einigermaßen verdaut hatte.

»Ich wollte mein eigenes Geschäft haben.«

»Überraschung, Überraschung.«

»Mein Geschäftspartner Dimitri war mit mir bei der Bundespolizei. Er war im technischen Bereich beschäftigt. Wir können uns nicht beklagen. Gerade mussten wir neue Leute einstellen und wir planen, eine Filiale zu eröffnen.«

Verstohlen betrachtete ich ihn und fragte mich, wie alt er wohl sein mochte. Das dunkle Haar zeigte keine grauen Strähnen, in den Augenwinkeln hatte er einige Linien, die sich beim Lachen auf ziemlich attraktive Weise vertieften, wie ich mittlerweile wusste. Sicher war er nicht viel älter als ich. Aber mit eigenem Business. Meiner einer sah sich am Monatsende noch immer einem finanziellen Engpass gegenüber, trotz Staatsexamen und Doktortitel. Vor allem war ihm anzuhören, dass er mit seinem Beruf zufrieden war. Das versetzte mir einen kleinen Stich ins Herz. Beneidete ich ihn etwa? Blödsinn, sobald ich den Job am Lehrstuhl hätte, wäre ich genauso zufrieden.

»Du stehst also drauf, dass dir jederzeit die Kugeln um die Ohren fliegen können.«

»Na, meisten sind es Routinejobs, bei denen normalerweise nichts passiert.«

»Der Libanon ist ein bekanntes Erholungsgebiet«, stimmte ich zu.

»Eher nicht«, räumte er ein. »Aber auch dort geht nicht überall und jederzeit eine Bombe hoch. Es kommt eben gerade darauf an, ein Gespür für gefahrenträchtige Situationen zu haben und sie zu vermeiden. Ich bin außerdem nicht häufig in wirklichen Krisengebieten unterwegs. Viele Aufträge beschränken sich auf Sicherheitsberatung, also die Vorsorge. Aber ich arbeite gern im Personenschutz. Man lernt interessante Leute kennen und deine ganze Aufmerksamkeit ist gefordert. Ich stehe nicht unbedingt darauf, dass mir gleich die Kugeln um die Ohren fliegen, aber«, er sah im Rückspiegel zu mir und grinste spontan, »gegen ein bisschen Adrenalin ist nichts einzuwenden.«

Das weckte eine Erinnerung in mir, die mich völlig unvorbereitet erwischte.

Das Gesicht eines sechzehnjährigen Jungen, braungebrannt, die blonden Haare hingen ihm in die Stirn. Er sah im Licht der Straßenlaterne über die Schulter zu mir mit dem gleichen unbekümmert draufgängerischen Grinsen.

»Komm schon Lilly, jetzt sei nicht so ein Mädchen! Würden wir fragen, wäre es nur der halbe Spaß.«

Dann hatte mein Bruder den Wagen unserer Großeltern kurzgeschlossen, und wir unternahmen eine kleine Spritztour. Zum Glück wurden wir in der kleinen Stadt nicht von der Polizei angehalten. Jan hatte häufig Glück oder einen fleißigen Schutzengel. Wo andere mit gebrochenen

Knochen aus ihren Abenteuern hervor gingen, trug er höchstens mal einen Kratzer davon. Und ich mit meinen vierzehn Jahren hatte ihn vergöttert, egal, wie sehr wir uns im Alltag in die Haare gerieten. Bei ihm fühlte ich mich immer sicher. Wenn er von der Brücke zehn Meter tief in den Fluss sprang, sprang ich mit. Vor allem, wenn er mich damit aufzog, dass ich zu brav sei. Aber an einem Tag hatte er sein Glück ausgereizt und sein Schutzengel war nicht rechtzeitig zur Stelle gewesen.

»Erde an Lilly.«

Ich blinzelte.

»Was?«, fragte ich leicht benommen.

»Wo bist du denn gerade gewesen?«, fragte McClane belustigt.

»Ich habe...nachgedacht.«

»Okay«, sagte er gedehnt. »Schlägt das bei dir immer aufs Gehör? Ich habe dich schon zweimal gefragt, ob du nicht zufällig drei Zahnbürsten gekauft hast. Immerhin habe ich jetzt auch nichts mehr dabei.«

»Nein, entschuldige«, sagte ich sofort.

»Konntest du ja nicht wissen, dass die Tasche gestohlen wird.«

»Stimmt«, murmelte ich.

Obwohl er die Sonnenbrille trug, wusste ich, dass er mich im Rückspiegel prüfend beobachtete. »Ist wirklich alles in Ordnung?«

»Klar, alles peachy«, versicherte ich leichthin.

Über all den Ereignissen hatte ich tatsächlich vergessen, welcher Tag heute war. Sechzehn Jahre war es her, dass Jan gestorben war. Auf einmal war da wieder dieses alte Gefühl der Sehnsucht, das ich so fürchtete, weil es im Herzen so schrecklich brannte. Ich vermisste ihn immer noch jeden

Tag, auch wenn ich längst daran gewöhnt war. Und auch die Wut war noch immer da, wie ich jetzt spürte.

Das Handy in der Halterung unterbrach mit seinem Brummen meine Gedanken.

»McClane«, meldete er sich.

»Patrick«, ertönte eine Männerstimme über den Lautsprecher. Die schlagartige Anspannung bei McClane konnte ich ihm zwar nicht ansehen, aber sie sofort spüren. »Deine Sekretärin war so freundlich, mir deine Nummer zu geben. Ich kann mir vorstellen, dass du nicht vorhattest, dich bei mir zu melden, aber du musst mir trotzdem zuhören.« Die Stimme war tief, mit einer leicht heiseren Note. Der Mann sprach lässig, aber autoritär, und vermittelte den Eindruck, dass er gewohnt war, die Führung zu haben. Ohne diesen Mann je gesehen zu haben, war ich allein von seiner Stimme fasziniert.

»Warum sollte ich mich bei dir melden?«, fragte McClane kühl.

»Weil ihr mehr Schaden als Nutzen anrichten könnt, wenn ihr die Daten unüberlegt verwendet.« Einen Moment war es still im Auto. Wen meinte er mit »ihr«, überlegte ich. Woher wusste der Mann von mir?

»Verdammt, was hast du denn damit zu tun?«, sagte McClane leise und ich sah, wie die Fingerknöchel seiner Hand auf dem Lenkrad stärker hervortraten. »Um was geht es hier?«

»Du weißt es nicht?«, kam die Gegenfrage.

»Mich interessieren deine Geschäfte nicht. Sven Fröbe hatte etwas ausgegraben, das dir schaden kann, und du glaubst, ich stecke dahinter? Ist es das?« In McClanes Stimme schwang jetzt sowohl Zorn als auch Verachtung. Ich kam mir vor wie ein ungebetener Zaungast. Ganz offensichtlich stand es nicht zum Besten zwischen ihm und dem

Anrufer, aber es war anders als mit dem Agenten. Gegenüber Grieser war er lediglich ungehalten und genervt gewesen. Hier jedoch waren deutlich stärkere Emotionen im Spiel.

»Du bist wieder sehr schnell in deinem Urteil.« Der andere blieb beherrscht, doch auch ihm war eine gewisse Schärfe anzuhören. »Auch wenn es dich überraschen mag, es geht nicht um mich. Wie viel weißt du überhaupt?«

McClane atmete einmal tief durch, bevor er antwortete.

»Sven Fröbe hinterließ mir die Nachricht, er brauche meine Hilfe und ich müsse seinen Neffen beschützen. Als ich ihn zurückrief, habe ich ihn nicht mehr erreicht und jetzt ist er tot.«

»Mehr nicht?«, fragte der andere skeptisch. »Du glaubst, es sei reiner Zufall, dass er dich mit Personenschutz beauftragt hat?«

»Mit seinem Bruder und seiner Schwägerin bin ich schon lange befreundet. Linda hat mich gebeten, das Kind zu den Großeltern zu bringen.«

»Du hast ihn also nicht mehr gesprochen.« Der andere brach ab, als sei ihm ein Gedanke gekommen.

»Woher weißt du überhaupt, dass ich mit der Sache zu tun habe?«, hakte McClane nach.

»Hör mir zu«, sagte der andere, ohne auf die Frage zu antworten. »Es geht nicht um das Kind oder überhaupt um die Familie Fröbe. Sven Fröbe ist an Informationen gekommen, die Personen in hohen öffentlichen Positionen in Schwierigkeiten bringen werden, wenn sie in der Zeitung landen.«

So etwas Ähnliches hatte Grieser auch angedeutet.

»Leute, die du kennst?«, fragte McClane.

»Ich bin nicht sicher. Aber es betrifft wohl auch jemanden hier im Auswärtigen Amt. Dass die Daten wichtig sind, siehst du daran, dass sie Sven Fröbe bereits aus dem Weg geräumt haben.« In dem sachlichen Tonfall des Mannes war nicht die geringste Betroffenheit zu hören.

»Und du willst diesen Leuten die Daten wiederbeschaffen?«, fragte McClane mit hörbarer Schärfe.

»Ganz im Gegenteil. Das will ich verhindern. Ich weiß nicht genau, was dieser Journalist tatsächlich in die Hände bekommen hat. Um zu entscheiden, was damit am besten zu tun ist, müsste ich sie erst sehen.«

»Du willst also den Datenträger für deine Zwecke.«

»Nicht so, wie du denkst«, erwiderte der andere eisig.

»Uns wurde das Auto aufgebrochen und das Gepäck gestohlen. Wenn wir die Daten hatten, dann sind sie jetzt weg.«

Der andere stieß einen unterdrückten Fluch aus.

»Es tut mir leid, ich kann dir nicht helfen«, sagte McClane kühl.

»Vielleicht doch. Wenn du es schaffst, deine Vorbehalte für einen Augenblick beiseitezulassen, ruf mich zurück. Die Nummer wird dir angezeigt.« Der andere legte auf.

Erst jetzt merkte ich, dass ich den Atem angehalten hatte.

»Wer war das?«, fragte ich.

McClane sah starr geradeaus, eine steile Falte zwischen den Augenbrauen.

»Hast du mit dem früher zusammengearbeitet?«

»Ist dir gestern Abend beim Auspacken von Timmys Rucksack irgendetwas aufgefallen?«, fragte er, statt mir zu antworten. »Etwas, das ein Datenspeicher hätte sein können?«

In Gedanken ging ich noch einmal alles durch. »Nein. Die Wechselsachen, der Teddy, eine Tupperdose mit einer Karotte darin und eine leere Trinkflasche. Allerdings habe ich auch nichts anderes als Kindergartensachen erwartet. Ich könnte etwas übersehen haben.«

Er schüttelte den Kopf.

»Mir ist auch nichts aufgefallen, als er heute Morgen alles im Frühstücksraum ausgepackt hat.«

Plötzlich setzte er den Blinker, zog auf die rechte Spur hinüber und fuhr gleich darauf auf einen kleinen Rastplatz ab. Das einzige Auto, das dort geparkt hatte, fuhr gerade wieder davon.

»Warum halten wir?«, fragte ich.

»Ich muss telefonieren«, sagte er und stieg aus.

»Liest du weiter vor, Lilly?«, bat Timmy mich.

»Gleich«, sagte ich abwesend und beobachtete McClane, der jetzt mit jemandem am Handy sprach. Allerdings schien er die meiste Zeit zuzuhören. Nicht ganz bei der Sache, las ich eine Seite im Buch vor, dann blickte ich wieder nach draußen. McClanes Miene verstärkte mein Unbehagen nur noch. Schließlich beendete er das Gespräch und führte gleich danach ein neues. Ob er den Agenten Grieser anrief?

»Musst du Pipi, Timmy?«, fragte ich.

»Nein«, sagte er.

»Sicher?« Er hätte schon längst zur Toilette müssen.

»Nein, muss nicht«, erklärte er nachdrücklich.

Ich hielt die Ungewissheit nicht mehr aus.

»Schau dir einen Moment die Bilder an, ja? Ich bin gleich zurück und lese weiter vor«, sagte ich und stieg auch aus.

»Forsch nach«, hörte ich McClane sagen. »Hack dich in alles ein, was zu diesem Schott und seiner Firma gehört, egal wie. Ich will einfach alles wissen.« Er fuhr sich ungeduldig mit der Hand durchs Haar und massierte sich die Nackenmuskeln. »Alles klar. Melde dich.«

»Was ist los?«, fragte ich, als er das Handy wegsteckte. »Was wollte der Mann am Telefon? Hast du ihn zurückgerufen?«

Sein Blick streifte mich nur flüchtig und er ging an mir vorbei.

»Wir fahren weiter«, sagte er nur.

»Moment! Was zum Teufel geht hier vor?«, rief ich. Ungehalten sah er über die Schulter zurück.

»Genaues weiß ich selbst nicht.«

»Aber etwas schon, und das will ich wissen.«

Stattdessen öffnete er die Fahrertür.

»Lass uns erst -«

»Nein.« Ich verschränkte die Arme vor der Brust. In den wenigen Stunden, die wir uns kannten, hatte ich ihn als einen ziemlich kaltblütigen Mann eingeschätzt, der nicht leicht die Nerven verlor. Das Telefonat schien ihn aufgewühlt zu haben, und das machte mir Angst. Als ich mich kein Stück bewegte, ließ er die Autotür wieder zufallen und kam zu mir zurück.

»Was ist los?«, fragte er.

»Was los ist? Ich werde dir sagen, was los ist! Ich bin in dieses Chaos reingestolpert.« Ich hob eine Hand, als er etwas sagen wollte. »Ja, ich weiß, ich bin freiwillig zurückgekommen! Aber ich habe ein Recht darauf, zu erfahren, was du weißt. Dieser Mann ruft an und die Temperatur im Auto fällt innerhalb von Sekunden auf den Gefrierpunkt.«

»Das hat nichts hiermit zu tun.«

»Meinetwegen. Aber er -, wer ist er überhaupt?«

»Michael van Bergen«, sagte er nach kurzem Zögern. »Diplomat.«

»Er scheint zu wissen, worum es geht«, sagte ich. »Wenn du eben noch einmal mit ihm telefoniert hast, hat das nicht deine Stimmung gebessert, im Gegenteil. Du scheinst mir gerade unter Hochspannung zu stehen und das beunruhigt mich. Es geht mir hier auch um Timmy. Besteht für ihn eine Gefahr?«

»Nein.« Er ging rastlos ein paar Schritte auf und ab, als müsste er überschüssige Energie loswerden. »Wir haben die Daten ja nicht. Oder nicht mehr.«

»Das reicht mir nicht. Wir vermuten nur, dass wir sie nicht haben, und vielleicht glaubt jemand anderes immer noch, wir hätten sie. Sag mir, was du weißt.«

Unwillig blieb er stehen.

»Es scheint, dass die Informationen, die Sven besaß, eine Sicherheitsfirma namens *Zephyr* betreffen. Ich habe schon von ihr gehört, die sind gut im Geschäft. Der Inhaber namens Schott war früher bei der Bundeswehr. Dort hat er allerdings nie die Position erreichen können, die er anstrebte. Angeblich hat er dafür innenpolitische Gründe verantwortlich gemacht und hat die Bundeswehr schließlich verlassen. Stattdessen hat er sich mit *Zephyr* selbständig gemacht. Es handelt sich wohl um eine Private Military Support Company.«

»Was ist das?«

»Es gibt private Firmen, die das Militär mit Dienstleistungen unterstützen. Nicht nur das Militär, auch Unternehmen, die in Krisengebieten tätig sind, bis hin zu humanitären Organisationen, die Unterstützung bei Logistik oder Begleitschutz brauchen. Eine Military Support Firm übernimmt zum Beispiel Geldtransporte, sorgt für Wachdienste von Gebäuden oder leistet logistische Unterstützung. Was nach der Kategorie nicht zu ihren Dienstleistungen gehört, sind Kampfeinsätze, strategische Beratung oder die Ausbildung im Kampf. Die Grenzen verschwimmen aber häufig bei diesen Firmen. *Zephyr* leistet definitiv strategische Beratung und ich habe schon einmal ein Gerücht gehört, dass auch bewaffnete Einsätze unterstützt würden. Nach dem Telefonat ist an dem Gerücht vielleicht mehr dran, als ich dachte.«

»Inwiefern?«

»Es scheint, dass *Zephyr* nebenher weitere Geschäfte macht. Illegale. Angeblich sind offizielle Transportbegleitungen in Krisengebiete genutzt worden, um nebenbei Waffen und Drogen zu schmuggeln. Außerdem soll es eine geheime Kampfeinheit geben, die für Spezialaufträge vermietet wird. Im Grunde nichts anderes als Söldner.«

»Woher weiß van Bergen das?«

Er verzog sarkastisch den Mund.

»Das fragt man sich bei ihm häufig. Diese Truppe, soweit sie existiert, führt also bewaffnete Einsätze aus. Das Problem mit diesen Firmen ist, dass sie eben privat sind und keiner staatlichen Kontrolle unterliegen. Offenbar wurden die Dienste dieser Kampfeinheit nicht nur von Privatmännern in Anspruch genommen, sondern sogar vom Auswärtigen Amt. Eine Situation, in der man die Bundeswehr oder sonstige offizielle Einheiten nicht hätte zum Einsatz bringen können. Die Situation endete aber in einem Desaster.«

»Was ist passiert?«

»Details brauchst du jetzt nicht zu wissen. Es ging um eine Entführung und die Geiseln haben nicht überlebt.«

»Du meine Güte«, murmelte ich.

»Auch von der *Zephyr*-Truppe sind wohl einige ums Leben gekommen. In die Medien gelangte davon nichts.«

»Dafür hatte Sven Beweise?«

»Das wissen wir nicht. Eventuell. Er hatte zumindest Beweise für illegale Machenschaften dieser Firma, wie eben den Schmuggel von Waffen. Ich glaube, van Bergen weiß noch von anderen Dingen, die er mir nicht erzählt hat.«

»Wie ist denn Sven an die Informationen gekommen?«

»Es gab einen Einbruch bei *Zephyr*.«

»Sven Fröbe soll dort eingebrochen haben?«, fragte ich zweifelnd.

»Nicht er selbst. Ich weiß nicht, wer es war, aber derjenige hat ihm die Daten zukommen lassen. Wenn es sich tatsächlich um diese geheimen Geschäfte handelt, dann können die Daten nicht nur *Zephyr* gefährlich werden, sondern auch denen, die deren spezielle Dienste in Anspruch genommen haben.«

»Und wer ist jetzt hinter uns her?«, fragte ich bestürzt. Er schüttelte nur vage den Kopf.

»Nach allem, was ich höre«, sagte ich »ist es besser, wenn uns die Daten gestohlen worden sind und diese Leute uns nicht mehr im Fokus haben.«

Als er nicht darauf reagierte, kniff ich leicht die Augen zusammen.

»Du hast eben mit noch jemand anderem telefoniert.« Mir fielen die letzten Worte ein, die ich von dem Gespräch mitbekommen hatte. »Oh nein, du hast jemanden darauf angesetzt, nachzuforschen!«

»Das braucht dich nicht zu interessieren«, sagte er und wollte wieder an mir vorbei gehen. Ich stellte mich ihm in den Weg.

»Das geht mich nichts an? Das sehe ich aber anders. Wenn du diese Firma auf uns aufmerksam machst, dann sind sie vielleicht ganz schnell wieder uns auf den Fersen.«

»Erst einmal nicht.«

»Und das weißt du woher?«, fragte ich hitzig. »Warum musst du dich überhaupt da hineinziehen lassen?«

»Weil es verdammt wichtig ist!«, fuhr er mich an. Erschrocken wich ich einen Schritt zurück. Schweigend starrten wir einander an.

»Warum ist das für dich wichtig?«, fragte ich schließlich leise. Mit einem unterdrückten Fluch schloss er kurz die Augen.

»Mein Bruder.«

Verständnislos sah ich ihn an.

»Was ist mit ihm?«

»Anscheinend war er bei dem Geisel-Drama, von dem ich gerade erzählt habe, dabei.«

»Er ist bei *Zephyr*?« Ich konnte mein Entsetzen nicht ganz verbergen.

»War«, sagte er barsch. »Wenn überhaupt. Ich weiß es nicht. Anscheinend hat Sven Fröbe das gedacht. Es würde einiges erklären und ja, dann hätte ich ein großes Interesse daran, diesen Schott und seine Firma zu überprüfen.« Ich konnte dem Ganzen nicht mehr folgen. Wie kam plötzlich sein Bruder in diese Sache? Ich erinnerte mich, wie überrascht van Bergen geklungen hatte, als er feststellte, dass McClane nicht wusste, worum es ging. Offenbar hatte er nicht erwartet, dass McClane nur zufällig in die Angelegenheit verwickelt war. Ich wusste kaum, wo ich mit dem Fragen beginnen sollte, aber ich war auf keinen Fall zufrieden gestellt.

»Wusste Sven Fröbe davon? Hat er dich deswegen angerufen? Warum weißt du nicht, ob dein Bruder bei dieser Firma arbeitete?«

Er massierte sich mit zwei Fingern die Nasenwurzel und seufzte unterdrückt. Anscheinend sah er ein, dass er mir mehr erklären musste, wenn ich ihn verstehen sollte.

»Sven Fröbe war ein Freund von Rafael, meinem Bruder.«

»Dann ist dein Bruder in Svens Alter?« McClane hatte gesagt, Sven sei sieben bis acht Jahre jünger als er gewesen. Er nickte.

»Er wurde zum Problemkind, nachdem ich von zu Hause weg bin. Ich weiß nicht, wer ihm geraten hat, sich bei der Bundeswehr zu bewerben. Ich hielt das damals für keine gute Idee. Es passte nicht zu ihm. Aber«, er machte eine Handbewegung, halb abwehrend, halb entschuldigend, »ich war mit meinem eigenen Leben beschäftigt und habe mich nicht viel um ihn gekümmert, abgesehen von ein paar Telefonaten hie und da. Ich nahm an, dass alles gut lief, dass es ihm tatsächlich dort gefiel und er gut zurechtkam. Dann hörte ich überhaupt nichts mehr von ihm. Doch gerade, als ich anfing, mir Sorgen zu machen, meldete er sich wieder. Er sagte, es gehe ihm gut und ich war beruhigt. Danach herrschte wieder Funkstille. Ich hätte misstrauisch werden müssen, aber ich habe nicht nachgehakt.« Er ließ den Blick über den Parkplatz schweifen. »Als ich dann versuchte, ihn zu erreichen, hörte ich, dass er verschwunden war. Die Bundeswehr hatte er angeblich bereits ein Jahr zuvor verlassen. Seitdem wusste niemand, wo er war. Als er mich angerufen hatte, war er bereits verschwunden.«

»Warum haben deine Eltern dir nicht erzählt, dass sie nicht wussten, wo er war?«

»Meine Mutter ist schon lange tot«, sagte er knapp. »Mit meinem Vater -, sagen wir, unsere Kommunikation ist auf das Notwendigste beschränkt.«

Dass sein Bruder verschwindet, hätte ich für eine notwendige Information gehalten, doch ich unterbrach ihn nicht wieder.

»Es vergingen fast zwei Jahre ohne eine Spur von ihm. Dann erfuhr ich, dass er bei meinem Vater aufgetaucht war, der ihn in die psychiatrische Klinik einwies.«

Unwillkürlich schlug ich die Hand vor den Mund.

»Angeblich war er drogenabhängig«, fuhr er fort, seine Stimme ausdruckslos, »verhielt sich aggressiv. Der Arzt sagte mir außerdem, er leide an posttraumatischem Stresssyndrom. Ein einziges Mal war ich kurz bei ihm, da war er so stark sediert, dass ich nicht mit ihm sprechen konnte. Keiner konnte oder wollte mir sagen, was geschehen war. Mein Vater meinte, mein Bruder sei die letzten Jahre zu Hause schon schwierig gewesen und nun endgültig auf die schiefe Bahn geraten.« Er schnaubte verächtlich. »Rafael hatte ein hitziges Temperament, aber er war nicht gewalttätig, und schon gar nicht war er der Typ für kriminelle Geschäfte.«

»Und du kannst wirklich nicht noch einmal mit ihm selbst sprechen?«, fragte ich ungläubig. »Ich kann mir nicht vorstellen, dass er nicht etwas dazu sagen will.«

Einen Augenblick sah er mich an, als hätte er mich nicht verstanden, dann schüttelte er langsam den Kopf.

»Er ist tot, Lilly. Vor einem halben Jahr hat er sich umgebracht.« Seine Stimme klang gepresst. Er ballte eine Hand zur Faust, löste sie wieder und verschränkte dann die Arme vor der Brust. »Angeblich konnte man mich nicht erreichen, als es passierte. Tatsächlich war ich im Ausland, aber ich bin sicher, dass keiner versucht hat, mich zu benachrichtigen. Als ich informiert wurde, war die Beerdigung vorbei.«

Das traf mich unvorbereitet. Ich spürte ein taubes Gefühl in meiner Brust und mir wurde eiskalt. Offenbar sah man mir die Betroffenheit an, denn McClane zog alarmiert die Augenbrauen zusammen.

»Hey, was ist los?«

Ich winkte rasch ab und schüttelte den Kopf. Nimm dich zurück, sagte ich mir. Es geht hier nicht um dich und es ist ganz anders als mit Jan. Jan hatte sich nicht umgebracht, jedenfalls nicht absichtlich. Er war wegen seiner Leichtfertigkeit gestorben.

»Alles okay.« Ich atmete tief durch und das taube Gefühl ließ nach. Wie hatte man ihm das antun können? Die Beerdigung des Bruders zu verpassen und sich nicht verabschieden zu können – egal wie schlecht das Verhältnis zu seinem Vater war, ich fand es unfassbar, dass dieser ihm nicht Bescheid gesagt hatte. »Das tut mir leid.«

Er wich meinem Blick aus.

»Nach Rafaels Tod habe ich einmal mit Sven gesprochen. Er war überzeugt, dass etwas vertuscht wurde bei der ganzen Angelegenheit. Er wollte nachforschen, was mit seinem Freund passiert war, nachdem er plötzlich von der Bildfläche verschwunden war. Ich sagte, ich würde ihn unterstützen, aber er hat sich nicht mehr gemeldet. Ich glaube, er nahm mir übel, dass ich nicht rechtzeitig für meinen Bruder da war. Wahrscheinlich hat er angenommen, ich hätte an erster Stelle meinen Job erledigen wollen.«

Das schien er sich selbst auch vorzuwerfen, dachte ich, als ich die steile Falte zwischen seinen Augenbrauen und die Unnachgiebigkeit in seinen Augen sah.

»Bis zu diesem Anruf vor zwei Tagen hatte ich nichts mehr von ihm gehört. Das ist alles, was ich dir sagen kann. Nach dem aktuellen Kenntnisstand könnten die Informationen, für die Sven umgebracht wurde, auch meinen Bruder betreffen. Ich habe vorhin einen meiner Leute darauf angesetzt, über diesen Schott und seine Firma nachzuforschen. Wenn er verantwortlich ist für das, was Raphael passierte…« Er brach ab und drehte sich weg. Ungeduldig fuhr er sich mit beiden Händen durchs Haar. »Wenn er dafür verantwortlich ist, lasse ich ihn nicht davonkommen. Es gibt immer Spuren«, sagte er, als er sich wieder umwandte. »Verstehst du jetzt, ich habe keine Zeit zu verlieren. Je schneller wir Timmy bei seinen Großeltern abliefern, desto eher kann ich mich um diese Sache kümmern.«

Ich nickte. »Fahren wir also weiter.«

»Ich verstehe, dass dich das nervös macht«, sagte er ernst. »Aber bis ich mehr über *Zephyr* herausgefunden habe, ist Timmy längst bei Linda, und du bist zurück in Hamburg.«

Ganz überzeugt war ich davon noch nicht, aber ich zuckte einigermaßen lässig mit einer Schulter.

»Ich bin ganz cool«, sagte ich und setzte mich in Bewegung. »Meine Black-Widow-Persönlichkeit ist erwacht.«

Mit einem Auflachen folgte er mir.

»Na, wenn ich mit einer der Avengers unterwegs bin, kann nichts schief gehen. Black-Widow-Persönlichkeit, ja? Heißt das, ich bin mit einer Schizophrenen unterwegs?«

Ich sah zu ihm auf.

»Macht dir das Angst?«

Er legte mir den Arm um die Schultern und zog mich zu sich heran.

»Jeder Mann träumt von einer Ménage à trois«, sagte er gegen mein Haar und drückte mir einen leichten Kuss auf die Schläfe.

»Träum weiter«, sagte ich trocken und versuchte zu ignorieren, dass sein Arm um meine Schultern und sein Kuss meinen Puls beschleunigten.

Plötzlich kam mir ein unangenehmer Gedanke.

»Was, wenn die herausfinden, wer du bist? Wenn sie deinen Namen wissen, werden sie sich dann nicht an deinen Bruder erinnern und einen Zusammenhang herstellen?«

»Wir haben nicht den gleichen Nachnamen«, sagte er. »Ich habe den Nachnamen meiner Mutter.«

Die Neugier ließ mich zu einer Frage ansetzen, doch in seiner Miene war deutlich zu lesen, dass er nichts weiter dazu sagen wollte. Ein andermal, dachte ich.

8

Als wir weiterfuhren, las ich Timmy weiter aus dem Bilderbuch vor. Nach kaum fünf Minuten unterbrach er mich.

»Lilly, ich muss Pipi«, rief er.

»Ach Timmy, ich habe dich doch vorhin noch gefragt, als wir auf dem Parkplatz waren.«

»Ich muss jetzt Pipi«, erklärte er, damit ich einsah, wie dämlich mein Vorwurf war. Ich lehnte mich nach vorne.

»Sorry, aber ...«

»Schon gut, ich hab's gehört. Fünf Kilometer muss er durchhalten, dann kommt eine größere Raststätte mit Toilette.«

Ich las weiter vor, um Timmy abzulenken. Endlich kam die Raststätte. McClane parkte hinter dem Tankstellengebäude, wo ein paar Picknicktische auf einem Grünstreifen standen. Sobald ich ihn losgeschnallt hatte und die Tür öffnete, kletterte Timmy hektisch aus dem Wagen. Damit nicht noch ein Unglück geschah, nahm ich ihn auf den Arm und rannte los. Ich bahnte mir den Weg durch den Tankstellen-Shop zwischen den Süßigkeiten- und Zeitschriftenregalen hindurch, an einer Snackbar vorbei, bis wir endlich zu den Toiletten kamen.

»Schnell, Lilly«, piepste es an meinem Ohr.

Mist, jetzt musste ich ihn absetzen und erst das Kleingeld heraussuchen. Jammernd hopste er neben mir von einem Bein aufs andere, während ich die siebzig Cent aus dem

Portemonnaie fischte. Dann waren wir endlich durch das Drehkreuz und stürmten eine freie Kabine.

»Gib mir so lange deinen Teddy, Timmy.«

»Brauch ich«, murmelte er konzentriert.

Als er fertig war, betätigte ich die Spülung. In der engen Kabine hatte ich Mühe, ihn wieder anzuziehen. Da rutschte ihm der Teddy aus seiner Hand und plumpste direkt in die Toilettenschüssel. Ich bekam ihn noch am Ohr zu fassen, doch war er schon fast im blaugefärbten Wasser untergetaucht.

»Teddy!«, war alles, was Timmy hervorbrachte. Vor lauter Schreck begann er zu weinen.

»Nicht weinen, Timmy«, versuchte ich ihn zu beruhigen, während ich ihn fertig anzog. »Er ist nicht kaputt, er ist nur ein ganz kleines bisschen nass.« Und roch nach Kloreiniger.

»Wir waschen ihn mit Seife im Waschbecken.«

Von Timmys Heulen begleitet, seifte ich das nasse Fell des Teddys ein und spülte ihn unter fließendem Wasser. Mitten im Auswringen des Stofftiers hielt ich inne. In dem weichen Teddykopf meinte ich etwas Hartes zu spüren. Prüfend drückte ich erneut. Es konnte Einbildung sein, aber ich meinte, da war etwas in der Füllung. War das möglich? Und wenn es möglich war, dass Sven ein Speichermedium im Teddy versteckt hatte, war das jetzt nass geworden und hinüber?

»Timmy«, fragte ich möglichst beiläufig und musterte das Stofftier. »Ist es schon lange her, dass der Teddy sein Ohr verloren hat oder noch nicht so lange?« Der Kleine hatte sicher noch kein Zeitgefühl, aber vielleicht konnte er eine ungefähre Angabe machen.

»Nicht lange«, schniefte er.

Das konnte bedeuten, dass es vor zwei Wochen oder vor zwei Tagen passiert war.

»Onkel Sven hat es gesehen und die Eva hat das Ohr angenäht«, sagte er da.

Onkel Sven, dachte ich aufgeregt. Dann konnte es gestern gewesen sein!

»Jetzt föhnen wir ihn noch schnell«, sagte ich mit mehr Verzweiflung als Hoffnung. Wir hielten den Teddy einige Minuten unter den Handtrockner.

»Hier, riechst du? Er duftet ganz frisch nach Zitrone«, sagte ich. »Jetzt behalte ich ihn sicherheitshalber in der Hand und dann trocknet er während der Autofahrt.«

Ich war so aufgeregt, dass ich auf dem Weg durch den Shop einen jungen Mann anrempelte, der vor den Zeitschriften stand. Er stolperte und die Zeitschrift, in der er gelesen hatte, fiel zu Boden.

»Sorry«, sagte ich zerstreut und bückte mich sofort, um das Automagazin aufzuheben.

»Kein Problem«, sagte er kurz angebunden und nahm mir die Zeitung aus der Hand. Auf dem Weg nach draußen rieb ich mir die Schulter. Junge, hatte der Muskeln gehabt, es fühlte sich an, als sei ich gegen eine Wand gelaufen.

Eilig kehrten wir zum Auto zurück. Timmy zog mich hinter sich her zu dem Gebüsch, vor dem wir geparkt hatten. Die Tränen waren versiegt.

»Da sind Regenwürmer drin«, rief er voll Vorfreude. Bevor ich ihn da hineinließ, spähte ich zwischen die Sträucher und vergewisserte mich, dass dort keine Glasscherben, kein Toilettenpapier und sonstige eklige oder gefährliche Dinge lagen.

»Nichts in den Mund nehmen, auch nicht die Finger, klar?«, sagte ich, als er an mir vorbei drängte. Die Ablenkung kam mir gelegen, so konnte ich mich mit McClane besprechen.

Ich ging zu ihm, doch bevor ich etwas sagen konnte, hielt er mir sein Handy hin.

Auf dem Display las ich eine SMS.

Ich weiß mehr als du. Raststätte A9, Streckenkilometer 510, siebzehn Uhr. Vor dem Toilettenhaus. Ich erkenne dich.

Die Nummer des Absenders war unterdrückt. Mein Magen krampfte sich zusammen.

»Wo ist das?«, fragte ich und reichte ihm das Handy zurück.

»Kurz vor München. Wir haben zwar schon viel Zeit vertrödelt, aber wir werden etwas früher dort sein als siebzehn Uhr und müssen warten.«

»Müssen? Du willst dich wirklich mit diesem Unbekannten treffen?«, fragte ich ungläubig. »Das kann eine Falle von *Zephyr* sein.«

»Ich glaube nicht. Die haben uns das Gepäck gestohlen. Was sollten sie noch an mir für ein Interesse haben, dass sie mich in eine Falle locken?«

»Vielleicht haben sie die Daten eben noch nicht zurück«, sagte ich aufgeregt. »Timmys Teddy hatte das Ohr verloren und Sven hat die Kita-Erzieherin gebeten, es wieder anzunähen. Könnte es sein, dass er das Ohr abgetrennt und durch die Naht darunter einen Datenspeicher hineingesteckt hat? Er konnte es wahrscheinlich nicht selbst wieder annähen.«

Er sah skeptisch drein.

»Möglich«, meinte er dann. Ich hielt ihm den Teddy hin. Als er ihn in die Hand nahm, stutzte er.

»Warum ist der nass?«

»Er ist ins Klo gefallen«, gestand ich zerknirscht. »Ich war nicht schnell genug, aber vielleicht haben wir Glück und falls tatsächlich etwas im Teddy versteckt, ist es nicht zerstört. Ich glaube, ich habe etwas in seinem Kopf ertastet.«

»In meiner Tasche hatte ich ein Taschenmesser«, sagte McClane grimmig. »Wir können dem Ding nicht einfach das Ohr abreißen, der Kleine würde ausrasten.«

Ich nahm ihm den Teddy wieder ab und untersuchte das Ohr. Die Erzieherin hatte den Faden nicht vernäht, sondern nur einen Knoten gemacht. Als ich es mit den Fingern nicht schaffe, den Knoten wieder zu lösen, versuchte ich es mit den Zähnen. Schließlich klappte es, der Faden riss. Mühselig aber erfolgreich zog ich den Faden Stück für Stück heraus. Die gute Eva hatte auch die Naht am Kopf neu vernäht.

»Es hilft nichts«, murmelte ich und bohrte dann beherzt einen Finger durch die Naht, um den Faden zu sprengen. Ein wenig Ruckeln, und der Faden riss.

»Hier.« Ich gab McClane wieder den Teddy. »Lass ihn bloß nicht sehen, dass wir sein Stofftier foltern«, sagte ich leise und ging zu dem Gebüsch, unter dessen Blättern Timmys Hosenboden hervorschaute. In die Hocke gehend, spähte ich durch die Zweige.

»Alles klar da drin?«

»Ja. Hier sind viele Käfer. Willst du sie sehen?«

Irks, nein danke.

»Das ist ja toll. Es ist etwas eng für mich im Busch, ich glaube es dir auch so.«

»Ich kann sie rausbringen«, kam es von drinnen.

»Nicht nötig. Das erschrickt die Viecher nur. Du kannst noch etwas mit den Käfern spielen, wir machen eine kleine Pause hier«, sagte ich zum Jeans-Popo.

»Mhmmm«, machte er nur, ganz in die Fauna des Unterholzes versunken.

Als ich zu McClane zurückkam, hielt er einen kleinen flachen Datenträger, eingepackt in einem Plastiktütchen mit Zippverschluss in der Handfläche. Es sah also ganz so aus, als sei der Stick trocken geblieben.

»So winzig ist der?«, fragte ich überrascht. »Der ist ja halb so groß wie mein USB-Stick zu Hause.«

»Passt trotzdem eine Menge drauf«, meinte er, während er vorsichtig die herausquellende Füllung zurück in den Kopf des Teddys drückte. »Mist, ohne den Laptop können wir die Daten weder ansehen noch abspeichern.«

»Aber wahrscheinlich ist noch alles darauf intakt, wo der Stick doch durch das Tütchen geschützt war.« Misstrauisch beobachtete ich ihn. »Du willst immer noch auf diesen Rastplatz. Es kann doch sein, dass sie die Daten noch bei uns vermuten. Oder sie wissen eben doch, wer dein Bruder war.«

»Es kann aber auch jemand sein, der über *Zephyr* auspacken will«, sagte er. »Ein Insider.«

»Aber jetzt hast du doch den Stick!«

Ein Muskel in seiner Wange zuckte, doch er antwortete mir ruhig.

»Ein Zeuge, der für *Zephyr* gearbeitet hat, ist für uns noch wertvoller.«

»Uns? Dich. Timmy könnte in Gefahr geraten.« Ich warf einen Blick zu Timmy. »Das kannst du nicht riskieren.«

»Lass uns den Rastplatz ansehen. Wenn es dort eine Möglichkeit gibt, euch sicher unterzubringen, kann ich mich mit dem Mann treffen.«

»Nein!«, rief ich. »Glaub mir, ich verstehe, wie wichtig dir das ist, und dass du unbedingt mehr darüber erfahren willst, was deinen Bruder in den Tod getrieben hat. Aber du verlierst hier gerade den nötigen Abstand zur Sache.«

»Erst einmal fahren wir los, dann sehen wir weiter«, sagte er nur.

»Das ist unverantwortlich«, beharrte ich.

»Spiel noch einen Moment mit Timmy«, sagte er, »ich muss einen Anruf erledigen.« Damit wandte er sich ab.

»Du solltest diesen Grieser anrufen und ihm erzählen, was wir gefunden haben«, sagte ich trotzdem noch. Ärgerlich ging ich zu Timmy. Meiner Meinung nach war McClane besessen von der Idee, jemanden für den Tod seines Bruders verantwortlich machen zu können.

Der Junge kam sofort unter dem Busch hervor, leider, um mir einen dicken, hässlichen Käfer zu zeigen. Mutig nahm ich den auf die Hand und lobte Timmys Jagdtalent.

»Jetzt fahren wir weiter«, sagte ich und warf das Krabbeltier rasch zwischen die Zweige des Gestrüpps. Wie schon erwartet, hatte der Kleine keine Lust, wieder ins Auto zu steigen, und auch mit Engelszungen konnte ich ihn nicht becircen. Er wetzte kichernd zwischen den Picknicktischen davon. Nach einer kurzen Jagd fing ich ihn ein. Aber damit ging es erst richtig los. Er schimpfte, zerrte an meiner Hand, schmiss sich auf den Boden und bekam schließlich den schönsten Wutanfall, der alle Anwesenden nah und fern unterhielt. Irgendwann klemmte ich mir das kleine Wutpaket quer unter den Arm und ging mit ihm zum Auto zurück. McClane lehnte am Wagen. Offenbar war er fertig mit dem Telefonat und las seine E-Mails.

»Dir ist nicht zufällig die Idee gekommen, du könntest mir helfen?«, fuhr ich ihn an, als ich den beleidigten Timmy auf seinen Platz bugsierte.

»Nein.« Er sah auf. »Du hast es auch allein geschafft«, sagte er und stieg ins Auto.

Ich schnitt ihm eine Grimasse und setzte mich neben Timmy, der wieder zu weinen anfing. Da ich nicht mehr wusste, was ich machen sollte, versuchte ich, es zu ignorieren. McClane drehte sich zu ihm um.

»Hey Löwe, was hältst du von dem Vorschlag, dass Lilly dir noch schnell ein Eis kauft, bevor wir weiter weiterfahren?«

In Timmys Gesicht ging die Sonne auf.

»Ja, ein Eis, ja«, rief er strahlend und hopste auf und ab.

Zufrieden holte McClane sein Portemonnaie hervor.

»Bitte was macht Lilly?«, fragte ich.

»Du darfst dir auch eins kaufen, du hast doch bestimmt Hunger.«

»Ich will keins. Außerdem bin ich schon genug gelaufen.«

Er hielt inne und sah mich im Rückspiegel an.

»Wird das jetzt eine Diskussion?«

So sah es aus. Der sollte bloß nicht glauben, dass er mich mit dem Blick einschüchtern konnte. Demonstrativ schnallte ich mich an.

»Mein Vorschlag war das nicht. Er hatte schließlich nur einen Wutanfall und das Eis ist bloße Bestechung. Du könntest übrigens auch mal schnell für kleine Jungs gehen, nicht dass wir an der nächsten Ecke schon wieder anhalten müssen.«

Einen Moment sah es aus, als wollte er mir so Einiges sagen. Doch dann öffnete er seine Tür und blickte über die Schulter zu Timmy.

»Also, da Lilly dir kein Eis kaufen will, gehe ich jetzt. Sei brav.«

So lief das sicher bei Scheidungspaaren.

»Ich hätte dir auch ein Eis gekauft«, sagte ich, sobald er weg war. »Aber McClane weiß besser, welches du magst. Du sollst ja das Eis bekommen, das du am liebsten isst.«

»Woher weiß er das denn?«, fragte Timmy und musterte mich von der Seite.

»Schlaue Frage«, lobte ich. »Ihr seid beide Jungs. Da habt ihr den gleichen Geschmack.«

Ich zog mein Handy hervor und sah, dass ich einen Anruf meines Vaters verpasst hatte. Er hatte sogar auf die Mailbox gesprochen in der für ihn typischen, abwesenden Art, und gefragt, ob ich heute Abend auf dem Heimweg seine Hemden bei der Reinigung abholen könne. Dann fiel ihm ein, dass ich wahrscheinlich am Abend wieder bei meinem Freund sei, »Matthias, äh, Markus?«, und sein Anruf deshalb unnötig wäre. Er wünschte noch einen schönen Tag. Ganz mein Vater.

Da klingelte mein Handy. Die Nummer des Anrufers war unterdrückt. Mir klopfte sofort das Herz schneller. Doch wie sollte der anonyme Sender der Nachricht an McClane nun auch meine Nummer haben?

»Lilly Hart?«, meldete ich mich misstrauisch.

»Lilly, ich bin´s«, sagte eine Frauenstimme, bei der sich in mir gleichermaßen Überraschung und Erleichterung breit machten. Linda lebte! Gott sei Dank. »Es tut mir leid, ich konnte dich nicht früher zurückrufen. Wo seid ihr, warum seid ihr noch nicht in München?«

Ich stieg aus dem Wagen. Ich hielt es für besser, Timmy nicht an seine Mama zu erinnern, denn dann würde ihm erst auffallen, dass sie ihm fehlte.

»Wir sind auf dem Weg, aber es gab ein paar kleine Zwischenfälle.« Meine Stimme krächzte vor Aufregung. »Aber Timmy geht es gut«, versicherte ich rasch. »Wo bist du?«

»Ich bin nach München geflogen. Die wollten mich im Krankenhaus noch dabehalten, deshalb bin ich heimlich fort. Ich habe mir solche Sorgen um Timmy gemacht, nachdem ich erfahren habe, dass Sven -«, sie stockte kurz und schluckte hörbar. »Das Sven tot ist. Ich habe Matthias schon verständigt. Er hat seine Reise abgebrochen und kommt zurück.«

»Geht es dir gut?«

»Ja, meine Mutter hat mir für morgen einen Termin bei einem befreundeten Arzt besorgt, zur Vorsicht. Alles soweit in Ordnung.«

In dem Moment sah ich McClane mit einem Eis und zwei Wasserflaschen in der Hand den Tankstellenshop verlassen.

»Wir fahren jetzt weiter. Du solltest dich beim Hamburger Kommissar melden, damit sie nicht weiter nach dir suchen. Willst du Timmy noch sprechen?«, fragte ich nun doch.

»Nein, sag ihm nichts, sonst möchte er sicher sofort bei mir sein. Dann habt ihr es nicht leicht.« Sie lachte und es klang eher, als ob sie diejenige sei, die sofort bei ihm sein wollte.

»Ich rufe an, sobald wir in München sind, okay?«

»Danke. Gibt ihm einen Kuss, ja?«

»Mache ich.«

Ich ging auf McClane zu.

»Was ist los?«, fragte er.

»Warte hier.« Ich nahm ihm das Eis ab und reichte es Timmy in den Wagen. »Lass es dir schmecken«, sagte ich und drückte ihm, wie ich versprochen hatte, einen dicken Kuss auf die runde Wange.

»Linda hat mich gerade angerufen«, sagte ich, als ich wieder neben McClane stand.

Ebenso wie ich zuvor stieß er erleichtert die Luft aus.

»Wie geht es ihr, wo ist sie?«

»Sie sagt, es geht ihr gut. Sie ist in München bei ihren Eltern. Sie wollte nicht allein in Hamburg bleiben, wie du vermutet hattest. Sie wartet auf uns.«

»Das müssen wir Lenberg mitteilen«, sagte er und rief gleich den Kommissar an. Der war offenbar ebenfalls erfreut über die Nachricht. Außerdem schien er Neuigkeiten zu haben. McClane sah zu mir und ich legte die Hände hinter meine Ohren, um klarzumachen, dass hier jemand vor Neugier starb.

»Was genau sagt die Gerichtsmedizin, oder kannst du mir das nicht verraten?«, fragte er, ohne sich zu rühren. Ich trat dicht neben ihn und klimperte mit den Wimpern.

»Meine Güte«, murmelte er, schaltete aber den Lautsprecher ein.

»... höchstwahrscheinlich kein Mord«, hörte ich Lenberg sagen.

»Sorry, was war das?«, fragte McClane.

»Hör gefälligst zu, wenn ich unsere Erkenntnisse mit dir teile«, knurrte der Kommissar. »Laut Obduktionsbericht sieht es nach einem Unfall aus. Zumindest sein Tod. Er hatte Prellungen unter den Rippen im Zwerchfellbereich. Er wurde geschlagen. Vielleicht, um aus ihm herauszuholen, was sie wissen wollten. Dann hat ihn wohl ein Schlag zu Fall gebracht. Er muss mit dem Hinterkopf auf die Tischkante des Schreibtisches und danach auf dem Boden aufgeschlagen sein. An diesen Verletzungen ist er gestorben.«

»Sonst keine Spuren?«

»Einen halben Fingerabdruck auf der Türklinke. Wahrscheinlich von deiner Begleitung, Frau Hart. Wir überprüfen ihn, sobald du die Dame zurückbringst und wir ihren Fingerabdruck nehmen können. Außerdem ein Haar an der Kleidung des Toten, das nicht von ihm stammt. Wird noch analysiert, aber ich erwarte jeden Moment die Ergebnisse.«

»Ich habe auch etwas«, sagte McClane. »In Hamburg muss es ein Unternehmen geben namens *Zephyr*. Eine Private Military Company. Soweit mir zu Ohren gekommen ist, wurde dort vor wenigen Tagen eingebrochen. Kannst du darüber etwas mehr herausfinden?«

»Warum? Hat das etwas mit diesem Fall zu tun?«

»Könnte sein, aber bisher ist es noch eine reine Vermutung. Es ist übrigens wichtig, dass du dich möglichst unauffällig erkundigst.«

»Ich habe die Nase voll von Leuten, die meinen, sie dürfen mehr wissen als die Polizei.«

»Olaf, wenn ich könnte, dann würde ich dir mehr erzählen. Es ist durchaus möglich, dass es hier um Daten geht, die bei dieser Firma gestohlen wurden. Ich habe einen anonymen Tipp bekommen.«

»Anonymen Tipp? Warum sollte jemand gerade dir den geben?«

»Keinen Ahnung«, behauptete McClane. »Da komme ich noch dahinter.«

»Sei vorsichtig. Mir kommt das verdammt merkwürdig vor. Immerhin bist du nur dafür da, den Jungen nach München zu bringen. Du weißt, wie ich das meine.«

»Ich weiß.«

Der Kommissar seufzte.

»Na schön. Ich höre mich bei unseren Leuten vom Einbruchsdezernat um. Melde mich.«

»Danke.«

McClane sah mich an.

»Nicht viel Neues. Machen wir uns auf den Weg.«

»Hättest du ihm nicht etwas mehr erzählen können?«

»Im Augenblick will ich van Bergen nicht mit in die Sache hineinziehen. Und die Verbindung zwischen *Zephyr* und meinem Bruder braucht auch keiner zu kennen.«

»Zumindest finde ich es ein klein wenig beruhigend«, sagte ich, »dass sie nicht vorhatten, Sven umzubringen.«

»Ja«, sagte er nur.

»Das heißt nicht, dass ich deshalb einverstanden bin, wenn du zu diesem Rasthof willst.«

Schweigend öffnete er die Fahrertür.

Ich warf die Arme hoch.

»Das ist noch nicht mein letztes Wort dazu!«

9

Der Himmel war strahlend blau und das Sonnenlicht tauchte die umliegenden Felder und Wiesen in einen warm goldenen Glanz. Dieser herrliche Herbsttag ließ die Ereignisse der letzten Stunden beinahe wie einen schlechten Traum erscheinen. Leider nur beinahe.

Ganz in Gedanken hatte ich mich vorn auf den Beifahrersitz gesetzt. Als ich mich jetzt zu Timmy herumdrehte, unterdrückte ich ein Stöhnen. Sein Eis tropfte gerade in dicken Klecksen auf seine Hose.

»Oh, oh.« Hastig suchte ich ein Taschentuch aus meiner Tasche. So viel zu meiner guten Fürsorge. »Hier«, sagte ich, zwängte mich zwischen den Sitzen hindurch und versuchte, die Eistropfen wegzuwischen, so gut es ging. Ein zweites Taschentuch legte ich als behelfsmäßigen Tropfschutz über seinen Schoß. Timmy sah interessiert zu, wie das Eis weiter auf das Taschentuch tropfte.

»Schatz, es würde helfen, wenn du ab und zu auch an dem Eis leckst«, schlug ich vor, erntete aber nicht viel Beachtung.

»Kann ich Ritter Rost weiter hören?«, fragte er.

»Aber sicher.« Ich suchte das Hörspiel heraus und wenig später sang Timmy vor sich hin im Duett mit Burgfräulein Bö.

»Hast du Grieser oder van Bergen erzählt, dass wir den Stick gefunden haben?«, fragte ich McClane.

»Van Bergen.«

Nichts weiter.

»Und?«

»Er nimmt morgen den ersten Flieger nach München.«

»Hast du ihm auch von der SMS erzählt?«

Ein Nicken. Mann, dem musste man wirklich alles aus der Nase ziehen.

»Und? Was sagt er dazu?«

»Er schien mir nicht gerade erfreut von diesem Treffen und ich glaube, er hätte mich am liebsten davon abgehalten.«

»Ach nein«, meinte ich übertrieben überrascht. »Vielleicht lag es daran, dass er erkannt hat, wie gefährlich es werden kann.«

»Nein«, meinte er bestimmt. »Das war es nicht. Mich macht sein Verhalten eher stutzig.« Er vermied es, mich anzusehen. »Weshalb wir zu der Raststätte fahren werden und ich auf den Mann warte.«

»Was ist denn das für eine Begründung?«

Er machte eine abwägende Geste.

»Ich kann es dir nicht begründen, ich vertraue hier meinem Gefühl. Und das beruht auf Erfahrung. Es kommt mir nicht wie eine Falle vor. Vielleicht ist es ein Mitarbeiter von *Zephyr*, der auspacken will. Oder jemand, der Sven kennt und mehr weiß als wir.«

»Wie weit ist diese Raststätte von München entfernt?«

»Fürholzen Ost, das ist nicht weit entfernt von der Stadt.«

»Kann ich mit Timmy von dort mit einem Taxi nach München fahren?«

Er schüttelte den Kopf.

»Das ist nicht nötig.«

»Warum kann er uns nicht gleich in München treffen?«

»Das kann ich ihn fragen, wenn er da ist. Komm schon Lilly, wir fahren auf den Rastplatz, warten bis fünf Uhr und sehen, wer kommt. Wenn jemand kommt.«

Die scharfe Erwiderung, die mir auf der Zunge lag, wurde ich nicht mehr los, weil McClanes Handy klingelte.

»Hallo?«

»Grieser hier«, meldete sich der Anrufer.

Den hatte ich ganz vergessen, der war noch gar nicht auf dem neuesten Stand der Dinge.

»Linda Fröbe hat sich bei der Polizei gemeldet. Sie ist in München. Wo seid ihr?«

»Auf der Autobahn«, speiste ihn McClane ab. »Andreas, auch, wenn du keine Details geben darfst, aber hatte Sven Fröbe dir gesagt, um was für Daten es sich handelt, die er da in seinem Besitz hatte?«

»Nein«, sagte Grieser nach kaum merklichem Zögern. »Er sagte, es sei brisantes Material, und fürchtete um seine Sicherheit. Am Telefon wollte er nicht weiter darüber reden. Ich habe nur zugestimmt, mich mit ihm zu treffen, weil er sich als seriöser Journalist einen guten Ruf gemacht hatte. Warum fragst du?«

»Neugier.«

Der Agent ließ nicht locker.

»Weißt du irgendwas, das ich erfahren müsste?«

»Nein«, meinte McClane prompt.

»Ich muss mich hier auf dich verlassen können«, sagte Grieser verstimmt.

»Konntest du das bisher nicht immer?«

Es war kurz still.

»Was soll das heißen?«

McClane zog eine Augenbraue hoch.

»Das, was ich sagte, was dachtest du?«

»Ich dachte, du -«, Grieser stockte. »Vergiss es. Also, nachdem wir bisher keine interessanten Informationen unter Fröbes Unterlagen finden konnten, gehen wir davon aus, dass sie sich tatsächlich irgendwo im Rucksack des Jungen befanden, der euch gestohlen wurde. Aber noch bleiben wir dran. Vielleicht hat Fröbe auch noch anderswo Notizen versteckt.«

»Ja, vielleicht.«

»Sag Bescheid, wenn du in München bist. Du musst über diesen Auftrag übrigens einen Bericht schreiben und bei uns abgeben.«

»Mhm, wir hören uns«, sagte McClane und legte auf. »Bericht schreiben«, murmelte er kopfschüttelnd. Die Chancen, dass er der Aufforderung nachkommen würde, waren offenbar gering.

»Warum hast du auch ihm nichts von dem Datenstick und der SMS erzählt«, fragte ich, sobald Grieser aus der Leitung war.

»Weil van Bergen und ich übereingekommen sind, dass wir das geheim halten, bis wir wissen, was für Daten es sind. Da hätte ich lieber Lenberg eingeweiht. Grieser würde den Stick sofort haben wollen und mir noch heute Abend seine Leute auf den Hals schicken.«

»Und das Treffen?«, beharrte ich. »Vielleicht könnte er uns Verstärkung schicken. Du hättest nicht erwähnen müssen, dass wir bereits etwas gefunden haben.«

»Grieser wäre uns keine Hilfe«, sagte er nachdrücklich. »Ich habe einmal mit ihm zusammengearbeitet. Er hat sich um so gut wie nichts gekümmert. Wenn man ihn brauchte, war er nicht da. Als es dann ernst wurde, gab er seinen Leuten Anweisungen, die den ausgearbeiteten Plan gefährdeten, weil er die Lage falsch einschätzte. Auf so jemanden willst du nicht in einer kritischen Situation angewiesen sein, glaub mir.«

»Wie ist er denn dann zu seiner Position gekommen, er scheint dort was zu sagen zu haben?«

»Keine Ahnung. Damals hat er es geschafft, am Ende gut dazustehen, obwohl andere die Dinge für ihn gerichtet haben. Es war letztlich alles gut gelaufen, nur hatte er nicht wirklich Anteil daran. Vielleicht funktioniert das für ihn auch heute noch auf diese Weise.«

»Vielleicht ist er auch besser geworden«, wandte ich ein.

»Egal«, sagte er. »Darauf lasse ich es nicht ankommen.«

»Lilly«, rief Timmy in diesem Moment. Er hielt mir den abgeleckten Eisstiel entgegen und ich nahm ihn samt den bekleckten Taschentüchern an mich. Aber er war noch nicht zufrieden und zog sich einen Ohrstöpsel heraus.

»Wo ist mein Teddy?«, fragte er streng.

»Ähm, der hatte einen weiteren kleinen Unfall. Das angenähte Ohr hat sich wieder gelöst. Aber«, fügte ich hastig hinzu, »die Oma hat in München sicher Nadel und Faden und näht das Ohr in Null Komm nix wieder an. So lange liegt er bei mir in der Tasche.«

»Warum?«

»Damit ihm die Wolle nicht aus dem Kopf fällt.«

Timmy lachte keckernd.

»Ein Bär hat doch keine Wolle im Kopf«, sagte er.

»Na, was denn dann?«

»Füllwatte«, belehrte er mich und sah dabei so aus, als wüsste er wirklich, was das war.

»Wow. Na, das soll jedenfalls nicht rausfallen. Du bekommst ihn dann sofort wieder, sobald das Loch zugenäht ist.« Dann steckte ich ihm den Kopfhörer wieder ins Ohr. Während ich den Eisstiel im Handschuhfach verschwinden ließ, hörte ich ihn amüsiert vor sich hinmurmeln: »Wolle im Kopf.«

Plötzlich fiel mir ein, dass Martin mich heute Abend zum Konzert und anschließendem Abendessen erwartete und ich ihm noch nicht abgesagt hatte. Den Anruf hätte ich zwar liebend gern erledigt, ohne McClane in Hörweite sitzen zu haben, aber auf die Gelegenheit konnte ich nicht mehr warten.

»Ich muss noch einmal telefonieren.«

»Fühl dich wie zu Hause«, sagte er.

Ich hoffte, Martin wäre in einem Meeting und ich könnte ihm eine Nachricht auf die Mailbox sprechen, das würde mir das Lügen erleichtern. Leider ging er schon nach dem zweiten Klingeln dran.

»Hallo, Lilly. Sag bloß, du bist schon wieder fertig mit Arbeiten.«

»Nicht so ganz«, sagte ich zögernd. »Es ist vielmehr so, dass ich heute Abend nicht vorbeikommen kann, weil…äh… ich nicht in Hamburg bin.«

»Was heißt, nicht in Hamburg? Davon hast du gar nichts erzählt, wo bist du denn?«

»Auf dem Weg nach München. Ich bin auf eine Geschäftsreise geschickt worden. Die Elster hätte zu einem Termin bei der Alten Pinakothek nach München fahren sollen. Sie…äh…, sie hätte sich dort einige Exponate anschauen sollen, die wir vielleicht ausleihen möchten. Sie sollte gleich den Transport besprechen und all die Details klären.« Na, das kam mir doch recht flüssig über die Lippen. »Aber dann hat sie ganz plötzlich einen Magen-Darm-Infekt bekommen und jetzt muss ich das erledigen. Heute Morgen habe ich nur noch schnell alle Unterlagen zusammengesucht und meine Sachen gepackt.«

»Wie ärgerlich«, sagte Martin. »Wie kommst du nach München? Bist du schon da?«

Ein bezahlbares Flugticket hätte ich in der kurzen Zeit sicher nicht bekommen.

»Mit dem Zug. Ich bin noch nicht da, nein. Deswegen kann auch gleich die Verbindung abbrechen, hier im Zug ist immer so schlechter Empfang. Die ganzen Tunnel, weißt du?«

»Hast du wenigstens ein Hotelzimmer? Wenn du mit dem Zug unterwegs bist, musst du doch auf jeden Fall über Nacht bleiben, oder?«

Ach, wie praktisch, er dachte mit und spann die Geschichte gleich weiter.

»Stimmt, ich muss über Nacht bleiben. Wenigstens konnte ich das Hotelzimmer von der Elsterhagen übernehmen. Aber das heißt leider auch, dass ich nicht zu deinem Konzert kommen kann.« Ich schielte zu McClane hinüber, aber der mimte zumindest volle Konzentration auf die Autobahn.

»Oh, das ist sehr schade.«

»Mhm, tut mir leid. Ich würde mir das auch lieber anhören, als hier im Zug zu sitzen.« Nicht übertreiben, ermahnte ich mich.

»Ja, verstehe ich.« Das war das Gute daran, wenn man es mit einem Anwalt in einer Großkanzlei zu tun hatte. Es war ganz klar, dass Arbeit Vorrang hatte, da gab es keine Diskussion.

»Es wäre eben nur schön gewesen, wenn du dabei gewesen wärest. Es wird eine tolle Aufführung, wir haben ein super Programm. Die Karte werde ich wahrscheinlich nicht mehr los, ich habe keine Zeit, mich vor die Kirche zu stellen, um sie zu verkaufen. Na ja, ich werde sehen, was mir einfällt.«

Ich unterdrückte ein Seufzen. So war Martin. Verständnisvoll, doch im Unterton nörgelig. Immer wieder ließ ich mich davon stressen.

»Tut mir ehrlich leid. Ich kann es nicht ändern.«

»Schon gut, okay. Hauptsache, du bist Samstag pünktlich bei der Wohnungsbesichtigung.«

»Die Wohnungsbesichtigung, richtig.«

»Das schaffst du doch, bis dahin zurück zu sein?«

Eher nicht, zumindest nicht sicher.

»Kannst du dir zur Not die Wohnung schon einmal allein ansehen und mir dann berichten? Dann müsstest du der Maklerin nicht absagen.«

»Absagen können wir auf gar keinen Fall, dann ist die Wohnung weg. Sieh doch zu, dass du rechtzeitig da bist. Wir sollten sie gemeinsam ansehen. Am Samstag musst du doch nicht mehr arbeiten.«

»Nein, nein, ich schaffe das schon. Wann ist nochmal der Termin?«

»Um zwei Uhr mittags.«

»Klar, schaffe ich.«

»Markus und Astrid wollen an dem Abend ins Theater«, fuhr er fort. »Wollen wir mitgehen? Klingt interessant, das Stück.«

Wenn Martin das sagte, handelte es sich um die Isolation des Einzelnen in der Gemeinschaft oder etwas ähnlich tiefgründig Widersprüchliches.

»Ich weiß nicht«, sagte ich.

»Ich habe das Programm hier in der Schublade, ich kann es dir kurz vorlesen.«

»Nein!« Beinahe hätte ich geschrien. »Ich meine, es ist hier so eine schlechte Verbindung, ich muss jetzt Schluss machen.« Hatte er denn nichts zu tun? »Ich sage dir noch Bescheid.«

»Möglichst heute, sonst bekomme ich keine Karten mehr.«

Ich schloss die Augen. Er sitzt an seinem Schreibtisch, hat vor dem Fenster einen wunderschönen Herbsttag und weiß nicht, dass du andere Probleme als Theateraufführungen hast, erinnerte ich mich.

»Ich sage dir Bescheid.«

Es war still am anderen Ende und ich konnte förmlich hören, wie er seine Gekränktheit herunterschluckte.

»Okay. Dann bis später. Ciao.«

»Tschüss.« Ich ließ das Handy sinken und schaute aus dem Fenster. McClane würde sich hoffentlich nicht zu dem Gespräch äußern.

»Ihr sucht also eine gemeinsame Wohnung, du und dein Freund«, sagte er da. »Dann ist es ja ernst.«

»Ist es«, bestätigte ich, auch wenn ich bei dem Wort »ernst« unruhig wurde. »Wir passen einfach prima zusammen.«

»Mhm«, kam es von der Seite.

»Das ist so«, bekräftigte ich. »Jeder findet das.«

»Schon gut«, sagte er beschwichtigend. »Was soll ich dazu sagen, ich kenne ihn doch nicht.«

Gratulieren sollte er mir, anstatt in diesem zurückhaltenden Ton zu Mhmmen, als könne es daran irgendwelche Zweifel geben. Es gab keine, Martin und ich harmonierten wunderbar miteinander. Schon beim zweiten Date war es mir vorgekommen, als würden wir uns sehr gut kennen. In gewisser Weise war das auch so. Er hatte die gleichen Einstellungen und Interessen, die ich von meinem Elternhaus gewohnt war. Bekanntes Terrain also, das augenblicklich ein Gefühl von Vertrautheit gab.

»Wir streiten uns nie«, sagte ich laut.

»Das beeindruckt mich bei dir in der Tat. Wie lange seid ihr zusammen, eine Woche?«

»Ein halbes Jahr. Im Allgemeinen bin ich ein sehr friedfertiger Mensch.« Ich warf ihm einen strengen Blick zu. »Du brauchst gar nicht so zu grinsen.«

»Sorry, es ist stärker als ich«, sagte er.

»Mit ihm streite ich mich nicht, denn er ist höflich und ausgeglichen«, setzte ich nach. »Er liebt die Kunst und das Theater und bedroht mich auch nicht mit einer Pistole.«

»Das sollte auch nicht notwendig sein, wenn du freiwillig ins Theater gehst.«

Da ich keine Lust hatte, meine Beziehung noch weiter mit ihm zu diskutieren, schwieg ich. Außerdem konnte ich mir nicht erklären, warum ich so plötzlich gereizt war. McClane hatte schließlich nichts Negatives über Martin oder meine Beziehung gesagt. Während ich noch vor mich hinbrütete, pfiff McClane gedankenverloren vor sich hin. Ich stutzte. Die Melodie kannte ich, aber ich konnte sie nicht einordnen.

»Was ist das für ein Lied?«, fragte ich, nachdem ich eine Weile gelauscht hatte. »Ich kenne es, aber ich komme nicht drauf.«

»Glaube ich nicht, dass du das kennst«, meinte er skeptisch.

»Warum nicht?«

»Weil das nur das Titellied eines Westernfilms ist. Vielleicht wurde er letztens im Nachtprogramm wiederholt und deswegen kam er mir in den Sinn.«

»Ha!«, rief ich triumphierend. »Mein Bruder und ich haben Unmengen alter Western gesehen. Gib mir mal 'nen Tipp.«

»Kommt nicht in Frage.«

»Du weißt selbst nicht mehr, welcher Film es ist.«

Ein Mundwinkel hob sich, aber er ließ sich nicht herausfordern.

»Ich weiß es. Es ist kein berühmter Western, den man kennt.«

»Wir haben alles geguckt«, sagte ich abwinkend, »von Spiel mir das Lied vom Tod bis zu Western mit Audie Murphy.«

»Audie Murphy?«, wiederholte er ungläubig. »Das ist aber nicht gerade hohes Niveau, Miss Brainy.«

»Miss Brainy?« Hörte ich da etwa eine Spur von Ironie? Was hieß da Spur. »Hältst du mich für einen Snob?«

»Nicht doch«, sagte er mit einem Kopfschütteln, »welchen Anlass sollte ich denn dazu haben?«

»Nur weil ich Kunstgeschichte studiert und ein Theaterabonnement habe, heißt es nicht, dass ich auf alles andere herabsehe.«

»Sehr liebenswürdig«, sagte er spöttisch.

»Nein im Ernst«, sagte ich zerknirscht. Vorhin, fiel mir ein, hatte ich ganz andere Töne gespuckt. Da hatte ich bewusst Spitzen gegen ihn verteilt, und das ohne jeden Anlass. »Wenn ich ehrlich bin, gehe ich manchmal lieber ins Kino, um einen Blockbuster anzuschauen, als ins Theater. Ich hätte auch mit ebensolcher Begeisterung eine Doktorarbeit über die Peanuts geschrieben wie über den Impressionismus. Oder das Marvel-Universum.« Das war sogar nicht übertrieben, denn ich war ein großer Fan der Peanuts.

Er lachte.

»Wie gut kennt sich denn dein Freund im Marvel-Universum aus?«

»Gar nicht.« Dem gegenüber hatte ich bisher nicht zugegeben, dass ich ein Fan war, nachdem er im Freundeskreis einmal erklärt hatte, seine Freizeit sicher nicht mit einem Film wie Thor verschwenden zu wollen. Scheinheilig war das von mir, dachte ich, und es war das erste Mal, dass ich mir das eingestand. Kein schönes Gefühl.

»Auf jeden Fall ist es nicht so, dass ich dir nicht zutraue, dass du ein Abonnement für die Shakespeare-Company hast.«

»Wow.«

Ich verdrehte die Augen.

»Du weißt, was ich meine.«

»Selbstverständlich«, meinte er feierlich. Wir schwiegen.

»Nicht für die Shakespeare-Company«, sagte er dann. »Ich gehe gern in die Oper.«

»Echt?«, rief ich verblüfft. Er hob eine Augenbraue.

»Ja. Bei Musik schlafe ich besonders gut.«

Ich langte zu ihm hinüber und gab ihm einen Schlag gegen die Schulter.

»Ich zweifle es nicht an, es war nur -, ich meine, Oper? Wow.« Als er grinste, ließ ich den Kopf gegen die Lehne zurückfallen. »Es wird nur schlimmer, vergiss es.«

Er hob den Arm und streichelte mir mit einem Finger über die Wange.

»Es stört mich nicht, dass du ein kleiner Snob bist, Miss Brainy.«

Klar, ihm war die Meinung anderer egal. Beneidenswert.

»Also, was ist nun mit dem Lied«, erinnerte ich ihn. »Bekomme ich einen Tipp?«

Er schüttelte den Kopf.

»Vergiss es. Entweder du kommst von selbst drauf oder eben nicht.«

»Das werde ich, darauf kannst du wetten.«

»Um was?«, fragte er, plötzlich interessiert.

»Wie, um was?«

»Warum sollten wir sonst wetten, wenn nicht mit Einsatz?«, meinte er. Ich überlegte. Plötzlich wollte mir nichts einfallen. Um was sollte ich denn mit ihm wetten?

»Ich weiß nicht«, sagte ich unschlüssig. »Was schlägst du vor?«

Er zuckte die Schultern.

»Mal überlegen.« Dann schnippte er mit den Fingern. »Wenn du die Melodie richtig errätst, gehe ich mit dir aus.« Er warf mir einen Blick zu und ein verschmitzt-lässiges

Lächeln spielte um seine Lippen. »Ohne dich mit der Pistole zu bedrohen.«

Ausgehen? Ich merkte, wie meine Mundwinkel unwillkürlich sein Lächeln spiegelten. Das würde Martin nicht gefallen, harmonische Beziehung hin oder her. Aber McClane meinte es sowieso nicht ernst. Schließlich war er sich sicher, ich käme nicht auf den Titel.

»Abgemacht«, hörte ich mich sagen.

»Abgemacht«, sagte er und reichte die Hand hinüber.

Wir fuhren eine Weile in einträchtigem Schweigen und jeder hing seinen Gedanken nach.

»Was ist deinem Bruder passiert?«, fragte er plötzlich.

Nachdem ich Jan wiederholt erwähnt hatte, war es nur verständlich, dass er nachfragte.

»Ein Unfall mit dem Moped«, sagte ich und musste mich räuspern, weil mein Hals sich rau anfühlte. »Kurz vor seinem achtzehnten Geburtstag.«

Er antwortete nicht sofort und seine Miene war sehr ernst.

»Das ist schrecklich«, sagte er dann.

»Ja.« Rasch richtete ich den Blick wieder auf die Straße vor uns. »Schrecklich und dumm.«

Ich merkte, dass ihn die Schärfe in meiner Stimme überraschte. Er schien unschlüssig, ob er nachfragen oder sich die Antwort lieber ersparen sollte, indem er schwieg.

»Er suchte den Nervenkitzel«, fuhr ich einfach fort. »Bei Herausforderungen wurde er erst so richtig munter. Grenzen mussten ausgetestet werden, ihm passierte ja nichts. Auf wen sollte er schon Rücksicht nehmen?« Ich geriet immer mehr in Rage. »Genau wie diese bescheuerte Idee, sich auf dem Rasthof mit einem Unbekannten zu treffen, der vielleicht zum Feind gehört.«

»Oh, oh, Moment«, unterbrach er mich. »Wo kommt das denn jetzt her?«

»Du bist doch nicht anders«, fauchte ich. »Ich habe gar keine Möglichkeit, dich umzustimmen, weil es dich sowieso nicht interessiert.«

»Das hat nichts mit Nervenkitzel zu tun, das weißt du ganz genau«, gab er nicht weniger heftig zurück. »Es ist wirklich nicht der Zeitpunkt, um deinen alten Groll auf deinen Bruder auszugraben! Das hat nichts mit dieser Situation oder mit mir zu tun, das weißt du genau.«

Erschrocken merkte ich, wie mir die Tränen in die Augen schossen. Ich wandte den Kopf ab und starrte blinzelnd aus dem Seitenfenster. Es war dumm gewesen, diesen Vergleich zu ziehen, aber ich hatte schneller geredet, als ich denken konnte. An einem anderen Tag wäre mir das sicher nicht passiert, aber an seinem Todestag war ich besonders empfindlich. Ausgerechnet an diesem Tag steckte ich in einem Abenteuer, bei dem meinem Bruder wahrscheinlich die Augen geleuchtet hätten. Das wusste McClane nicht, und ich würde es ihm auch nicht erzählen. Das ging ihn nichts an. Dem Himmel sei Dank für den MP3-Player, der Timmy auf der Rückbank so gut ablenkte. Hoffentlich war ich nicht zu laut gewesen.

»Es wird euch nichts passieren, Lilly«, hörte ich McClanes dunkle Stimme. »Ich bleibe allein am Treffpunkt. In der Raststätte gibt es ein Self-Service-Restaurant und dort wartest du mit dem Jungen. Ich bringe euch nicht in Gefahr.«

Ich zuckte mit einer Schulter und schwieg.

Toll, und was sollten wir machen, wenn man ihn einfach abschoss?

McClane seufzte.

»Da ist die Ausfahrt zum Rasthof«, sagte er gleich darauf und wir fuhren von der Autobahn ab.

10

Wir hatten noch eine gute halbe Stunde Zeit. McClane parkte den Range Rover direkt vor dem Toilettenhaus. Sie waren außer Betrieb, aber innerhalb der Raststätte würde es hoffentlich noch welche geben. Neben der Raststätte lag ein kleiner Spielplatz und wir beschlossen, Timmy sich dort ein bisschen austoben zu lassen, bevor ich mit ihm in das Restaurant gehen würde. Als wir ausstiegen, hatte ich mich auch wieder unter Kontrolle. Es hatte keinen Sinn, für eine angespannte Stimmung zu sorgen, das brachte uns nicht weiter.

Timmy lief begeistert voraus. Nachdem er ein paar Mal die Rutsche heruntergerutscht war, entdeckte er ein Schaukelschaf und war hin und weg davon. Dankbar verzog ich mich auf eine Bank in der Sonne. McClane saß bereits dort, die Beine entspannt ausgestreckt, die Knöchel überkreuzt. Er streckte einen Arm hinter mir über die Lehne der Bank aus.

»Könnte fast ein normaler, friedlicher Nachmittag sein«, sagte ich leichthin.

»Mhm, die verbringe ich regelmäßig auf Spielplätzen«, stimmte er zu.

»Ich auch«, sagte ich kichernd. Es brummte in meiner Handtasche und ich holte das Handy heraus. Martin hatte geschrieben.

Wie ist es mit dem Theater? Ich würde gerne jetzt die Karten bestellen …

Der nachsichtige Vorwurf in diesem Punkt-Punkt-Punkt ärgerte mich. Er wäre sicher enttäuscht, wenn wir nicht gingen, schließlich verpasste ich bereits sein Oratorium.

Passt, kauf die Karten.

Jetzt war ich schon wieder nicht ehrlich gewesen, denn im Grunde hatte ich gar keine Lust auf diese Veranstaltung. Aber man musste doch auch Rücksicht nehmen in einer Partnerschaft, sagte ich mir.

Timmy hatte genug von seinem Schaukeltier und sauste zur Sandkiste, wo bereits ein kleiner Junge spielte. Ohne zu zögern, stapfte Timmy an ihm vorbei und nahm sich die Schaufel, die der andere unvorsichtigerweise aus der Hand gelegt hatte. Als wäre es das Selbstverständlichste von der Welt, ließ er sich einen Meter weiter in den Sand plumpsen und fing an zu buddeln, während der kleine Junge ihn unsicher beobachtete. Unbehaglich überlegte ich, ob ich hinübergehen und die Schaufel zurückgeben sollte. Andererseits wollte ich Timmy nicht den Spaß verderben. Immerhin hatten wir kein Spielzeug mit auf der Reise und er war die ganze Zeit über so brav gewesen. Außerdem heulte der andere nicht. Seine Mutter war mit ihrem Smartphone beschäftigt und hatte nichts mitbekommen.

»Könnte glatt dein Sohn sein«, sagte ich zu McClane.

»Warum?«

»Das gleiche Platzhirsch-Verhalten.«

»Die Schaufel lag auf seinem Weg«, sagte er gelassen. »Da in der Ecke liegt noch eine Schaufel, die kann sich der andere doch holen.«

Ich wollte aufstehen, um dem fremden Jungen die zweite Schaufel zu bringen. McClane legte die Hand auf meinen Arm.

»Es ist alles in Ordnung, Lilly, der ist sowieso schon fertig.«

»Er hätte sich eine der anderen Schaufeln nehmen können und nicht ausgerechnet diese«, sagte ich, blieb aber sitzen. »Es war eine Herausforderung«

»Er ist ein Junge.«

»Er ist drei!«

Er zuckte die Schulter.

»Na und, wird trotzdem früher oder später ein Mann draus.«

Da stand die Frau von ihrer Bank auf und rief den Jungen zu sich. Er warf einen sehnsüchtigen Blick zu Timmy, der bereits rote Backen hatte vom eifrigen Graben, trabte dann aber hinter seiner Mutter her.

»Ich war auch so ein braves Kind«, rutschte mir heraus.

Wieder brummte es, diesmal regelmäßig.

»Es ist dein Handy, nicht meins«, sagte McClane nach dem dritten Brummen.

»Ich ignoriere es.«

»Okay«, meinte er, hakte dann nach einer kurzen Pause aber doch nach. »Warum?«

»Es könnte meine Chefin sein und mir ist gerade nicht nach ihrem Gemecker.«

Das Brummen verstummte, nur um gleich darauf von neuem zu beginnen. Genervt kramte ich das Handy aus der Handtasche.

»Hallo?«

»Lilly, wo bist du?«

Warum nur war ich noch rechtzeitig ran gegangen?

»Hallo Mama, was gibt es denn?«

»Du bist nicht im Büro, da habe ich es schon probiert.«

»Nein, mir geht es heute nicht so gut.«

»Aber du bist nicht zu Hause? Lass dich bloß nicht beim Blaumachen erwischen.«

»Ich mache nicht blau«, verteidigte ich mich. »Warum willst du mich denn sprechen?«

»Muss ich immer einen Grund haben, um mit dir zu sprechen?«

Meistens war es mir lieber, wenn sie keinen hatte, denn ihre Gründe gefielen mir allzu oft nicht.

»Nach unserem Frühstück vorgestern ist mir eine Idee gekommen«, fuhr sie fort. Dass meine Mutter bei meinem Vater und mir zum Frühstücken gewesen war, sollte erst zwei Tage her sein? Sie musste sich irren, meinem Gefühl nach waren Jahre vergangen.

»Soll ich für dich einen Termin bei meinem Friseur ausmachen?«

»Bei deinem Friseur? Ach Mama, das muss doch nicht jetzt sein!«

»Er ist ein Künstler. Du trägst immer nur Pferdeschwanz, wenn ich dich sehe. Das finde ich schade. Er hat bestimmt eine hübsche Idee.«

»Ich trage gern Pferdeschwanz.« Nicht immer, aber ich war nun einmal kein großer Fan von langem Föhnen und Stylen, da gab es eben mehr Pferdeschwanztage als andere.

»Ich will dich nicht zwingen«, versicherte meine Mutter, doch ihr Ton verriet sie. Sie würde nicht lockerlassen. Ich schätzte die Dauer unseres Gesprächs ab, wenn ich mich nicht auf ihr Angebot einließ, und merkte, dass mir dazu die Nerven fehlten.

»Meinetwegen. Ruf ihn an«, seufzte ich.

»Ich gebe dir Bescheid, wann er Termine frei hat«, verkündete sie fröhlich. »Ich dachte, es würde dich freuen.«

»Ich freu mich wie ein Kullerkeks, aber jetzt muss ich Schluss machen, Kuss.« Hastig drückte ich sie weg und wedelte genervt mit dem Handy durch die Luft. »Siehst du, schon wieder! So viel zum Bravsein.«

»Warum sagst du nicht einfach Nein, wenn du nicht willst?«

»Das ist nicht so einfach.« Ich wünschte, ich könnte einen Grund nennen. »Weiß nicht«, grummelte ich. Ich mochte den Gedanken nicht, andere zu verärgern. Auch etwas, fiel mir auf, was sich seit Jans Tod merklich verstärkt hatte. Er hatte keine Probleme damit gehabt.

»Kann ich einfach nicht. Gruselig ist das, ich weiß«, sagte ich jetzt.

McClane stieß einen leisen Pfiff aus.

»Bisschen dünnhäutig heute, was? Jetzt sei nicht so streng mit dir. Siehst du, deshalb hast du mich getroffen. Wenn ich etwas nicht will, sage ich Nein. Das ist ganz leicht.« Er sah mich an und grinste. »Watch and learn.«

»Ich erinnere mich, dass ich zu dir sehr wohl schon Nein gesagt habe, und es ist abgeprallt wie an einer Betonmauer.«

»Du sollst ja auch nicht zu mir Nein sagen, du lernst es für die anderen.«

»Na toll.«

Plötzlich legte er seine Hand in meinen Nacken und massierten mit sanftem Druck meine Muskeln.

»Mach dich mal locker«, sagte er.

»Bin ich«, brummte ich, um meine Verwirrung zu überspielen. Ein wohliges Gefühl breitete sich in mir aus. Ich wahrte eine gleichgültige Miene und versuchte zu ignorieren, wie angenehm mir diese Berührung war. In meinem Magen summte ein Bienenstock, während ich gleichzeitig spürte, wie sich meine Nackenmuskeln unter seiner warmen, rauen Hand tatsächlich entspannten. Am liebsten hätte ich die Augen geschlossen, mich noch mehr zurückgelehnt und gehofft, dass seine Hand …

»Mhmm«, entfuhr es mir zufrieden. McClanes Finger strichen gemächlich meinen Hals hinauf und hinunter, spielten mit einer Haarsträhne, die sich aus dem Haarband gelöst hatte. Wieder glitten sie hinauf, bis unter mein Ohrläppchen. Automatisch lockerte sich mein Kiefer. Mir war gar nicht bewusst gewesen, dass ich dort verspannt war. Seine Finger wanderten meinen Hinterkopf hinauf und umfassten den Pferdeschwanz.

»Ich mag dein Haar«, hörte ich ihn leise, fast beiläufig sagen, während er es durch seine Finger gleiten ließ.

Ich lächelte mit geschlossenen Augen.

Plötzlich merkte ich, wie er sich neben mir aufrecht hinsetzte. Dann zog er kurz an meinem Pferdeschwanz.

»Es wird Zeit.«

Weg war es, das Wohlgefühl, mit einem Satz war ich wieder von diesem Unruhegefühl erfüllt. Ich war immer noch der Meinung, dass er zu viel riskierte, aber es war zwecklos zu diskutieren. Da blieb mir nur, für die größtmögliche Sicherheit meines Patenkindes zu sorgen.

Timmy war sofort auf den Beinen, als er hörte, dass es zu essen gab.

»Könnte glatt dein Sohn sein«, murmelte McClane.

Wenig später saß ich mit Timmy an einem Tisch des kleinen Restaurants und beobachtete McClane durch das Fenster. Er stand gegen das Heck des Range Rovers gelehnt. Nur wenige Autos standen auf dem Parkplatz. Untypisch für mich, konnte ich diesmal keinen Bissen herunterbringen und überließ Timmy die gesamte Portion Pommes und Würstchen. Immer wieder sah ich auf die Uhr. Ein paar Minuten noch, dann war es siebzehn Uhr. Timmy rieb sich die Augen und ließ sich gegen die Lehne unserer Sitzbank sinken.

»Magst du ein bisschen schlafen?«, fragte ich, ohne den Blick vom Fenster abzuwenden. Ich machte etwas Platz, so dass er sich hinlegen und seinen Kopf auf mein Bein legen konnte. Ein kleiner Reisebus fuhr auf den Parkplatz. Aus ihm quoll eine Horde von Frauen. Alle trugen Dirndl. Ein schwarzer Jeep parkte neben dem Bus. Vom Beifahrersitz stieg ein Mann aus, doch er schien nur Abfall in eine der Mülltonnen werfen zu wollen. Da betrat die Reisegesellschaft die Raststätte.

»Kölle, du bist en Jefüühl«, sang eine Frau in pinkfarbenem, knielangem Dirndl mit giftgrüner Schürze aus vollem Herzen.

»Mensch Ingrid, du musst endlich mit den Karnevalsliedern aufhören, sonst fallen wir im Zelt auf«, rief eine der anderen. Sie waren alle ungefähr in meinem Alter, schätzte ich.

»Ach was«, gab Ingrid ungerührt zurück. »Die spielen da doch auch Lieder, die sie von uns haben. Fällt jar nicht auf.«

»Wieeesn, wir kommen«, trompetete eine, deren kurzer, rot gefärbter Streichholzhaarschnitt nicht ganz zu dem lilafarbenen Dirndl mit der Rüschenbluse passen wollte.

»Da wollen wir auch flott hin, deswegen schnell schnell pieseln und zurück in den Bus, meine Damen«, rief eine große Brünette. »Der Fahrer hat mir gesagt, es gibt hier gar keine Parkplätze für Busse. Wir dürfen hier nicht halten.«

»Ach, unserer ist doch nur ein kleiner«, sagte die Rothaarige abwinkend. »Außerdem machen wir Umsatz und kaufen alle was zu essen.« Damit steuerte sie die Theke mit den Sandwiches und Kuchen an.

Die eine Hälfte der Lustigen Weiber von Kölle verschwand zu den Toiletten, die andere kaufte Kuchen. Ich hoffte, dass ihr Geschnatter nicht Timmy aufweckte. Misstrauisch beobachtete ich die Frauen. Nein, sagte ich mir, *Zephyr* würde sicher Besseres einfallen, als zwanzig Kämpferinnen in Tracht verkleidet herzuschicken. Von ihnen drohte keine Gefahr.

»Och, der Kleine«, sagte da eine Stimme neben mir entzückt. Es war die Dunkelhaarige. Sie betrachtete den schlafenden Timmy und drehte sich dann zu ihren Freundinnen um. »Pssst, hier schläft jemand.«

Ich lächelte ihr zu, war dann aber wieder auf den Parkplatz konzentriert. Gerade hielt dort ein unscheinbarer Peugeot. Ein Mann stieg aus. Er trug einen grauen Hoody, die Kapuze hatte er übergezogen. Sofort klopfte mein Herz schneller. Als er die Tür schloss, sah ich, dass er zusätzlich eine Wollmütze tief in die Stirn gezogen hatte. Zusammen mit der Kapuze konnte man kaum etwas von seinem Gesicht erkennen. Er war groß und schlank, aber sportlich gebaut. Vorsichtig legte ich Timmys Kopf auf dem Bankpolster ab und stand auf, denn ich war so aufgeregt, dass ich nicht sitzen bleiben konnte. Das musste er sein. Auch McClane hatte ihn entdeckt, denn er stieß sich vom Range Rover ab, blieb jedoch abwartend stehen.

Der andere zögerte kurz, dann ging er langsam über den Parkplatz auf McClane zu, den Kopf hielt er gesenkt, die Hände in die Taschen seines Kapuzensweatshirts vergraben.

Lass es keine Falle sein, betete ich.

Plötzlich sah ich den Mann aus dem schwarzen Jeep. Er schien zur Raststätte zu gehen, die Hände in den Taschen seiner Lederjacke, doch gleichzeitig hielt er dabei auch direkt auf den Fremden zu. Etwas an ihm kam mir bekannt vor. Die kurzen dunklen Haare und die gedrungene Gestalt hatte ich schon einmal gesehen. Er war nur noch ein paar Meter von dem anderen entfernt.

»Oh mein Gott«, entfuhr es mir und ich rannte los. Es war der Mann, den ich angerempelt hatte bei unserem letzten Halt. Das konnte kein Zufall sein. Die Angst ließ mich blindlings aus der Raststätte stürmen.

»McClane!«, schrie ich. »Der Mann!«

Dann ging alles sehr schnell. Der Fremde mit der Sweatshirtjacke erstarrte. Der Mann in der Lederjacke hingegen rannte die letzten Schritte und zog die Hand aus der Tasche. Ein Messer. Der andere wich zur Seite, doch der Mann in der Lederjacke bekam ihn noch an der Schulter zu fassen, sprang vor und stach zu. Ich sah, wie der andere einknickte, aber gleichzeitig mit der Rechten mehrere schnelle Schläge gegen seinen Angreifer ausführte. Schon sprintete McClane heran und stürzte sich auf den mit der Lederjacke. Der verletzte Mann hatte sich dem Griff des anderen bereits entwunden, drehte sich herum und rannte zurück zu seinem Wagen, die linke Hand gegen seine Seite gepresst. Er sprang ins Auto, startete den Motor und raste vom Parkplatz in Richtung Autobahn. McClane und der Mann in der Lederjacke waren ineinander verkeilt. Der andere hatte noch immer das Messer und McClane umklammerte sein Handgelenk. Sie prallten gegen ein geparktes Auto, drehten sich umeinander. Schließlich stand der andere mit dem Rücken zum Wagen. McClane schnellte mit dem Kopf vor und traf gegen die Stirn des anderen. Im nächsten Moment hatte er ihm das Messer entwunden. Doch plötzlich gingen beide zu Boden. Ich konnte nicht sehen, was vor sich ging, da sie von einem Auto verdeckt wurden.

Aufgeregte Stimmen erklangen, aus der Raststätte kamen nun Leute, die die Schlägerei bemerkt hatten. Ein kräftiger Mann lief an mir vorbei, wahrscheinlich, um die Kämpfenden zu trennen. Die zwei Männer kamen wieder in Sicht, als sie über den Asphalt rollten. Ein Motor heulte auf. Der Jeep kam herangerast. Dem Mann in der Lederjacke gelang es, sich unter McClane hervorzuarbeiten. Er erwischte ihn mit einem Faustschlag am Kopf und verschaffte sich damit die notwendigen Sekunden, um auf die Beine zu kommen und in den wartenden Jeep zu springen. Der Wagen fuhr an, doch auf Höhe unseres Range Rovers stoppte er. McClane lief hinterher. Eine Hand wurde aus dem Fahrerfenster herausgestreckt und ich glaubte, eine Pistole zu sehen. Ich hörte keine Schüsse, aber der Range Rover ruckte. Dann jagte der Jeep mit quietschenden Reifen davon. McClane blieb stehen und ich erwartete schon, dass er seine Waffe zog. Der Jeep fuhr in Schlangenlinien und war im nächsten Moment um die Kurve auf der Autobahnauffahrt verschwunden.

11

»Was war denn das?«, rief eine der Frauen atemlos. Langsam löste ich mich aus meiner Starre, die mich erfasst hatte, während ich das Ganze beobachtete.

»Wo ist Timmy?« Ich rannte zurück in das Restaurant. Dort saß die große Brünette neben Timmy, der offenbar gerade aufwachte und sehr verwirrt blinzelte.

»Er ist eben gerade aufgewacht, als hier alle durcheinander riefen und raus rannten«, sagte die Frau, als sie aufstand, um mir Platz zu machen. Ich nahm ihn in den Arm.

»Alles gut, Timmy, hast du dich erschrocken? Ich war nur kurz vor der Tür.« Ich nickte der Frau zu. »Vielen Dank, dass du bei ihm geblieben bist.«

»Ist doch klar, ich dachte mir, da muss einer aufpassen. Was ist denn da draußen passiert?«

»Ich weiß es nicht«, sagte ich. Timmy bekam, so abrupt aus dem Schlaf gerissen, noch nicht viel mit, doch er begann, sich umzusehen. »Ich sah nur, dass ein Mann einen anderen angegriffen hat und bin aufgesprungen, weil -, weil mein Freund auch da draußen war.«

»Der sich mit dem Mann geprügelt hat? Wir waren hier alle ganz verwirrt, als du raus gerannt bist. Dann haben wir die drei Männer gesehen, aber da war alles schon in vollem Gang.«

»Wer prügelt sich?«, fragte Timmy.

»Ach, zwei Männer auf dem Parkplatz«, sagte ich schnell. »Aber die sind schon weg.« Ich stand auf und nahm ihn auf den Arm. »Wir gehen auch hinaus.«

Die andere folgte mir. Die übrigen Frauen der Gruppe kamen uns entgegen.

»Unglaublich, das Ganze«, sagte eine. »Wo warst du denn, Gabi?«

»Bei dem kleinen Jungen«, sagte Timmys Beschützerin. »Ist jemand verletzt? Habt ihr die Polizei gerufen?«

Die andere schüttelte den Kopf.

»Die beiden Männer dort sagen, das hätte keinen Sinn, weil die, die den Kampf angefangen haben, abgehauen sind. Die Nummernschilder hat sich keiner gemerkt. Ob einer verletzt ist, weiß man nicht. Der Große dahinten jedenfalls nicht.«

Erleichtert ließ ich sie stehen und lief mit Timmy auf dem Arm zu McClane. Der schüttelte gerade dem bulligen Mann die Hand, der hatte helfen wollen. Als ich bei ihnen war, nickte mir der Mann zu und ging zur Raststätte zurück.

»Alles okay?«, fragte ich.

McClane hielt sich ein Taschentuch an einen Mundwinkel.

»Außer einer aufgeschlagenen Lippe und zwei zerschossenen Autoreifen, ja.«

»Ich dachte, ich hätte eine Pistole gesehen, aber es war nichts zu hören.«

»Schalldämpfer«, sagte er. »Woher wusstest du, dass mit dem Mann etwas nicht stimmte?«

»Ich hatte ihn schon bei unserem letzten Halt gesehen, als ich ihn aus Versehen angerempelt habe. Der Zufall schien zu groß, als dass er auch hier Halt macht und außerdem«, ich hob die Schultern, »war er mir irgendwie unheimlich.«

»Dann sind sie uns die ganze Zeit gefolgt?«, überlegte McClane.

»Ein Glück, dass gerade so viele Leute hier waren«, sagte ich, »sonst wärst du vielleicht nicht mit einer angeschlagenen Lippe davongekommen.«

»Zumindest ging die Falle nicht von dem Absender der Nachricht aus«, sagte er. Spontan legte ich meine Hand auf seinen Arm.

»Keine Sorge, ich bin nur erleichtert, ich meinte nicht »Hab ich's nicht gesagt«.«

»Wird beifällig zur Kenntnis genommen«, sagte er mit einem Lächeln. Er hielt inne und zog sein Handy hervor. Eine Nachricht war eingegangen.

Er las sie, fluchte leise und hielt mir dann wortlos das Handy hin.

Wolltest du mich umbringen?

»Die Nummer ist wieder unterdrückt«, stellte ich enttäuscht fest.

»Lilly, ich hab Durst«, sagte Timmy und zog an meiner Hand.

»Ich hole dir das Wasser aus dem Auto«, sagte ich und McClane reichte mir den Autoschlüssel. Timmy setzte sich mit einer Wasserflasche auf den Kantstein und ich ging zu McClane zurück.

»Sie hatten es auf den Mann abgesehen«, sagte McClane leise. »Verdammt, woher wussten sie davon? Woher wussten sie, wo wir sind?« Er knüllte das Taschentuch zusammen, während er nachdenklich den Range Rover musterte. Dann kniete er sich hin und spähte unter den Wagen.

»Ist da was?«, fragte ich und ging neben ihm in die Hocke.

»Nichts.«

»Vielleicht sind sie hier aufgetaucht, weil sie dem Mann im Peugeot gefolgt sind. Wir wissen doch gar nicht, wen sie alles überwachen.«

Er richtete sich wieder auf und schürzte skeptisch die Lippen.

»Ich will keine Hektik verbreiten«, fuhr ich fort, »aber machst du dir keine Sorgen, ob die vielleicht noch einmal zurückkommen? Immerhin wissen sie, dass wir hier nicht weg können.«

»Daran denke ich sehr wohl.« Er nahm wieder sein Handy.

»Grieser«, grüßte er den Agenten, sobald der sich meldete, und kam dann ohne Umschweife zum Punkt. »Es ist noch nicht vorbei. Die verfolgen uns immer noch.« Jetzt würde Grieser die Angelegenheit sicher wieder ernster nehmen und uns helfen, dachte ich erleichtert. »Hast du was zu schreiben? Ich gebe dir das Kennzeichen eines schwarzen Jeep Wrangler.« Er nannte ihm das Kennzeichen. »Wahrscheinlich haben sie noch nicht alles, was sie wollen. Ich glaube, ich weiß, worum es geht. Zumindest scheint eine Firma namens *Zephyr* dahinter zu stecken.«

Stimmengewirr erklang und ich sah über die Schulter zur Raststätte. Die Kölnerinnen machten sich wieder auf den Weg zu ihrem Bus. Nach der Aufregung hatten sie ihre Pause ein wenig verlängert, fehlender Busparkplatz hin oder her.

»Gib mir bis morgen Zeit, dann kann ich dir mehr erzählen«, sagte McClane und ließ ungeduldig den Blick über den Parkplatz schweifen. »Kann ich dir jetzt nicht sagen. Ich habe einen Tipp bekommen und vielleicht kann ich dir morgen sogar konkrete Details liefern. Wir müssen weiter, ich melde mich später noch einmal.«

»Moment«, protestierte ich, als er das Gespräch einfach beendete. »Willst du ihn nicht bitten, dass er seine Leute hierherschickt, um uns abzuholen?«

Er schüttelte den Kopf.

»Hier bleiben wir keine Minute länger. Die haben sicher versucht, den anderen einzuholen. Wenn sie das nicht schaffen, kommen sie vielleicht hierher zurück.«

»Ich erinnere dich nur ungern«, sagte ich, »aber unser Auto ist kaputt, dafür haben sie gesorgt.«

»Ich weiß, deswegen fahren wir erst recht weiter.«

Das würde schwer werden ohne Auto, aber wenn McClane das sagte, dann hatte er hoffentlich schon einen Plan.

Sein Blick war auf die Kölner Frauentruppe gerichtet, die am Einsteigen in ihren Bus waren.

»Timmy«, sagte er. »Wir Männer müssen jetzt zusammenarbeiten, okay? Willst du mir helfen?«

Der Kleine sah ihn mit großen Augen an.

»Wie denn?«

»Wir wollen Bus fahren.« McClane streckte die Arme aus und Timmy ließ sich widerstandslos von ihm auf den Arm nehmen.

Den Jungen lässig auf der Hüfte, ging er zu den Frauen hinüber. Ich schloss den Wagen ab und folgte den beiden langsam, denn ich konnte dort sowieso keine Punkte für uns gewinnen. Helles Lachen erklang. Na, hoffentlich ließen sie was von ihm übrig. Keine Ahnung, was er ihnen erzählte, auf jeden Fall durften wir mitfahren. Wahrschcinlich reichte allein die Tatsache, dass er mit ihnen Bus fahren wollte. Außerdem trug Timmys Anwesenheit dazu bei, die Damen zu überzeugen, dass er kein Killer war, der im Bus plötzlich wild um sich schießen würde. Alle machten sich ans Einsteigen, als ich gerade beim Bus ankam. McClane stellte mich Gabi vor, die offenbar in der Gruppe das Sagen hatte. Gabi strahlte mich an

Die Frauen, die noch vor dem Bus standen, hatten McClane bemerk. Sie starrten ihn an, als könnten sie nicht fassen, dass das Dessert zu ihnen kam, ohne dass sie es bestellt hatten. Da machte es nichts aus, dass dieser Mann nur wenige Minuten zuvor in eine Schlägerei verwickelt gewesen war, und sie die Polizei hatten rufen wollen. Im Gegenteil, vermutete ich, das hatte seinen Reiz wahrscheinlich noch erhöht. McClane blieb bei ihnen stehen, und während er redete, rückten sie lächelnd näher und näher. Der Kreis schloss sich um ihn. Wären wir in einem Dracula-Film, würden sie jetzt über ihn herfallen, dachte ich.

Helles Lachen erklang. Na, hoffentlich ließen sie was von ihm übrig. Keine Ahnung, was er ihnen erzählte, auf jeden Fall durften wir mitfahren. Wahrscheinlich reichte allein die Tatsache, dass er mit ihnen Bus fahren wollte. Außerdem trug Timmys Anwesenheit dazu bei, die Damen zu überzeugen, dass er kein Killer war, der im Bus plötzlich wild um sich schießen würde. Alle machten sich ans Einsteigen, als ich gerade beim Bus ankam. McClane stellte mich Gabi vor, die offenbar in der Gruppe das Sagen hatte. Gabi strahlte mich an.

»Ach, das wird lustig, wir sind schon die ganze Zeit am Feiern.«

Das war wirklich ein Glück, dachte ich müde, genau, wo wir gerade so in Partylaune waren. Gabi beugte sich zu Timmy vor und gewährte dabei McClane einen ausgezeichneten Einblick in die Topographie ihres Dekolletés.

»Und du magst sicher Schokolade und Gummibärchen?«

Timmy nickte heftig. Endlich sprach jemand seine Sprache!

»Was ist mit deinem Wagen, können wir den einfach stehen lassen?«, begann ich, aber da schob McClane mich schon vor sich her zur Tür.

»Das ist gerade unsere geringste Sorge.«

Der Busfahrer nickte uns zu. Die Damen hatten ihn bereits becirct und er fügte sich. Im Bus wurden wir mit entzücktem, hörbar beschwipstem Gejohle begrüßt. Ich ließ den Blick über die Sitzreihen schweifen. Die Reisegesellschaft füllte gerade ihre Kölschflöten nach. Ein paar hatten sich für Prosecco aus Plastikbechern entschieden.

Joah, das würde lustig werden, soviel war sicher. Hätte ich doch besser vorhin die Würstchen mit Pommes gegessen. Es waren etwas mehr als zwanzig Frauen und sie machten Lärm für vierzig. Oh, oh, und es war nur noch ein Sitz frei. Wie stellten die sich denn das vor?

»Setz du dich mit dem Jungen hin«, sagte McClane in dem Moment. Ich setzte mich und nahm Timmy auf den Schoß. McClane lehnte sich gegen unsere Rückenlehne, während der Bus anfuhr. Gleich darauf stoppte er wieder.

»So geht das aber nicht, Herrschaften«, sagte der Busfahrer durch sein Mikrofon. »Jeder muss auf einen Sitz.« »Mit dir teile ich mir gern einen Sitz«, sagte eine Blondine auf der anderen Seite des Ganges und zupfte kichernd an McClanes Hemd.

»Du hast die freie Wahl«, krähte eine dralle Brünette und schwenkte ihr Kölschglas. »SWAT-Teams und Polizisten sind beim Karneval immer die beliebtesten Männer, Hauptsache bewaffnet.«

»Und Kapitäne«, erscholl es aus den hinteren Reihen.

»Richtig, mit Uniform wäre es noch weitaus besser, Süßer«, warf die mit den kurzen roten Haaren ein, die hinter mir saß. Sie stand auf und tätschelte McClane spielerisch die Schulter. »Hast du nicht eine? Darfst dich gern umziehen.«

»Ein Striptease zählt sogar mehr als eine Uniform«, rief eine.

»Wuaahahahah!« Das Gelächter der Kölnerinnen ließ den Bus erzittern.

Es musste seine spezielle GSG9-Ausbildung sein, die McClane nicht mit der Wimper zucken ließ. Er antwortete mit einem Augenzwinkern und seinem charmanten Lachen, das er für alle Frauen außer mir parat zu haben schien.

»Tut mir leid, ich werde wohl beide Wünsche nicht erfüllen können.«

»Ohhhhhh«, machten die Damen im Chor und ich grinste. Er schoss mir einen durchbohrenden Blick zu, doch ich zuckte mit den Schultern. »Vielleicht bekommst du Geldscheine in den Hosenbund gesteckt«, sagte ich mit gedämpfter Stimme.

»Ach Mädels«, rief Gabi, die Kurvenreiche, mit rauchiger Stimme, »jetzt reißt euch mal zusammen. Also«, sie musterte McClane mit einem schwülen Blick, »wie wär's? Teilen wir uns meinen Sitz?«

McClane musterte sie ebenso wohlwollend zurück. »Da gibt es nur ein Problem«, sagte er und legte eine Hand in meinen Nacken. »Sie ist da immer ein bisschen empfindlich und«, er lehnte sich zu ihr herab, »ich habe nachher den Ärger.«

»Ach, Schatz, jetzt übertreibe bloß nicht«, protestierte ich. Der Griff in meinem Nacken verstärkte sich warnend. Gabi sah zwischen uns hin und her und zuckte dann mit den Schultern.

»Sehr schade«, sagte sie mit humorvollem Grinsen. »Na, dann muss wohl eine von uns den Jungen nehmen. Timmy, ich teile meine Gummibärchen mit dir. Willst du so lange bei mir sitzen?«

Und ob er wollte. Den konnte jeder mit Gummibärchen ködern, erst recht eine hübsche Frau mit der gleichen Haarfarbe wie seine Mama. Schwups, schon war er von meinem Schoß gerutscht und stapfte zu Gabi hinüber.

»Dann lass mich jetzt auf meinen Platz, Liebling«, sagte McClane honigsüß. Gezwungenermaßen stand ich auf und er setzte sich. Als ich mich nicht von der Stelle rührte, hob er die Hand und krümmte auffordernd einen Finger in meine Richtung. Mhhhh, irgendwie erschien es mir nicht die beste Idee, mit ihm auf Tuchfühlung zu gehen. Vielleicht sollte doch lieber Gabi…

Da hatte er schon mein Handgelenk ergriffen und gab mir einen Ruck, der mich mehr oder weniger auf seinen Schoß stolpern ließ.

»Ein bisschen mehr Enthusiasmus, bitte«, murmelte er dicht an meinem Ohr.

»Aber ich bin doch noch sauer, dass du schamlos geflirtet und mich arme Ehefrau als Xanthippe bloßgestellt hast«, erwiderte ich leise und mit einem Lächeln, das mir in den Mundwinkeln weh tat.

»Von Ehe hat keiner was gesagt«, erwiderte er unverfroren.

»Oh mein Gott, ich habe mein Leben an einen Windhund ohne jedes Anstandsgefühl vergeudet«, flüsterte ich theatralisch, während ich versuchte, mich zwischen seinen Beinen zurecht zu setzen.

Energisch packte er mich um die Hüften.

»Wenn du Anstandsgefühl von mir willst, hör auf mit dem Herumgerutsche.« Ups.

»Ich bin die Kathrin«, ertönte es hinter mir. Ich verrenkte mir halb den Kopf, um unsere Sitznachbarin sehen zu können.

Wir stellten uns ebenfalls vor.

»Kölsch?«, fragte sie.

»Danke nein«, sagte McClane und ich schüttelte ebenfalls den Kopf.

»Komm schon«, sie gab mir einen kleinen Knuff in den Rücken. »Wir Frauen müssen zusammenhalten. Reicht doch, wenn einer von euch nüchtern bleibt. Lieber Prosecco?«

»Kölsch ist gut«, lenkte ich ein.

»Ein Kölsch wird hier gebraucht!«, rief Kathrin über die Rückenlehne. McClane tippte in sein Handy.

»Hätten wir nicht doch die Polizei verständigen sollen?«, fragte ich leise. »Es ist nichts mehr da, außer zwei Kugeln, die in unserem Autoreifen stecken«, sagte er ebenso leise. »Der Kerl hat sogar das Messer noch aufheben können. Die anderen Leute haben nur Bruchstücke mitbekommen und sagen alle etwas anderes über den Hergang. Ich habe Grieser eine Nachricht geschickt, wo das Auto steht.« Ein spöttisches Funkeln trat in seine Augen. »Vielleicht holen sie die Kugeln aus den Reifen, um das Kaliber zu bestimmen und zu vergleichen, du weißt schon. Ganz wie du es dir gewünscht hast.«

»Sei nur nicht so herablassend. Du wirst dich noch wundern, was alles über die Spurensicherung herausgefunden werden kann.«

»Hast du übrigens den Fahrer sehen können? Ich war leider ein wenig abgelenkt«, sagte er.

»An den kann ich mich nicht erinnern«, entschuldigte ich mich. Es war zu viel auf einmal geschehen und meine Aufmerksamkeit war zu dem Zeitpunkt ganz auf McClane gerichtet gewesen.

»Wie kannst du so cool bleiben, nachdem dir so viel an dem Treffen lag?«

Ein Schatten flog über sein Gesicht. »Es ist keine Zeit, um die Nerven zu verlieren. Sobald wir Timmy abgeliefert haben, werde ich alles daransetzen, den Mann aus dem Peugeot zu finden. Augenblicklich können wir nichts weiter tun. Wichtig ist, dass wir nach München kommen.« Er strich mir eine Haarsträhne aus den Augen und hinter das Ohr. »Also kannst du auch dein Kölsch trinken und vielleicht ein paar Wiesn-Lieder lernen. Ablenkung schadet nicht.«

»Ich als Muschelschubser«, sagte ich zweifelnd. Da wurde mir nachdrücklich von der Rothaarigen, die schräg hinter uns saß, eine Flasche Kölsch unter die Nase gehalten.

»Wir haben keine sauberen Gläser mehr«, sagte sie.

»Kein Problem.« Ich nahm ihr die Flasche ab.

»Es ist leider auch nicht mehr so kühl wie am Anfang der Reise.«

Sie hielt mir ihren Prosecco-Becher entgegen und wir stießen an.

»O'zapft is!«, rief sie.

Was für eine Kombination, dachte ich und nahm tapfer einen Schluck Kölsch. Bluaa! Schal schmeckte es.

»Doch ein Schlückchen?«, bot ich McClane an.

»Auf keinen Fall«, meinte er knapp.

»Er ist teilweise eine solche Spaßbremse«, erklärte ich Kathrin enttäuscht über meine Schulter und machte einen kleinen Hopser, als er mich in die Seite kniff.

»Nach der Prügelei vorhin habe ich dafür Verständnis«, sagte sie.

»Ach was, der ist schon seit gestern so unleidlich«, fuhr ich unbeirrt fort.

»So sind wir Männer, wenn nur noch das Kind alle Aufmerksamkeit bekommt«, meinte McClane zu Kathrin.

»Oh, wie ich das kenne«, sagte Kathrin mit einem Zwinkern an mich. »Meiner ist auch so. Das muss man ignorieren oder ein paar Streicheleinheiten geben.« Da ihr Name gerufen wurde, kniete sie sich auf ihren Sitz, um über die Lehne hinweg mit ihren Freundinnen zu reden.

Ich musterte McClane nachdenklich. Da war ja noch mein Vorhaben, ihn ein wenig aufzumischen. Gerade standen die Chancen gut, dass uns in den nächsten fünf Minuten nicht die Kugeln um die Ohren fliegen würden. Ein wenig Ablenkung schadete nicht, hatte er selbst gesagt.

Nein, Lilly, lass es sein.

Aaaaber, hier zwischen all den Mädels war es doch ganz harmlos. Ich entdeckte den Getränkehalter an der Lehne des Vordersitzes, klemmte dort die Flasche hinein und wandte mich ihm wieder zu. Mit einer Hand strich ich ihm durch sein kurzes dunkles Haar. Endlich hatte ich die Gelegenheit dazu. Überraschend weich war es. Ihm stand für einen Moment seine Verblüffung ins Gesicht geschrieben und ich freute mich diebisch. Genüsslich ließ ich meine Finger weiter durch sein Haar und über seinen Hinterkopf bis in den Nacken wandern und massierte dort die Muskulatur. Seine Augen verdunkelten sich, während er mich interessiert beobachtete.

"Bisschen verspannt", schnurrte ich.

Langsam zog er eine Augenbraue hoch. Ich hob die andere Hand und strich mit einem Finger von seiner Schläfe über den Wangenknochen hinunter und die starke Kinnlinie entlang. Einen Augenblick ließ ich meinen Finger unter seiner Unterlippe liegen, den Blick darauf fixiert. Hübsch war sein Mund, eher schmal, aber nicht dünnlippig, fest und gerade so stark geschwungen, um noch männlich zu sein. Mein Atem stolperte. Für den Moment hatte ich vergessen, dass ich ihn nur hatte reizen wollen, ohne mich selbst zu involvieren. Ein Blick in seine Augen sagte mir, dass er mich durchschaut hatte. Mist.

Als er mein Zögern bemerkte, wechselte sein Ausdruck zu belustigter Bestätigung, und das stachelte mich erneut an.

Ich legte meine Hand auf seinen Brustkorb. Durch das T-Shirt spürte ich harte Muskeln unter warmer Haut. Meine Hand wanderte ein Stück weiter unter das offene Hemd.

»Wir hätten so schön Geld mit dir verdienen können«, hauchte ich.

»Ah ja?«, fragte er ruhig, doch mit einer sinnlichen Rauheit in der tiefen Stimme, deren Vibration ich unter meiner Hand spürte. Ich atmete ein und schloss die Augen bei dem mittlerweile vertrauten Geruch seiner Haut, der mir noch immer so gut gefiel wie am ersten Abend. Er legte eine Hand auf meinen Oberschenkel, und sofort breitete sich dort eine Hitze aus.

»Wenn du nicht so zimperlich gewesen wärst«, fuhr ich fort. »Ein kleiner Striptease, was ist das schon.«

Die Hand auf meinem Oberschenkel wanderte langsam nach oben, während seine andere über meinen Rücken strich.

»Das hätte dir gefallen?«

Ich spreizte meine Finger an seinem Hinterkopf.

»Mir hätte das Geld gefallen, das wir damit verdient hätten«, flüsterte ich an seinem Ohr.

Er drehte ein wenig den Kopf.

»Lügnerin. Es würde dir gefallen. Aber ich will kein Geld.« Er zog mich noch etwas dichter heran. »Ich will dich, nackt. Überleg's dir.« Der Satz schlug wie ein Blitz ein. Moment, das waren nicht meine Spielregeln. Ich wollte nur ein bisschen Spaß haben, es war keine Rede davon, dass er seinen eigenen Senf dazu gab. Was sollte ich denn darauf antworten? Also, zumindest konnte ich nicht die Antwort geben, die mir spontan auf der Zunge lag, das verhinderte eine durchdringende, moralapostelige Stimme in meinem Kopf: Martin, gemeinsame Wohnung, schöne Zukunft und so weiter. Ich nahm die Hand aus McClanes Haaren und lehnte mich wieder zurück.

»Was, jetzt? Ha, aber nicht strippen wollen.«

Er lachte auf.

»Na, da hängt der Haussegen wieder gerade«, drang Kathrins Stimme zu mir durch.

Die Blondine auf der anderen Seite des Ganges beobachtete uns neugierig.

»Wollt ihr drei auch zur Wiesn?«, fragte sie.

Froh über die Unterbrechung, ließ ich McClane los, um mich ihr zuzuwenden.

Während wir uns unterhielten, spürte ich, wie McClane eine Hand unter mein T-Shirt schob und gemächlich über mein Kreuz strich. Ich sollte sofort seine Hand wegschieben. Das ging aber nicht, erinnerte ich mich, denn schließlich waren wir offiziell ein Paar. Das hätte doch verdächtig gewirkt. Also versuchte ich, ganz gelassen zu bleiben und zu ignorieren, was er da machte. Stattdessen konzentrierte ich mich auf die kölschen Lieder und Wiesenhits, die einander ablösten. Ich kannte so gut wie kein einziges davon, aber Kathrin versicherte mir, es reiche, wenn ich das letzte Wort des Refrains mitsänge und ansonsten »lalala« machte. Trotzdem ersparte ich uns allen meine Gesangskünste.

Immer wieder warf ich einen Blick hinüber zu Timmy, der fröhlich mitsang, jeglichen Text missachtend. Gerade schob er sich das letzte Stück Würstchen in den Mund. Man hatte Senf dazu gegeben, und der klebte jetzt rund um seinen Mund und an seinen Fingern.

»Na«, sagte Gabi gerade und hielt seine kleine Hand fest, »das müssen wir ganz schnell sauber machen.« Ich musste ihr meine Hochachtung aussprechen, dass sie nicht aus Sorge um ihr Dirndl aus der Ruhe geriet. Timmy sah auf seine Finger und dann ernst zu ihr auf.

»Es würde helfen«, sagte er in perfekter Imitation meines Tonfalls, »wenn ich eine Serviette hätte.« Schallendes Gelächter belohnte diese weise Feststellung und eine Serviette wurde besorgt. Während ich vorgab, intensiv den Liedertexten zu lauschen, tauchten vor meinem inneren Auge ständig Bilder auf, die absolut unerwünscht waren. McClane und ich, nackt, seine Hände auf mir. Und nicht nur auf meinem Rücken.

Entschlossen dachte ich an Martin, erinnerte mich an seine Hände auf meinem Körper, aber es wollte nicht wirklich helfen. Schon gar nicht, während McClane nachlässig mit seinen Fingern kleine Kreise auf meiner Haut zog. Nichts weiter als das, aber es fesselte trotzdem meine ganze Aufmerksamkeit. Stück für Stück ließ ich mich wieder an seine Schulter sinken. Wir sahen einander nicht an. Allein sein Geruch machte mich wahnsinnig und führte dazu, dass meine Bauchmuskeln sich zusammenzogen. Scheiße. Seine Hand wanderte ein wenig weiter hinauf und über meine Taille.

Es ist das Fremde an ihm, sagte ich mir. Er ist anders als die Männer in deinem Leben, er ist neu, er ist spannend. Verwechsle das nicht mit echter Anziehung. Das war es nicht wert, dafür eine Beziehung aufs Spiel zu setzen. Außerdem: ich betrog nicht. So etwas passierte mir nicht.

Allerdings schob ich seine Hand auch weiterhin nicht weg. Man musste nicht päpstlicher sein als der Papst. Es dauerte ungefähr eine halbe Stunde, bis wir München erreichten.

»Wo müsst ihr in der Stadt hin?«, fragte Kathrin.

»Ungefähr in die Nähe vom Friedensengel«, sagte McClane.

»Ach, da frage ich den Fahrer, ob wir euch dort absetzen können. Wir haben ein Hotel in Berg am Laim, da ist der Friedensengel doch kein so großer Umweg.« Schon machte sie sich auf den Weg und war wenig später wieder da.

»Alles klar«, sagte sie mit zufriedener Miene. »Wir lassen euch dort raus.«

12

Die Mädels ließen McClane und Timmy nur ungern gehen und Letzterer bekam noch eine Handvoll Gummibärchen zugesteckt, bevor wir ausstiegen.

Der Friedensengel stand auf dem Dach seines Monuments, kehrte uns den Rücken zu und schimmerte golden in der abendlichen Septembersonne. Auf dem Sockel saßen zwischen den Säulen mehrere Leute und genossen die Abendstimmung.

»Ich könnte mir schönere Plätze vorstellen als einen, von dem aus man auf eine befahrene Straße schaut«, wunderte ich mich. Die Fahrbahnen teilten sich und führten an beiden Seiten des Friedensengels vorbei den Hügel hinab. Rechts und links davon erstreckten sich die Grünanlagen.

»Vor dem Monument ist eine Anlage mit Springbrunnen«, sagte McClane. »Du schaust über die Isar die Prinzregentenstraße hinunter bis zum Prinz-Carl-Palais.«

»Aha«, machte ich vage.

»Der Amtssitz des Bayerischen Ministerpräsidenten«, erklärte er.

»Hast du während der Fahrt heimlich in einem Reiseführer geschmökert? Wo müssen wir jetzt hin?«

Er deutete auf die Seitenstraße hinter uns.

»Erst einmal dort entlang.«

Timmy stellte sich vor mich und streckte mir die Arme entgegen.

»Och, du bist müde, nicht wahr?« Ich hob ihn auf meinen Arm. »Du machst so toll mit, du bist mein größter Held.«

Wortlos schlang er die Arme um mich und vergrub seine Nase an meinem Hals. Mit einem tiefen Seufzen schloss er die Augen. Liebevoll drückte ich ihn an mich und wir gingen los.

Beeindruckende alte Villen standen in dieser Straße, die teilweise von hohen Bäumen überschattet wurden. Das Haus mit unserem Apartment, zu dem wir wenig später kamen, war dagegen eine Enttäuschung. Es befand sich an der stark befahrenen Ismaninger Straße zwei Ecken weiter. Im Erdgeschoss gab es eine Bäckerei, deren Markise um diese Zeit bereits eingezogen war. Auf dem Weg machten wir kurz im Restaurant Bogenhausener Hof halt, wo McClanes Bekannter den Wohnungsschlüssel für uns hinterlegt hatte.

Jemand hatte die Tür zum Hinterhof offengelassen. Im Hausflur roch es nach dem verfaulenden Inhalt der Müllcontainer und nach Essigreiniger. Wir verzichteten darauf, uns in den engen Fahrstuhl zu zwängen, und nahmen die Treppe in den zweiten Stock. McClane schloss die Wohnungstür auf und knipste den Lichtschalter an. Von einem kleinen Vorraum ging rechts ein Schlafzimmer ab, ein kleines, grün gekacheltes Bad befand sich auf der linken Seite. Das Erste, was beim Betreten des Wohnzimmers auffiel, war ein glänzender, mintgrüner Kühlschrank von *Smeg*, der neben eine schäbige Einbauküchenzeile gequetscht war. Oder die Küchenzeile war neben den Kühlschrank gequetscht, korrigierte ich. Das hohe Ding dominierte den ganzen Raum. Daneben gab es nur noch eine braune Ausziehcouch, ein niedriges Tischchen und zwei Bistrostühle.

Eine Glasflügeltür führte auf einen französischen Balkon hinaus. McClane nahm Portemonnaie und Handy aus den Hosentaschen und legte sie auf den Couchtisch.

Timmy war in der neuen Umgebung wieder munterer geworden. Zielstrebig ging er auf den Kühlschrank zu, reckte sich, um an den Griff zu kommen, und zog an der Tür.

»Hast du denn immer noch Hunger?«, fragte ich und folgte ihm.

Es konnte nur reine Neugier sein, nach den vielen Würstchen und Süßigkeiten, die er verdrückt hatte. Er antwortete auf meine überflüssige Frage gar nicht erst. Gemeinsam spähten wir erst hinter die untere Tür, doch da war nur der Gefrierbereich, in dem diverse Fleischstücke eingeschweißt lagerten. Der Blick hinter die obere Tür war ernüchternd. Der Mieter schien ähnlich wenig Nahrung zu brauchen wie McClane. Ein Glas Gewürzgurken, ein Glas Senf in der Türablage und zwei Flaschen Bier im Gemüsefach. Ein Neandertaler, dachte ich, oder, wie es heute hieß, Paleo-Anhänger. In einem Fach lag eine Papiertüte, auf der mit Filzstift »Euer Abendbrot« geschrieben stand. In der Tüte befanden sich drei mit Frischkäse und Schinken belegte Bagels.

»Kann ich das haben?«, fragte Timmy sehnsüchtig, noch bevor er gesehen hatte, was in der Tüte war.

McClane wollte ihn noch heute zu seiner Mutter bringen, was sicher die beste Idee war. Aber es konnte nicht schaden, wenn er bis dahin schon Abendbrot gehabt hatte. Ich nahm einen Bagel aus der Tüte und legte sie zurück in den Kühlschrank. In den Schubladen suchte ich nach einem Messer, um den Bagel in Stücke zu teilen. Eine Handvoll Besteck fand ich endlich begraben unter allem möglichen Werkzeug. Ich hob einen Hammer und ein paar Kabelbinder hoch.

»Kann es sein, dass sich dein Freund nicht gerade häufig hier aufhält?«

McClane warf einen Blick über meine Schulter.

»Wieso, ist doch sogar Werkzeug da.«

»Richtig, Besteck wurde schon immer überbewertet«, murmelte ich. Nachdem ich noch einen Teller aus dem Hängeschrank über der Spüle genommen hatte, gingen Timmy und ich weiter zum Schlafzimmer, denn das hatten wir noch nicht ausgekundschaftet. Auf dem Weg wäre ich beinahe auf einen kleinen Gegenstand getreten. Als ich mich bückte, erkannte ich den Speicherstick. Auf dem Teppich war er kaum zu sehen. Er musste McClane aus der Hosentasche gerutscht sein, als er Portemonnaie und Handy herausgenommen hatte. Ich hob ihn auf. McClane war am Handy und sah aus dem Fenster. Auf den Tisch wollte ich den Stick nicht legen, Timmy war zu neugierig. Wenn etwas herum lag, war es nicht vor ihm sicher. Außerdem war das Ding so klein, dass man noch Sorge haben musste, dass er es verschluckte.

»Lilly, schnell, komm!«, krähte es aufgeregt aus dem Schlafzimmer. Au weia, was war denn jetzt passiert? Hastig steckte ich den Stick in meine Hosentasche und eilte ins Schlafzimmer.

Im Schlafzimmer standen nur ein breites Bett und ein Kleiderschrank. Keine Bücher, Fotos oder sonstigen persönlichen Dinge. Langweilig. Aber einen Fernseher gab es. Vor dem stand Timmy und sah mich mit leuchtenden Augen an.

»Machst du an, Lilly, ja?«

Mh, ich sollte das nicht erlauben. Soweit ich wusste, durfte er zu Hause nur ganz selten fernsehen. Andererseits war heute kein normaler Tag. Eine kleine Belohnung hatte er sich redlich verdient für seine Ausdauer in diesen zwei Tagen mit McClane und mir.

»Ja«, sagte ich kurzentschlossen und dann suchten wir den Kinderkanal heraus. Timmy hockte begeistert mit seinem Bagel auf dem Bett und sog förmlich die Zeichentricksendung in sich auf. Ich zog mein Handy aus der Hosentasche und wählte die Nummer meines Vaters, um ihm zu sagen, dass ich auch heute Nacht auswärts übernachten würde, doch er war nicht erreichbar. Wahrscheinlich würde er sich gar keine Sorgen machen, wenn ich auch heute Abend nicht nach Hause kam, aber das konnte man nie wissen. Wenn er mit meiner Mutter telefonierte, würde sie ihn sicher dazu bringen, sich zu wundern. Da sich der Anrufbeantworter nicht einschaltete, würde ich es später wieder versuchen.

Als ich ins Wohnzimmer zurückkam, sah ich McClane, der auf seinem Handy E-Mails las.

»Hast du Linda erreicht?«

»Ja, sie steckt mit ihren Eltern im Stau. Sie meldet sich, sobald sie zu Hause ist.«

»Holt sie Timmy hier ab?«

»Mir ist lieber, sie kommt nicht in die Nähe der Wohnung. Wer weiß, ob wir nicht beobachtet werden.«

Ich ließ mich auf das Sofa fallen und schloss die Augen.

»Daran wollte ich gerade nicht erinnert werden.« Nach der letzten halben Stunde Jubel, Trubel, Heiterkeit im Bus spürte ich die Anspannung nun umso deutlicher. Ich öffnete ein Auge und musterte ihn kritisch. »Du bist wirklich kein McClane.«

»Wie bitte?«, fragte er überrascht.

Mit dem Kinn wies ich auf seine Kleidung.

»Du hast eine Schlägerei hinter dir und kannst lediglich mit einer kleinen Schwellung unterm Auge protzen. John McClane«, sagte ich mit erhobenem Zeigefinger, »wäre stattdessen blutbeschmiert und seine Kleidung zerfetzt.«

»Tut mir leid, dich zu enttäuschen.« Er schüttelte leicht den Kopf. »Welches Blut hättest du denn gern gehabt?«, fragte er, während er ein Glas aus dem Hängeschrank über der Spüle nahm.

»Na, das unseres Feindes, wessen sonst«, sagte ich und schloss die Augen wieder.

»Du solltest dich noch einmal bei der Universität melden«, erinnerte er mich, als er sein Glas mit Wasser füllte. »Um sicherzustellen, dass der neue Termin auch tatsächlich stattfindet.«

»Was?« Mit geschlossenen Augen runzelte ich die Stirn. Richtig, das hatte ich mit Professor Kulbeck ausgemacht. »Zu spät. Jetzt erreiche ich dort niemanden mehr. Mach ich morgen.« Wenn der Termin platzte, auch egal. Hoppla, wo war denn dieser Gedanke hergekommen? Eine Folge der Erschöpfung? Ich lauschte in mich hinein. Bei der Vorstellung, nicht zu dem Gespräch zu gehen, und vor allem, den Job nicht zu bekommen, überkam mich ein Gefühl der Erleichterung. Keine Folge der Erschöpfung. Ich hatte mir nur endlich eingestanden, was ich schon die ganze Zeit gespürt hatte. Ich schlug die Augen auf.

»Ich will keine Habilitation schreiben.«

»Wie bitte?«

Ich stand auf und ging zur Küchenzeile hinüber.

»Die ganze Zeit über habe ich ein Magengrummeln, wenn es um den Job geht. Der Professor sucht einen Mitarbeiter, der in absehbarer Zeit bei ihm auch seine Habilitation schreibt. Aber ich will gar nicht wieder so eine lange wissenschaftliche Arbeit verfassen. Ich will nicht an der Uni arbeiten. Ich will mit Kunst arbeiten.«

Ich nahm mir ebenfalls ein Glas und füllte es mit Wasser.

»Dann bist du an der Universität falsch.«

Mit Schwung setzte ich das Glas ab.

»So einfach ist das?«

McClane legte den Kopf schief.

»Ist das eine Fangfrage?«

»Nein, es klingt nur schrecklich simpel und ich habe so lange gebraucht, um darauf zu kommen.«

»Es ist dir rechtzeitig eingefallen«, meinte er schulterzuckend. »Suchst du dir eben einen anderen Job.« Er hob das Glas an die Lippen, hielt dann aber inne und musterte mich scharf. »Du weißt nicht, was für Jobs dich interessieren?«

»Ich dachte ja, es wäre der richtige«, sagte ich und kaute an meiner Unterlippe. »Eine Bekannte meiner Mutter hat mir die Verbindung zum Professor hergestellt. Das erste Gespräch lief gut, alles war ganz easy. Da habe ich gar nicht weiter nachgedacht. Eine akademische Karriere schien mir das richtige zu sein.«

»Seid ihr in deiner Familie alle Akademiker?«

»Mein Vater ist Physikprofessor. Meine Mutter ist Bildhauerin. Es war ein Hobby und dann wurde sie immer erfolgreicher. Sie macht vor allem Auftragsarbeiten. Sie hat aber keine abgeschlossene Ausbildung und hätte sehr gern studiert.« Es war auch ein heißes Thema zu Hause gewesen, dass Jan nicht hatte studieren wollen. Er hatte Fluggerätetechniker werden wollen.

McClane kniff leicht die Augen zusammen.

»Hast du deshalb Kunstgeschichte studiert?«

»Nein!« Entsetzt hob ich die Hände. »Oh Gott, nein, ich interessiere mich wirklich dafür. Nur mit der Habilitation, da bin ich vielleicht etwas -, aarrrgh!« Ich schlug eine Faust gegen die Stirn. »Das klingt jämmerlich. Wohnt in ihrem alten Kinderzimmer und versucht, ihre Eltern zufrieden zu stellen. Aber erstens wohne ich nur übergangsweise bei meinem Vater, weil in meinem Apartment ein Wasserschaden war, der es auf unbestimmte Zeit unbewohnbar gemacht hat und ich dort raus musste.«

»Was heißt, du wohnst bei deinem Vater? Wo wohnt deine Mutter?«

»Sie leben derzeit getrennt.« Ich wedelte mit einer Hand. »Hat nicht viel zu bedeuten, meine Mutter zieht zwischendurch immer mal wieder für eine Zeit lang aus.«

»Klingt jetzt gar nicht mehr so konventionell«, sagte er belustigt.

»Nein. Womit wir bei zweitens sind. Ich muss meine Eltern nicht zufrieden stellen, sie haben genug eigene Dinge um die Ohren.«

Er schnippte mit den Fingern vor meinem Gesicht.

»Sag mir spontan, was du machen willst, los.«

»Ich wollte früher in einem Auktionshaus wie Schopmann in Hamburg arbeiten. Das habe ich irgendwann ganz aus den Augen verloren«, sagte ich verwundert. »In einer Galerie ist es sicher auch interessant«, überlegte ich weiter und fühlte mich ganz enthusiastisch. »Ich habe während des Studiums in einer gearbeitet. Allerdings sind diese Jobs nicht so dick gesät«, schloss ich etwas zaghaft.

»Nicht gleich aufgeben, du hast noch gar nicht angefangen zu suchen.« Er stützte sich mit den Händen auf der Ablage ab und sah sehr zufrieden aus. »Berufsberatung beendet.«

Ich lehnte mich zu ihm vor und legte ihm eine Hand auf die Brust.

»Hab Dank, Obi Wan Kenobi. Wenn du jetzt auch noch strippen würdest ...«

Sein Blick brannte sich in meinen. Mein eben noch spöttisches Grinsen verflüchtigte sich. Er hob eine Hand und legte sie gegen meine Wange. Seine Finger glitten über mein Haar in meinen Nacken und verharrten kurz. Ich sollte meine Hand wegnehmen und ließ sie liegen, weil sie sich so wohl dort fühlte.

»Du spielst mit dem Feuer«, sagte er, als ich nicht zurückwich. Dann neigte er den Kopf. Seine Lippen trafen auf meine, fest und warm. Der Einwand, den mein Verstand gerade noch hervorbringen wollte, wurde hinweggefegt. Dieser Kuss war anders als der gestern Morgen. Er begann sanft und spielerisch. Ich lehnte mich an ihn und er legte den Arm um meine Taille. Als ich meine Lippen öffnete, wurde der Kuss intensiver und hitziger. Seine Hand fuhr unter mein T-Shirt hinauf zwischen meine Schulterblätter und ich reckte mich auf die Zehenspitzen ihm entgegen.

Sein Handy brummte.

Geh einfach nicht ran, dachte ich. Wir können Linda zurückrufen, oder Grieser, oder wer immer das ist.

Langsam nahm er seine Hand von meinem Rücken, doch noch hörte er nicht auf, mich zu küssen. Es brummte und brummte. Schließlich löste er sich widerstrebend von mir und zog das Handy aus der Hosentasche. Mit zusammengezogenen Augenbrauen sah er auf das Display.

»Was für ein Timing«, sagte er und nahm das Gespräch an.

»Grieser, was gibt es«, meldete er sich reichlich genervt.

Benommen fuhr ich mir mit den Fingerspitzen über die Lippen und trat einen Schritt zurück. Mein Körper fühlte sich noch im Rausch, aber immerhin erwachte auch wieder die Vernunft. Was war denn da in mich gefahren? Ich hatte nicht vorgehabt, mein Spiel im Bus noch weiterzuführen. Zumindest nicht bewusst, gestand ich mir zerknirscht ein. Und nebenan saß Timmy, der hätte jede Minute hereingelaufen kommen können!

Was Grieser zu melden hatte, schien McClane nicht gerade zu erfreuen.

»Was soll der Quatsch«, sagte er verächtlich. Doch dann wurde seine Miene aufmerksam. Neugierig beobachtete ich ihn, doch er wandte sich ab und öffnete die Schublade mit dem Werkzeug.

Mit einem Schulterzucken wandte ich mich ab. Er würde es mir schon erzählen.

Im nächsten Moment wurde ich grob an den Schultern gepackt und herumgerissen. Hart prallte ich mit dem Rücken gegen den Kühlschrank. In meinem Schreck konnte ich nicht schreien, außerdem presste McClane seinen Unterarm gegen meine Kehle und schnürte mir fast die Luft ab. Perplex und entsetzt starrte ich zu ihm auf.

»Was zahlen die dir dafür, dass du sie auf dem Laufenden hältst?« Seine Stimme klang heiser. Mit beiden Händen umklammerte ich seinen Arm und rang nach Luft.

»Bist du jetzt völlig durchgeknallt? Was hat Grieser mit dir gemacht, dich hypnotisiert?«, quetschte ich endlich hervor.

»Da frage ich mich noch, woher sie wussten, wann sie auf dem Parkplatz auftauchen müssen. Das war nicht schwer, wenn du eine Wanze auf deiner Seite im Auto angebracht hast und sie nur unseren Gesprächen und Telefonaten zuhören müssen.«

»Was?« Eine Wanze? Abgesehen davon, dass das unglaublich nach James Bond klang, konnte er doch nicht wirklich glauben, ich spazierte mit Abhörwanzen in der Handtasche durch die Gegend, nur für den Fall der Fälle? Ich versuchte, den Kopf zu schütteln.

»In Hamburg haben sie das Haar analysiert, das bei der Leiche am Tatort gefunden wurde. Es ist blond und das einer Frau.«

Mir fehlten buchstäblich die Worte, ich konnte nur ungläubig blinzeln.

»Das kannst du nicht glauben«, sagte ich. »Warum soll ich denn eine Wanze anbringen, wenn ich doch eh im Auto mitfahre.«

»Weil du nicht so leicht mit ihnen Kontakt aufnehmen konntest, wenn ich daneben sitze.«

Blöd, das war ein Argument. Ich war nicht einmal auf dem Klo allein gewesen, da hatte ich Timmy dabeigehabt.

»Deswegen hast du auch auf der Weiterfahrt hartnäckig nachgefragt, was ich wegen des Treffens ausgemacht habe, weil wir darüber außerhalb des Autos gesprochen haben.«

Mit der freien Hand tastete er meine Hosentaschen ab. Wieder rüttelte ich an seinem Arm, doch er hielt mich mühelos in Schach.

»Verdammt, ich fasse es nicht«, fluchte er.

Dann hielt er mir etwas vor die Nase. Als ich den USB-Stick erkannte, glaubte ich wirklich, in Ohnmacht zu fallen.

Plötzlich verschwand der Arm an meinem Hals. Nach Atem ringend beugte ich mich vornüber und hielt mich mit einer Hand am Kühlschrankgriff fest, um nicht zu fallen.

»Der lag vorhin auf dem Boden«, stieß ich hervor.

Ich spürte seinen Griff um mein Handgelenk. Noch bevor sich mein Blick wieder geklärt hatte, hörte ich ein »Ritsch«, und der verchromte Griff presste sich unangenehm in meinen Handrücken, während mir vorn etwas in die Haut schnitt.

Er hatte mein Handgelenk mit einem Kabelbinder an den Griff des Gefrierschranks gefesselt. Fassungslos und noch immer nach Luft ringend blickte ich auf das Plastik an meinem Handgelenk.

»Was soll denn das jetzt?«

Er hatte sein Handy wieder am Ohr und ignorierte mich.

»Ich bin es«, sagte er, während er aus meinem Blickfeld verschwand. »Wir wurden im Auto abgehört, sie wissen also, dass du morgen nach München kommst«, hörte ich noch. Tatsächlich hatte ich durch meine Fragen während der Fahrt dazu beigetragen, die anderen - wer immer sie auch waren, wir wussten nicht einmal, ob es tatsächlich *Zephyr* war - darüber zu informieren, dass van Bergen nach München kam, weil wir den Speicherstick gefunden hatten. Kein

Wunder, dass McClane sauer war, aber er musste doch einfach erkennen, dass ich damit nichts zu tun hatte!

»Nein, das Gespräch habe ich auf dem Parkplatz mit dir geführt, nicht im Auto«, hörte ich ihn jetzt wieder. Er erschien wieder und stellte sich vor mich.

»Du hättest beinahe das Leben eines Mannes auf dem Gewissen«, sagte er, sein Gesicht dicht vor meinem, die Augen kalt und hart. »Hast du deshalb geschrien? Weil du nicht gedacht hast, dass sie ihn umbringen wollten?«

Jetzt verdrehte er auch noch meine Rettungsaktion, damit sie in diese schwachsinnige Geschichte passte?

»Nein! Der Stick lag am Boden, ich wollte ihn dir geben.«

»Hast du aber nicht«, fuhr er mich wütend an.

»Weil du telefoniert hast, und danach war ich abgelenkt. Wie hätten die denn überhaupt Kontakt mit mir aufnehmen sollen, um mich für sie zu gewinnen? Außerdem wissen wir nicht einmal sicher, ob wirklich Leute von *Zephyr* über die Wanze mithören!«

Ohne meinen Worten Beachtung zu schenken, durchsuchte er weiter die zwei anderen Taschen meiner Hose.

»Wer außer denen soll es sonst sein, das Jugendamt, weil wir ohne Kindersitz gefahren sind?« Er holte mein Handy heraus. »Wie ist der Code?«

»Was ist mit Timmy? Er bekommt Angst, wenn du hier so einen Aufstand machst.« Warum war er nicht schon längst hier aufgetaucht?

»Der ist eingeschlafen vor dem Fernseher«, sagte er und hielt auffordernd mein Handy hoch.

»Ich sage die Wahrheit« rief ich erbost, »und meine Nachrichten und Anrufe gehen dich nichts an.«

Für einen Moment kämpften wir mit Blicken, beide gleichermaßen in Rage.

»Der Code, Lilly«, sagte McClane drohend.

»2-2-0-4«, knurrte ich. »Ich habe meinen Vater angerufen«, fügte ich hinzu, während er durch meine Anrufliste scrollte, »Das letzte Mal kurz bevor du hier den Darth Vader gegeben hast.«

»Komm schon, dass du eine Nummer unter Papa speicherst, beweist gar nichts.«

»Glaub doch, was du willst!«, rief ich. »Ruf einfach die Nummer an!«

»Das mache ich«, sagte er.

Mein Vater würde sich freuen, wenn er von einem wildfremden Mann bedroht wurde. Ich konnte hören, wie sich jemand meldete.

»Nein, hier ist nicht Lilly, Guten Abend, Herr Hart«, sagte McClane. Professor Hart, korrigierte ich in Gedanken. »Ich bin ein Kollege von der Stiftung und soll Ihnen nur ausrichten, dass sie«, er richtete den Blick auf mich, »heute Abend nicht zu Ihnen nach Hause kommt, weil wir noch länger arbeiten müssen.«

Gespannt wartete ich, was mein Vater dazu sagen würde.

»Hagedorn ist mein Name. Ja«, sagte McClane höflich, aber widerstrebend, »ich kann ihr gern etwas ausrichten.«

Wahrscheinlich war mein Vater gerade mitten in seinen Studien und machte sich überhaupt keine Gedanken darüber, dass ich normalerweise nie länger arbeiten musste oder dass ich noch nie etwas von einem Hagedorn erzählt hatte. Bestimmt hielt McClane es für einen Code unter Kriminellen, wenn er mir jetzt etwas ausrichten sollte. Viel Spaß beim Entschlüsseln, konnte ich da nur sagen.

Die Antwort fiel länger aus. Mein Vater gibt gerne die umständlichsten Erklärungen, die man sich vorstellen kann, ohne sich dabei aus der Ruhe bringen zu lassen. McClanes rechte Augenbraue wanderte langsam, aber stetig in die Höhe.

»Das richte ich aus, ich habe es notiert«, sagte er. »Ich muss jetzt leider Schluss machen. Schönen Abend noch.« Er warf mein Handy auf die Couch, wo es zwischen Armlehne und Polster rutschte.

»Na, welche geheimen Botschaften sollst du mir ausrichten?«, fuhr ich ihn an.

»Es war dein Vater.«

»Ach, was du nicht sagst.«

Er hatte sich offenbar wieder beruhigt. Vielleicht würde er jetzt vernünftig darüber nachdenken.

»Machst du mich jetzt wieder los?«

»Nein. Ich werde als erstes Timmy zu Linda bringen, dann mache ich mir Gedanken darüber, ob ich dir wirklich glaube. Sie schrieb vorhin, dass sie jetzt zu Hause angekommen sind.«

»Nimm mich mit, und wir können das auf der Fahrt besprechen«, sagte ich und rüttelte an dem Kabelbinder.

»Klar, damit du mir auf dem Weg einfach abhaust. Wir sprechen später.«

»Lilly!«, rief es da aus dem Nebenraum.

Timmy musste aufgewacht sein. Ein Segen, dass er nicht hereingeplatzt war, als McClane mir die Luft abgedreht hatte. Aber die jetzige Situation war nicht viel besser. Wir sahen uns an.

»Ja, ich bin hier«, rief ich schließlich.

»Lilly«, rief Timmy wieder.

»Schätzchen, du musst hierherkommen«, flötete ich. »Onkel McClane hat mich eben gerade angekettet«, fügte ich nur für diesen hörbar hinzu. »Frag ihn doch, warum.«

Zwar sah der etwas unbehaglich drein, machte aber er keine Anstalten, mich von dem Kühlschrank zu befreien.

Ein Rascheln kündigte Timmy an. In letzter Sekunde beschloss ich, dass es besser war, wenn er keine Angst bekam und stellte mich so vor den Kühlschrank, dass meine Hand hinter meinem Rücken lag. Gleich darauf kam Timmy um die Ecke getapst. Neugierig betrachtete er uns. McClane wiederum beobachtete mich.

»Was macht ihr?«

»Wir wollten gerade spielen«, sagte ich und hielt McClanes Blick fest. »Räuber und Gendarm.«

Ein Mundwinkel hob sich spontan. Mir war nicht nach Lachen zumute, ich hätte ihn am liebsten mit dem Kühlschrank erschlagen.

»Ich will mitspielen«, rief Timmy begeistert.

»Das müssen wir verschieben.« McClane wandte sich ihm zu, nun wirklich lächelnd. »Deine Mama ist jetzt bei deinen Großeltern und ich kann dich jetzt zu ihr bringen.«

Räuber und Gendarm waren vergessen, der Kleine juchzte.

»Ja. Ich hol nur schnell Teddy«, informierte er uns und wackelte davon.

McClane räumte den Inhalt der Schubladen aus und brachte alles außer Reichweite in eine Ecke des Raumes.

»Das ist wirklich vorausschauend«, sagte ich sanft, »mit dem Hammer würde ich dir liebend gern den Schädel zertrümmern.«

Er ignorierte meinen bösen Blick.

»Wir klären das, wenn ich wieder da bin.«

»Fahr zur Hölle«, zischte ich. »Du kannst reden, so viel du willst, ich spreche kein Wort mehr mit dir.«

Wie konnte er die letzten zwei Tage mit mir verbracht haben und allen Ernstes glauben, dass ich jemandem etwas zuleide tun könnte!

»Timmy«, hörte ich ihn. »Sag deiner Tante Lilly tschüss, dann fahren wir los.«

»Tschüss, Lilly«, rief Timmy. Als er angesaust kam, beugte ich mich zu ihm herab und knuddelte ihn einarmig. Er freute sich so auf seine Mama, dass ihm das gar nicht weiter auffiel, sondern er mich nur fest drückte und McClane folgte. Dann war ich allein.

13

Nach allem, was heute passiert war, hatte ich kaum auf einen friedlichen Abend zu hoffen gewagt. Aber nicht im Traum wäre mir eingefallen, allein in einer fremden Wohnung mit einem Kabelbinder an einen Kühlschrank gefesselt zu sein. Von McClane höchstpersönlich!

Die nächsten Minuten verbrachte ich damit, ihn laut und ausgiebig zu verfluchen und gegen den Kühlschrank zu treten. Schließlich ging mir die Luft aus und mein Handgelenk schmerzte, weil bei meinen heftigen Bewegungen das Plastik in die Haut schnitt. Es blieb nichts anderes übrig, als zu warten.

Dann würde ich jetzt eben essen, wo ich nun nicht vom Kühlschrank wegkam. Ich holte die Bagels, den Senf und die Bierflaschen heraus. Die Marke kannte ich nicht, aber Bier war Bier, das würde schon durch die Kehle laufen. Hauptsache Alkohol, mir reichte es für heute.

Da McClane die Schubladen leergeräumt hatte, brauchte ich nach einem Flaschenöffner nicht erst zu suchen, aber ich öffnete die erste Flasche mit Hilfe der zweiten. Ich stellte die Flaschen auf den Fußboden und legte die Tüte mit den zwei Bagels und den Senf dazu. Dann setzte ich mich, die angekettete Hand über meinem Kopf hängend.

Als erstes kippte ich mir drei Viertel der ersten Bierflasche hinter die Binde. Falls McClane sich doch noch entschloss, mich in die ewigen Jagdgründe zu schicken, wollte ich das alles nur noch durch einen samtigen Alkoholnebel mitbekommen. Gar nicht so übel, dieses Bier, kräftig im Geschmack. Nun würde ich unter den Bagels aufräumen.

Nicht ein Krümel würde für McClane übrigbleiben, sollte er doch verhungern. Zuerst leerte ich die Flasche und stellte sie gut sichtbar auf die Küchenablage. Ein bisschen schwummrig war mir im Kopf. Kein Wunder, ich hätte vorher etwas essen sollen. Als ich mit dem ersten Bagel fertig war, musste ich eine Pause einlegen.

Was sollte ich denn jetzt tun? In den letzten zwei Tagen hatte sich mein sonst so geordnetes Leben in einen einzigen Schlamassel verwandelt. Ich zweifelte meine beruflichen Pläne an und meine Gefühle wechselten, wie sie lustig waren. Da glaubte ich allen Ernstes, mich von einem Mann wie McClane angezogen zu fühlen, einem Irren, der mich in einem Moment küsste und im nächsten beinahe erwürgte. Wie blöd war ich eigentlich? Die Frage war weniger, ob er noch ganz dicht war, sondern ich.

Plötzlich hatte ich das große Bedürfnis, Martin anzurufen. Erfreut sah ich mein Handy zwischen dem Sitzkissen und der Couchlehne hervor blitzen. McClane hatte vergessen, es mitzunehmen oder es in eine Ecke zu werfen. Ein Glück, dass Timmy für Ablenkung gesorgt hatte. Nichts würde mich aufhalten, und wenn ich den Kühlschrank hinter mir her schleifen müsste, das Telefon würde ich mir holen. Ich öffnete die Tür des Gefrierfachs so weit in den Raum hinein, wie es ging. Damit kam ich dem Couchtisch schon ein ganzes Stück näher. Trotzdem musste ich mich strecken, wobei mir das Plastik ins Handgelenk ritzte, bis ich das Handy in der Polsterritze zu fassen bekam und hervorziehen konnte.

Haha! Theoretisch könnte ich nun *Zephyr* anrufen und mit ihnen zusammen einen Hinterhalt organisieren. Wenn ich die Telefonnummer hätte.

»Was voraussetzen würde, dass ich eine miese Kriminelle bin«, brummte ich laut und schloss das Gefrierfach wieder.

Nach dem Bagel hatte ich wieder Durst. Es stellte sich die Frage, wie ich die zweite Flasche öffnen sollte. Natürlich könnte ich auch Wasser trinken. Und mir meinen angenehmen Schwips versauen? Niemals. Vor allem musste ich dafür sorgen, dass McClane kein Bier bekam, da schüttete ich es lieber in den Ausguss.

Endlich kam mir eine Idee. Es gelang mir, den Kronkorken zwischen Schubladenkante und Ablagefläche zu klemmen, so dass ich ihn aufhebeln konnte. Beim dritten Versuch klappte es. Tadaa! MacGyver wäre stolz auf mich gewesen.

Mit der Flasche setzte ich mich auf den Boden, dann wählte ich Martins Nummer.

»Hallooo«, rief ich glücklich, als er sich meldete. »Was machst du?«

»Lilly, hallo. Ich bin gerade nach Hause gekommen. Wie geht's in München?«

Ich seufzte.

»Ich häng fest.«

»Oh, was ist passiert?«

Einen kurzen Moment war ich versucht, ihm alles zu erzählen. Doch dann traute ich mich nicht. Er würde mir nicht glauben, ich glaubte es selbst kaum. Außerdem fiel mir gerade etwas anderes ein, worüber ich reden wollte.

»Martin, magst du deinen Job?«

»Bitte?«, fragte er verblüfft. »Wie kommst du darauf? War der Tag so schlimm?«

»Antworte einfach. Magst du deinen Job?«

»Na ja«, sagte er zögernd, »er ist abwechslungsreich und bietet mir viele Möglichkeiten.«

Wie lahm war das denn? Ich trank einen großen Schluck Bier.

»Das klingt wie aus einem Werbeflyer«, sagte ich vorwurfsvoll. »Warum bist du gern Anwalt?«

»Ich verstehe die Frage nicht ganz, Lilly. Das ist das, was ich studiert habe. Für den Job in der Kanzlei habe mich dann auf Steuerrecht spezialisiert.«

»Warum?«

»Warum? Weil die das wollten und ich auf dem besten Weg bin, hier Partner zu werden.«

»Aha«, rief ich und nahm noch einen Schluck. »Also nicht, weil du Steuerrecht so gern magst?«

»Mittlerweile finde ich es interessant«, sagte er.

»Möööp«, machte ich. »Das ist wieder ein Werbespruch. Also, was dich motiviert, ist der Erfolg?«

Diesmal war die Pause am anderen Ende länger.

»Ist das jetzt ein Problem?«

»Nö, völlig legitim«, beruhigte ich ihn, »völlig legitim. Solange es dich glücklich macht.«

»Mhm«, machte er, immer noch verunsichert.

»Partner in der Kanzlei zu werden, macht dich glücklich?«

»Äh?«

Naja, vielleicht überforderte ich ihn gerade. Mit einem Seufzen lehnte ich den Kopf gegen den Kühlschrank zurück. »Martin, mein Job macht mir keinen Spaß.«

»Ich weiß, Schatz«, sagte er, hörbar glücklich, weil er nun zu wissen glaubte, was zu sagen war. »Aber sicher werden die dich an der Uni einstellen, und dann wird alles anders, warte es ab.«

»Eben nicht.« Ich unterdrückte ein Rülpsen. Besser, ich aß noch ein paar Happen Bagel. »Ich will keine Aufsätze schreiben und ich will auch nicht habilitieren.«

»Aber das ist eine Wahnsinnschance!«

»Geschenkt«, sagte ich und schob mir ein Stück Bagel in den Mund. »Weißt du, ich möchte etwas ganz anderes machen«, formulierte ich um den Bissen herum. »Kannst du dich mich -, mir -«, ich schluckte. »Nochmal. Kannst du dir mich als Professorin vorstellen?«

»Sag mal Lilly, bist du betrunken?«

»Nein.« Ich hielt die Hand vor den Mund, als könnte er meinen Atem riechen. »Hab nur ein Bier getrunken.« Plus ein paar Schlucke. Da war niemand betrunken. »Also, kannst du?«

»Sicher kann ich das«, sagte er verständnislos. »Das ist doch toll.«

»Ich habe nicht gefragt, ob es toll ist, sondern ob es zu mir passt.«

»Lilly«, sagte er eindringlich. »Ich weiß nicht, was gerade in dich gefahren ist, aber schmeiß das auf keinen Fall hin.«

»Warum nicht?«

»Weil dich das unglaublich weiterbringt. Du hast überall einen viel besseren Stand mit einem Professoren-Titel.«

»Is mir wurscht.« Das Bier schien irgendwie meine Sicht zu klären. Ich spürte ganz deutlich, wie wenig ich so weiter machen wollte wie bisher. »Ich könnte mir vorstellen, in einem Auktionshaus zu arbeiten. Gutachten schreiben, Auktionskataloge zusammenstellen, Auktionen leiten. Das finde ich abwechslungsreich.« Dann kam mir die nächste Idee. »Oder meine Mutter! Die hat niemanden, der sich um den Verkauf ihrer Kunstwerke kümmert. Sie könnte noch viel erfolgreicher sein, sie hat nur überhaupt keine Lust zu Marketing und zum Netzwerken, um Käufer zu gewinnen. So etwas empfindet sie als unter ihrer Würde. Ich kann das sehr gut.«

»Das kannst du neben einem Job an der Uni machen, bei dem du ein festes Gehalt bekommst. Ein Professorentitel würde dir bei alledem auch zugutekommen.«

»Nicht unbedingt«, widersprach ich. »Man kann sich überqualifizieren.«

Er seufzte ungeduldig.

»Du bist Anfang dreißig, willst du wirklich jetzt mit so etwas anfangen? Wenn du in ein bis zwei Jahren Kinder bekommst, hast du gar keine Zeit, dir was aufbauen, und dann war der ganze Aufstand umsonst.«

Verblüfft hielt ich das Handy vor mich und starrte auf das Display. Was klang er denn so vorwurfsvoll? Als würde ich ihn ärgern wollen. Außerdem, wieso kam er jetzt mit Kindern um die Ecke, wenn ich gerade versuchte, einen Job zu finden, der mir Spaß machte?

»Da würde sich eine Lösung finden«, sagte ich, das Telefon wieder am Ohr. »Du meinst, ich soll einen Job annehmen, der mir nicht gefällt, damit - was? Damit ich rechtzeitig in bezahlten Mutterschaftsurlaub gehen kann?«

»Man muss vorausschauend planen«, sagte Martin nüchtern. »Wir sind erwachsen, keine Teenager mehr.«

»Was, wenn ich keine Kinder bekomme?«

»Was willst du damit sagen?«, fragte er perplex.

»Nur, dass ich genügend Frauen kenne, bei denen es nicht klappt. Dann sitze ich in einem Job fest, der mich frustriert.« Weil ich merkte, dass ich mich in Rage redete, machte ich eine Pause, um mich zu entspannen und trank noch einen Schluck Bier. »Dann hättest du eine frustrierte Freundin, die dir die Freizeit vergrämt, und im Bett läuft auch nix.«

»Ich weiß gerade nicht, was mit dir los ist«, sagte er ernst.

Jetzt hatte ich mich festgebissen.

»Na, angenommen, es läuft weiter mit uns. Was ist denn, wenn wir keine Kinder bekommen?«

»Ist diese Frage ein Vorschlag oder eine Auswirkung von PMS?«, fragte er gereizt. Ich liebte das, wenn Männer mit »PMS« um sich warfen, als könnten sie wirklich wissen, was das ist.

»Dann formuliere ich es eben anders«, sagte ich langsam. »Warum liebst du mich?«

Es war still und ich hatte nun doch ein angespanntes Gefühl im Magen. Wo hatte ich mich denn da hineingeredet? Diese Wendung hatte ich nicht geplant.

»Also, vielleicht hätte ich vorher fragen sollen, ob du mich liebst«, fügte ich hinzu.

»Na, im Moment liebe ich dich nicht unbedingt«, meinte Martin trocken.

»Okay, akzeptiert. Aber ich meine diese Frage trotzdem ernst.«

»Sonst wäre ich doch nicht mit dir zusammen.« Er klang verwirrt. »Was willst du denn von mir hören?«

Wie wäre es mit: ich vermisse dich, wenn du nicht da bist, dann fehlt mir dies oder jenes, was du immer sagst und tust. Niemand anderes bringt mich so auf die Palme wie du? Irgendetwas, das mich ausmachte!

»Ich sage dir jetzt, was ich hören will. Wenn ich mit jemandem zusammenziehe, der sogar von gemeinsamen Kindern redet, dann, weil wir ineinander verliebt sind. Mir ist egal, ob ich dich gerade nerve, ich will wissen, was du an mir liebst. Und sag mir nicht, dass ich intelligent bin und du mit mir ins Museum und ins Theater gehen kannst. Denn das trifft auf so ziemlich jede beschissene Frau in unserem Bekanntenkreis zu.«

»Musst du so fluchen?«, fragte er indigniert.

»Ja.« Ich lehnte mich zurück und streckte die Beine lang aus.

»Ich bin einfach gern mit dir zusammen«, sagte er unsicher. »Es ist einfach angenehm, dich um mich zu haben. Du gehst auf mich ein und du bist witzig.«

Witzig? Angenehm um sich zu haben? Ja, das ließ mir wahrlich das Herz höherschlagen.

Aber ich saß im Glashaus. Hatte ich nicht ganz ähnliche leere Phrasen von mir gegeben, als ich McClane gegenüber unsere Beziehung als die perfekte Harmonie anpries? Plötzlich war mein Ärger verflogen. Ich zog die Knie wieder an und stützte den Unterarm auf.

»Und wie ist der Sex?«

»Der Sex? Ich finde, dass Sex hier im Moment nicht das wichtigste Argument sein sollte.«

»Bullshit«, fiel ich ihm ins Wort. »Sex ist nicht das einzig Wichtige, aber er ist wichtig und er sagt eine ganze Menge aus. Erzähl mir nicht, dass du das anders siehst. Ist der Sex mit mir gut? Sehnst du dich im Büro nach mir, nach Sex mit mir? Weißt du, dass du mich zwar im Moment nicht anfassen willst, weil du wütend auf mich bist, aber auf jeden Fall wieder mit mir schlafen willst? Fühlst du dich mir nahe beim Sex?«

Martin schwieg eine Weile. Himmel, das musste das Bier sein, normalerweise hätte ich nie derart direkte Fragen gestellt. Aber irgendwie war es befreiend.

»Nein, beim Sex fühle ich mich dir nur selten nahe«, sagte er schließlich. »Wenn du es wissen willst, wenn wir zusammen eine Ausstellung besuchen, sind wir einander näher als im Bett.«

Zum ersten Mal an diesem Tag sprach er meine eigenen Gedanken aus. Trotzdem machte mich die Antwort traurig. Ich hatte ihn doch wirklich gern. Warum, verdammt, konnte es nicht ein wenig mehr sein? Es hatte doch alles so mühelos begonnen, hatte so vielversprechend ausgesehen.

»Vielleicht sollten wir uns unterhalten, wenn ich zurück bin«, sagte ich. »In Ruhe, meine ich.« Vor allem nüchtern.

»Ja«, meinte er zögernd, »kommt mir auch so vor. Dann erzählst du mir, was heute mit dir los ist.«

Ich setzte die Flasche an die Lippen. Vielleicht war ich auch nur gestresst.

»Ich vermisse meinen Bruder«, platzte ich heraus und stellte die Flasche unsanft auf den Boden.

»Oh«, sagte Martin. »Das tut mir leid.«

Wir schwiegen.

»Wahrscheinlich kommt dir alles falsch vor, weil du traurig bist«, meinte er vorsichtig. Aber er hörte sich nicht ganz überzeugt an. Ich war mir sicher, dass auch er über unser Gespräch nachdenken würde. Es war etwas ausgesprochen worden, das keiner von uns beiden ignorieren konnte.

»Vielleicht«, sagte ich.

»Wenn du hier wärst, könnten wir jetzt schön essen gehen und ein gutes Glas Wein trinken. Aber das geht leider nicht. Also gehst du besser früh ins Bett, schläfst dich schön aus, und morgen sieht alles besser aus. Wann bist du zurück in Hamburg? Soll ich dich abholen?«

Morgen konnte ich nach Hause fahren, vorausgesetzt, McClane und der BND sperrten mich nicht in irgendein dunkles Loch und ließen mich dort verschimmeln.

»Danke, aber das brauchst du nicht. Ich werde es nämlich nicht zum Besichtigungstermin schaffen, tut mir leid.«

»Okay«, sagte er nach einer kurzen Pause. »Mach dir keine Gedanken, ich sehe mir die Wohnung allein an.«

»Ich rufe an, sobald ich in Hamburg bin«, sagte ich.

»In Ordnung. Dann schlaf gut.«

Nur, wenn ich die zweite Flasche noch austrank.

»Tschüss.«

Das war ja ein voller Erfolg gewesen. Ich ließ das Handy neben mir auf den Boden fallen. Dann griff ich nach der Bierflasche und trank ein paar Schlucke. Düster sah ich auf die Reste meines Picknicks. Hätte McClane mich nicht an diesen Kühlschrank gefesselt, hätte ich nicht das Bier getrunken und Martin nicht angerufen. Dann hätte ich auch nicht Fragen gestellt und Dinge ausgesprochen, die meine Beziehung ins Wanken gebracht hatten. Hätte, hätte, Fahrradkette.

Das Problem war, dass ich alles, was ich gesagt hatte, auch so meinte. Nur hatte ich nichts davon laut aussprechen wollen. Nicht einmal in meinem Kopf hatte ich es bisher zugegeben. Ärgerlich stopfte ich den Rest Bagel in mich hinein.

Wo blieb denn dieser verwünschte McClane? Wenn er nicht seine dunkle Seite rausgekehrt hätte, wäre das alles nicht passiert. Ich spülte den Bagel mit noch einem großen Schluck Bier herunter.

Hui, ich merkte das ganz gehörig. Musste an all der Aufregung liegen, ich vertrug doch sonst auch zwei Pils. Vielleicht sollte ich den Rest entsorgen.

Mühsam hievte ich mich hoch. Als ich die Flasche gerade über den Ausguss der Spüle halten wollte, zögerte ich. War doch schade drum. Außerdem war ich in der Stimmung, weiter zu trinken, denn das Bier verscheuchte all den Schrecken, der mir noch in den Gliedern steckte. Die Tatsache, dass der BND mich für eine Kriminelle hielt und dieser Grieser mich wahrscheinlich verhören wollte, kam mir gar nicht mehr so dramatisch vor. Ich trank noch ein paar Schlucke.

Würde sich aaaalles aufklären, gar keine Frage. Würde diesen Grieser morgen mit meinem Profikiller-Lächeln von meiner Unschuld überzeugen. Auch das Gespräch mit Martin würde sich morgen ganz anders darstellen. Vielleicht würden wir uns gar nicht mehr daran erinnern.

»Ha!«, machte ich und musste laut rülpsen. Irgendwie ahnte ich, dass der Rest des Biers nicht mehr zu schaffen war. Mit Bedauern sah ich zu, wie es in der Spüle verschwand. Was für eine Vergeudung. Ich knallte die Flasche neben die erste. War besser, wenn ich mich wieder hinsetzte. Mit einem Plumps kam ich auf dem Boden auf. Tat aber nicht weh, war ja Teppich.

»Typisch Mann«, murmelte ich. Wer mietete denn eine Wohnung, mit Teppich bis vor die Küchenzeile? Doch nur einer, der sie nicht benutzte. Das Fleisch grillte er bestimmt draußen auf dem Balkon über offenem Feuer. Mit einem Finger pickte ich die letzten Krümel von der Tüte auf, lehnte den Kopf zurück gegen die Kühlschranktür und zählte die Spinnweben in den Ecken.

Kurz darauf knackte der Schlüssel im Schloss.

14

»Du solltest gar nicht erst reinkommen, McClane«, rief ich laut. »Ich habe mit der Büroklammer, die ich in meinem BH versteckt hatte, eine tödliche Waffe gebaut, und außerdem steht mein Killer-Lover hinter diesem scheußlichen Blumenvorhang, um dich zu zerfleischen!«

Gleich darauf erschienen McClanes Beine in meinem Blickfeld und blieben vor mir stehen. Langsam zog ich meinen leicht schwimmenden Blick an den langen Beinen hoch, ließ ihn dann einen Moment länger als nötig auf Hüfthöhe hängen und überlegte, wie es wohl hinter den Hosenknöpfen aussah. Argh, nicht doch! Ich hasste diesen Typ schließlich. Mein Blick wanderte weiter hinauf über diese dämliche breite Brust bis zu seinem Gesicht. Das war überhaupt das Oberdämlichste an ihm.

Mit leicht erhobener Augenbraue sah er auf mich herunter und in seinem Gesicht spiegelte sich Anspannung, die erst von ungläubiger Überraschung und dann Belustigung abgelöst wurde. Hatte der doch die Frechheit, auf mich herabzulächeln!

»Du traust dich was«, stellte ich mit einem Schluckauf fest.

Sein Blick glitt über die leere Tüte hinauf zur Ablage, wo die zwei Bierflaschen standen.

»Irgendwie hätte ich mir denken können, dass es eine blöde Idee ist, dich an den Kühlschrank zu fesseln.«

»Du bist ein blitzgescheites Kerlchen, McClane. Aber auch die haben ihre«, - ich betonte langsam -, »bo-den-los dummen Momente. Zum Beispiel, wenn sie eine Kunsthistorikerin für eine Kriminelle halten und«, ich gestikulierte mit der freien Hand in Richtung des Kabelbinders, »besagte Kunsthistorikerin an Kühlschränke fesseln.«

Er streckte mir eine Hand hin, aber ich schüttelte den Kopf.

»Fass mich nicht an, geh wech! Ich kann ohne deine Hilfe aufstehen.« Allerdings war das schwieriger als ich erwartet hatte. Es fühlte sich an, als würde ich gleich mit dem ganzen Kühlschrank nach vorn umkippen. Die Tür öffnete sich ein wenig, bevor ich das Gewicht schnell wieder nach hinten verlagerte.

»Du bist ganz schön angeschickert, Lilly«, sagte McClane fassungslos mit kaum unterdrückten Lachen und griff nach einer Bierflasche.

»Das ist Unsinn«, sagte ich und artikulierte mich besonders sorgsam. »Ich vertrage sonst auch zwei Flaschen Bier, ohne betrunken zu sein.«

»Ja, null Komma drei wahrscheinlich. Hier in Bayern sind es aber Halbliter-Flaschen«, meinte er und warf einen Blick auf das Etikett. Dann brach er in schallendes Gelächter aus. Um ihn besser fixieren zu können, musste ich mich an den Kühlschrank lehnen.

»Was ist los?«

»Hast du wirklich beide Flaschen ausgetrunken?«

Ich hob das Kinn.

»So ziemlich.«

»Mit Bier kennst du dich nicht aus, oder? Schaust du auch mal aufs Etikett?«, fragte er, bevor er erneut von Lachen geschüttelt wurde. »Oh Gott, wie konnte ich dich auch nur für einen Moment für eine von Schotts Leuten halten.«

Er stützte sich mit beiden Händen auf der Ablage ab, um zu Atem zu kommen. Beleidigt wollte ich die Arme verschränken, aber das ging ja nicht.

»Ähahaha, wie witzig. Reiß dich zusammen, wir sind hier nicht in der Muppet-Show.«

Er richtete sich wieder auf und fuhr sich über die Augen.

»Du hast zwei Flaschen Eisbock getrunken.« In seinen Augen funkelte es, als mir meine Unwissenheit ins Gesicht geschrieben stand.

»Na schön, und das heißt?«, gab ich schulterzuckend zurück.

»Eisbock ist ein ganz besonders gebrautes Starkbier, Lilly. Dieses hier«, er hielt mir eine Flasche vor die Nase und ich musste schielen, »hat zehn Prozent Alkohol.«

Zehn Prozent! Davon hatte ich fast einen Liter getrunken? Wie gut, dass ich die Bagels gegessen hatte, das hätte ansonsten eine Katastrophe gegeben. Ich schloss die Augen und das Karussell-Gefühl verstärkte sich so sehr, dass ich glaubte, gleich an der Kühlschrankwand hinab rutschen zu müssen. Als ich die Augen wieder aufriss, stand McClane vor mir und schnitt mit der Küchenschere den Kabelbinder durch. Er besah sich mein Handgelenk und rieb vorsichtig mit dem Daumen über den roten Striemen, den das Plastik hinterlassen hatte.

»Da schaust du«, fuhr ich ihn an und entzog ihm meine Hand. »Rohe Gewalt.«

Er presste die Lippen zusammen.

»Tut mir leid«, sagte er und trat dann einen halben Schritt zurück. »Der USB-Stick lag auf dem Boden?«, fragte er unvermittelt.

»Ja. Er muss dir aus der Tasche gefallen sein. Ich wollte ihn dir geben, aber dann hat Timmy gerufen und ich habe das

Ding in meine Tasche gesteckt. Ich hätte doch sofort abhauen können, sobald ich ihn hatte.«

Widerstrebend nickte er.

»Das habe ich mir dann auch überlegt.«

Ich kniff ein wenig die Augen zusammen.

»Hättest lieber etwas früher überlegen sollen.«

Er zog eine Augenbraue hoch.

»Es kam eben alles zusammen.«

»Die Wanze kann auch derjenige angebracht haben, der das Auto geknackt hat.«

»Wenn du es nicht warst, muss es so sein«, bestätigte er.

»Ich war´s nicht!«

Jetzt grinste er.

»Ich weiß.«

»Ach?«

»Deine Schuhe retten dich.«

Ich runzelte die Augenbrauen.

»Schuhe sind immer eine Rettung, aber ich kann nicht ganz folgen.«

»Ich habe Lenberg angerufen. Grieser hatte mir nur die Hälfte erzählt.«

»Weil du mittendrin aufgelegt hast«, warf ich ein.

»Wie auch immer. Es wurden neben dem Haar auch zwei Schuhabdrücke sichergestellt. Ein Abdruck im Teppich und ein wesentlich deutlicherer Abdruck im Blumenbeet vor dem Fenster des Arbeitszimmers. Schuhgröße achtunddreißig.«

Ich hatte Größe achtunddreißig, unterdrückte aber noch gerade diese Bemerkung.

»Ich weiß zwar von unserem Einkauf, dass das deine Größe ist«, sagte McClane, »aber du bist mir an dem Tag mit diesen Mörderabsätzen begegnet, wie mir deutlich in Erinnerung geblieben ist, dank deinem Sturz in die Hecke. Selbst wenn ich nicht absprechen will, dass eine Frau auch in solchen Schuhen einen Mann einschüchtern, beziehungsweise umbringen kann«, er sah mich bedeutungsvoll an, »glaube ich nicht, dass du in vernünftigen Schuhen Sven Fröbe überfällst und dann deine High-Heels anziehst, um zu flüchten.«

»Vielleicht hielt ich es für besonders schlau, weil ich dich damit becircen wollte«, sagte ich spitz.

»Dann hätten deine anderen Schuhe ja irgendwo sein müssen«, konterte er gelassen. »Der Schuhabdruck war der einer durchgängigen Sohle. Außerdem weiß ich, wie du zuschlägst. Du hättest Sven nie so verprügeln können, wie es der Obduktionsbericht beschreibt.«

Ich rieb mir das Handgelenk.

»Schade, dass Sherlock McClane vorhin noch keinen Dienst hatte.«

»Ich sagte, es tut mir leid.«

Sah aber nicht danach aus, eher als ob er bemüht war, ein Grinsen zu unterdrücken.

»Lenberg lässt dir ausrichten, dass du trotzdem eine Haarprobe abgeben sollst.«

»Kein Problem«, sagte ich und wedelte so schwungvoll mit der Hand durch die Luft, dass mich das fast aus dem Gleichgewicht brachte. »Es dauert sicher nur ein paar Minuten, bis du mich wieder so reizt, dass ich mir vor Wut die Haare ausreiße. Die können wir dann gleich eintüten.«

»Damit halte ich mich für heute zurück. Geht's denn?« Seine Stimme war warm und dunkel. »Natürlich geht's«, knurrte ich. »Ich bin ein bisschen beschwipst, nicht volltrunken.« Obwohl ich mir nicht sicher war, wie das mit dem Laufen werden würde.

»Also eine Büroklammer im BH, mh?«, meinte er langsam und ließ den Blick zu meinem Busen wandern. Die Belustigung mischte sich mit diesem verführerisch rauchigen

Ausdruck in seinen Augen. Sofort verschränkte ich meine jetzt freien Arme vor der Brust. Sollte bloß nicht glauben, dass er davon noch was zu sehen bekam.

»Ich habe mit Martin telefoniert. Mit meinem Freund«, fügte ich hinzu, falls er das schon nicht mehr wusste.

»Ah ja?«, meinte er und stützte die Hände in die Hüften. Mich wurmte der überhebliche Ton, den ich wahrzunehmen meinte. Erneut kam der Ärger in mir hoch, auf ihn und auf Martin. Vor allem aber auf ihn.

»Tja«, gab ich zurück und musste meine Arme wieder entschränken, um mich ein wenig am Kühlschrank hinter mir abzustützen. »War ja genug Zeit für Telefonsex.«

Seine Augen verengten sich.

»Telefonsex.«

»Ja.« Trotzig hob ich das Kinn. »Wie ich sagte, wir passen großartig zusammen.« Ich versuchte, eine Fassade von Zufriedenheit zur Schau zu stellen. Plötzlich erschien dieser gefährliche Schatten eines Lächelns um seine Lippen. Gemächlich trat er dicht an mich heran und stützte eine Hand gegen die Kühlschranktür. Das Graugrün seiner Augen wirkte dunkel wie eine stürmische, wilde See. Oh Gott, seit wann gingen mir denn solche Metaphern durch den Kopf? Grüne Augen hatte er halt, und es ließ mich völlig kalt, wie sich die Farbe verändern konnte. Schlimm genug, dass mir das überhaupt auffiel.

Er schob mir eine lose Haarsträhne hinter das Ohr. Mit einem Finger strich er langsam meinen Hals hinab, über mein Schlüsselbein, dann am Ausschnitt meines T-Shirts entlang. Ein Schauer durchlief mich.

»Hat er dich scharf gemacht?«

Ich schluckte. So wie er gerade?

»Ja«, sagte ich herausfordernd.

Sein Gesicht blieb unbewegt, sein Blick folgte seinen Fingern, die jetzt über meine Brust strichen, zu meinem Brustbein wanderten und dort kurz verharrten.

»Ja?«, wiederholte er gefährlich sanft.

Ich nickte. Die Finger strichen abwärts, eine heiße Spur hinterlassend, dann legte er seine flache Hand über meinen Bauch.

»Und bist du gekommen?«, fragte er beinahe beiläufig, während er den Druck seiner Hand verstärkte. Ich sog scharf die Luft durch die Nase ein. Zum Teufel mit ihm!

Als ich nicht antwortete, neigte er sich vor, bis sein Gesicht so dicht vor meinem war, dass ich beinahe seine Lippen auf den meinen spüren konnte.

»Bist du gekommen, Lilly?«, fragte er noch einmal.

Ich stieß mit den Händen gegen seine Brust.

»Geht dich gar nichts an. Glaubst du mir etwa nicht?«

Langsam nahm er seine Hand von meinem Bauch und schüttelte ebenso langsam den Kopf.

»Ich sagte doch schon, du bist eine schlechte Lügnerin.« Seine Lider senkten sich leicht. »Ich würde dich heiß machen.«

Abrupt richtete ich mich kerzengerade auf und die Welt schwankte gefährlich.

»Ach so? Hättest mir zwar fast die Kehle zerquetscht, aber schlafen würdest du mit der Verschwörerin?«

»Wenn sie scharf ist«, sagte er träge und sah mir in die Augen. »So wie du.«

»Pf«, machte ich verächtlich und schob mein Gesicht ein wenig weiter vor, um deutlich zu machen, dass ich ihn durchschaute. Dabei verlor ich das Gleichgewicht. Seine Hände umfassten meine Schultern, als ich gegen seine Brust kippte.

»Scharf, ja?«, fragte ich skeptisch und zufrieden zugleich. Ich lehnte mein Kinn gegen seine Schulter, um nach oben zu schauen, denn irgendwie war mein Kopf zu schwer, als dass ich ihn selbst hätte halten können.

»Das weißt du«, sagte er und seine Stimme bekam wieder diese raue Nuance. Seine Hände legten sich über meinen Po. »Du hast einen geilen Hintern, Sugar. Seit du an der Hauswand dieser Pension hingst, kann ich den nicht vergessen. Seitdem habe ich darauf gewartet, ihn wieder zu sehen.«

»Du hast mich in den blöden Cargohosen-Shop geschleift«, nuschelte ich.

Um seinen Mund zuckte es. Sein Griff auf meinem Hintern verstärkte sich und er zog mich enger an sich. Entzückt stellte ich fest, dass er trotz meines Starkbierzustandes hart wurde. Ich hob die Hände, legte sie gegen seinen Brustkorb und stützte mich ein wenig von ihm ab, damit ich ihm besser in die Augen sehen konnte. Meine musste ich allerdings leicht zukneifen, damit ich schärfer sah.

»Ich würde auch mit dir schlafen, weil du scharf bist«, informierte ich ihn. »Obwohl du ein Arsch bist. Aber eben ein ganz schön heißer Arsch. Der hat mir am ersten Abend schon gefallen. Aber«, gab ich zu und hob wackelnd einen Zeigefinger, »das ist nicht alles, was mir an dir gefällt, durchaus nicht. Du hast noch andere hübsche Einzelheiten zu bieten, soweit mir aufgefallen ist.

Wie zum Beispiel diese muskulöse Brust. Einen Augenblick war ich abgelenkt und ganz in dieses Gefühl unter meinen Händen vertieft. Er zog mich wieder an sich, meine Arme gaben sofort nach und ich landete mit der Nase in seinem T-Shirt.

»Glaube mir«, sagte er leise, »ich würde dir zu gern zeigen, was alles an dir mir gefällt. Aber das werden wir verschieben müssen.«

Wieso, funktionierte doch alles? Zum Beweis schob ich eine Hand zwischen uns und legte sie über die ausgeprägte und harte Wölbung unter seiner Hose.

»Weil?«, fragte ich und fasste ein wenig fester zu. Er stieß die Luft aus, aber es war nur ein halbes Lachen. Einen Augenblick standen wir so da, dann löste er sanft aber bestimmt meine Hand und hob mich auf seine Arme. Die Bewegung machte mich ganz duselig und mein Kopf kippte an seine Schulter.

»Weil du total blau bist, Lilly, und so ein Arsch bin ich nicht.«

»So ein Arsch bist du nicht«, wiederholte ich bestätigend und schob meine Nase in seine Halsbeuge. Mit einem Mal schläfrig, schloss ich die Augen. »Und du riechst so gut.«

Ich hörte sein tiefes Lachen.

»Daran werde ich dich noch erinnern.« Plötzlich spürte ich die weiche Matratze unter mir. Eine Decke wurde über mich gezogen und ich kuschelte mich hinein.

»Hoffen wir, dass du morgen keinen zu schlimmen Kater hast«, flüsterte er mir zu und gab mir einen Gutenachtkuss, der meine Mundwinkel wie die der Grinsekatze auseinanderzog. Dann war ich auch schon eingeschlafen.

15

Mein Kopf fühlte sich an wie ein Betonklotz, als ich erwachte, mein Hals war ausgetrocknet und ich hatte einen pochenden Schmerz in den Schläfen. Ganz offensichtlich hatte ich mir gestern einen Virus eingefangen, war mein erster schlaftrunkener Gedanke. Dann tauchten wie Nebelschwaden Erinnerungen an den gestrigen Abend auf, wehten hin und her und setzten sich schließlich zu einem leider vollständigen Film zusammen. Mit Ton. Verdammt!

Ich zog die Decke über den Kopf und stellte mich tot. Aber ich war betrunken gewesen, da zählte nicht, was man daherredete! Wie hatte ich denn auch wissen sollen, dass Eisbock nicht bloß ein Name, sondern eine Brauart war? Zehn Prozent Alkohol, war das überhaupt zulässig? Selbst wenn ich das gelesen hätte, hätte ich es für einen Druckfehler gehalten.

Ich wünschte, ich säße in meinem langweiligen Büro in Hamburg weit weg von diesem Ort und diesem Mann hier. Jetzt erinnerte ich mich auch an das Telefonat mit Martin. Die Enttäuschung war wieder da. *Schön essen gehen.*

Kein Wunder, dass ich auf McClane abgefahren war, da brauchte ich gar kein schlechtes Gewissen zu haben. Außerdem hatte ich nur ein bisschen dummes Zeug geredet und McClane an -, Oh Gott, hatte ich da wirklich hin gegriffen? Tod durch Blamage.

Hatte ich schon erwähnt, dass ich betrunken war?

Aber eine gute Stunde zuvor warst du nicht betrunken, gestand ich mir ein. Da gab es keine Ausrede für unseren Kuss. Was wäre geschehen, wenn nicht das Telefon geklingelt hätte?

Die Antwort zeigte sich mir sofort in lebhaften Bildern.

Das Telefon hatte aber geklingelt! Nichts passiert. Würde auch nie wieder passieren.

Wie spät mochte es wohl sein? Irgendwann musste ich das Zimmer verlassen und McClane unter die Augen treten. Uahhhh.

Doch mit dem Kopf unter Decke war die Luft schlecht und das verstärkte meine Schmerzen. Außerdem musste ich dringend aufs Klo und wollte liebend gern duschen. Seufzend verließ ich das Bett. Auf keinen Fall wollte ich McClane gegenübertreten, ohne vorher einen Blick in den Spiegel geworfen zu haben. Ich schnappte mir die Tüte mit meinen restlichen neu gekauften Sachen und öffnete die Tür einen Spalt. Vorsichtig spähte ich in Richtung Wohnzimmer, dort war die Tür angelehnt. Auf Zehenspitzen lief ich ins Badezimmer.

Ach du Schande, wer hatte diese Idee mit dem Spiegel gehabt? Der Pferdeschwanz hing schief hinter meinem Ohr, mein Gesicht war zerknittert und blass. So schnell wie möglich zog ich mich aus und stellte mich unter die Dusche. Von unserem abwesenden Gastgeber stand ein Duschshampoo in der Badewanne, das ich dankbar benutzte. Ewig hätte ich unter der warmen Dusche stehen können. Schließlich überwand ich mich und stellte das Wasser ab. Immerhin hatte ich frische Unterwäsche und ein sauberes T-Shirt, da fühlte ich mich gleich ein wenig fitter. Einen Föhn konnte ich nirgends finden. Mit den Fingern versuchte ich, etwas Ordnung in die nassen Haare zu bringen, dann band ich sie zum Zopf zusammen.

Nun gab es keinen Grund mehr, mich noch länger im Bad zu verbarrikadieren, also straffte ich die Schultern und holte tief Luft. Dann verließ ich das Bad und betrat mit energischem Schritt das Wohnzimmer.

»Mor-«, setzte ich mit Trompetenstimme an, verschluckte mich aber und blieb wie angewurzelt stehen. »-gen«, tröpfelte der Rest meines fröhlichen Grußes hinterher. McClane war mitten in seinem morgendlichen Sportprogramm und machte am Boden Liegestützen. Allein von dem Tempo, das er da vorlegte, wurde mir schwindlig. Er warf mir von unten einen kurzen Seitenblick zu und ließ sich ansonsten nicht stören.

»Morgen«, gab er zurück.

Dieser Mann gehörte wirklich nicht in meine Welt, dachte ich, während ich ihm zusah. Mich könnte nichts dazu bewegen, freiwillig Liegestütze zu machen, und auch unfreiwillig wäre ich nicht zu mehr als einer in der Lage. Da ich ihn nicht länger anstarren wollte, ging ich zur Küchenzeile und füllte mir ein Glas mit Leitungswasser.

»Ich glaube, körperliche Betätigung am Morgen ist nicht gesund«, sagte ich, ohne mich umzudrehen. Er trat hinter mich, griff um mich herum zum Hängeschrank und holte sich ebenfalls ein Glas.

»Gestern Abend bin ich zu keiner körperlichen Betätigung mehr gekommen«, sagte er, während er das Glas mit Wasser füllte. Um nicht antworten zu müssen, setzte ich meins an die Lippen. Wir leerten unsere Gläser gleichzeitig. McClane lehnte sich gegen die Spüle und verschränkte locker die Arme vor der Brust.

»Was macht der Kopf?«, fragte er.

»Alles wunderbar«, log ich. Er musterte mich mit einem Blick, der verriet, dass er mir das nicht abnahm, nickte aber nur.

»Schön, wir müssen ein paar Dinge klären. Ich hatte heute früh einen Anruf von Grieser.«

Vergessen waren meine Kopfschmerzen und meine Schlappheit.

»Ich konnte ihn nicht ganz davon überzeugen, dass du in keiner Weise verdächtig bist. Er taucht gleich hier auf, um sich mit dir zu unterhalten. Zum einen will er von dir hören, was genau vor zwei Tagen in Fröbes Haus passiert ist, zum anderen ist er der Meinung, seine Leute können der Hamburger Polizei die Arbeit abnehmen, wenn sie dein Haar analysieren.«

»Die kommen hierher?«

»Wir sollen hier warten, bis sie kommen«, sagte er nickend. »Wir haben kein Auto und ich habe keine Zeit, dich mit der S-Bahn nach Pullach rauszubringen. Die sollen dich hier abholen, wenn sie es für so wichtig halten.«

»Moment, mich abholen? Du lässt doch nicht zu, dass die mich mitnehmen?«

»Mach dir keine Sorgen, es kann gar nichts passieren. Solange du die Wahrhcit sagst.«

»Fang nicht wieder damit an, hierfür fehlt mir gerade der Humor.«

»Es wird ein wenig dauern, weil das Griesers Art ist, aber dann bist du aus dem Schneider.«

»Du wolltest dich heute Vormittag mit van Bergen treffen.«

»Ja, das werde ich, sobald sie wieder weg sind.«

»Mit mir«, sagte ich ärgerlich.

»Damit würdest du mir eventuell eine willkommene Ablenkung für Grieser verschaffen«, stimmte er zu.

»Ich will nicht mit denen mit. Ich verschwinde einfach. Warum hast du mich nicht früher geweckt?«

»Das ist der BND, Lilly, du kannst nicht abhauen. Ich kann nicht jemanden vor einer Bundesbehörde verbergen, der zu einem Mordfall befragt werden soll.«

»Es war kein Mord, das hat Lenberg selbst gesagt«, wandte ich ein.

»Zu einer Straftat dann eben«, fuhr er unbeirrt fort. Er sah auf seine Armbanduhr und zog unwillig die Augenbrauen zusammen. »Da kann ich dich nicht einfach gehen lassen. Nicht, nachdem mich der leitende Beamte direkt informiert hat, dass sie in einer halben Stunde hier sind.«

»Das ist dein letztes Wort?«

Offenbar, denn er ließ mich einfach stehen.

»Hei!«, rief ich empört. »Wir sind noch nicht fertig!«

»Sind wir«, sagte er über die Schulter und zog sich sein T-Shirt über den Kopf.

Mein Kinn sank beinahe herab beim Anblick des muskulösen Rückens und der breiten Schultern. Ich habe eine Schwäche für wohl definierte, breite Männerschultern. Als hätte ich Wasser in die Ohren bekommen, schüttelte ich den Kopf.

»Was wird denn das jetzt?«

»Ich gehe duschen.«

»Aber -!«

Er drehte sich um.

Oh nein, Teufel, weiche von mir! Am liebsten hätte ich die Hand vor die Augen gehalten. Die Vorderseite war noch viel sündiger als die Rückseite. Seine Brust war nur leicht behaart und ein schmaler Streifen zog sich über die Mitte eines verlockenden Sixpacks zum Bund seiner Sweatpants.

»Willst du mitkommen?«

»Nein!«

Er zuckte mit einer Schulter und verschwand.

»Du bist echt ein Arsch!«, rief ich ihm hinterher.

»Ja«, rief er zurück, »aber ein heißer, das weiß ich aus erster Quelle!«

Ich stieß ein wütendes Fauchen aus. Was hatte ich nur verbrochen, dass dieses Alphatier in mein Leben platzen musste? Der übergab mich einfach an den BND, das war doch nicht zu fassen! Den Verräter hatte ich gestern noch küssen wollen?

Im Bad ging die Dusche an.

McClanes Handy, das auf dem kleinen Couchtisch lag, leuchtete auf. Er hatte es für die Nacht auf lautlos gestellt. Die Nummer war unterdrückt.

»McClane, Telefon«, rief ich. Vielleicht meldete sich der Mann vom Rasthof doch wieder. Als das Wasser weiterlief, nahm ich das Gespräch an.

»Hallo?«

»Geben Sie mir Ihren Partner«, sagte ein Mann.

»Wer ist da?«

»Holen Sie ihn ans Telefon. Sofort.«

Ich trommelte mit der Faust gegen die Tür zum Badezimmer.

»Telefon!«, rief ich. »Jetzt!«

Gleich darauf öffnete McClane die Tür, ein Handtuch um die Hüften geschlungen. Das Wasser tropfte ihm aus den Haaren.

»Wer?«

Ich hob die Schultern und übergab das Handy.

»Ja«, meldete er sich. Innerhalb der nächsten Sekunden wurde seine Miene hart wie Granit.

»Ich will mit ihm sprechen.«

Überrascht sah ich ihn an. Wer war am Apparat? Es konnte nicht der Mann vom Rasthof sein. Seine Stimme war wütend, in seinen Augen hingegen las ich Besorgnis.

»Dann lasst ihr ihn gehen?« Der Ton klang sarkastisch. »Uns alle? Für wie dumm haltet ihr mich. Ihr müsst doch davon ausgehen, dass ich die Daten kopiere.«

Bei der Antwort des anderen ballte er eine Hand zur Faust.

»Okay. Ihr bekommt den Stick.«

Zephyr, dachte ich. Doch wen wollten sie gehen lassen? Mein Brustkorb schien enger zu werden, als mir einfiel, von wem die Rede sein könnte. Plötzlich ging McClanes Blick zu mir und blieb auf mir haften.

»Vergiss es«, sagte er kalt. »Sie bleibt aus der Sache raus.«

Bei der Antwort des Anrufers verengten sich seine Augen zu schmalen Schlitzen. Die Tatsache, dass er nicht den Lautsprecher anstellte und ich im Dunkeln tappte, machte mich wahnsinnig.

»Sag deinem Chef, wenn er den Stick haben will und sie die Übergabe machen soll, dann bestimme ich, wo die stattfindet.«

Er lachte auf.

»Nein, ganz bestimmt nicht. Wir sind doch in München, was gibt es Schöneres, als dass wir uns auf dem Oktoberfest treffen.«

Der andere schien zu protestieren.

»Auf der Wiesn«, bekräftigte McClane. »Beim Eingang zur Fischer-Vroni. Besprich das mit deinem Chef. Mir egal.«

Als er das Handy sinken ließ und mich ansah, hatte ich eine staubtrockene Kehle.

»Sie haben Herrn van Bergen?« Meine Stimme zitterte bei der Frage.

McClane nickte knapp.

»Sie lassen ihn frei gegen die Übergabe der Daten.« Er fuhr sich mit einer Hand durch die Haare und sah mich an, als fiele es ihm schwer, weiterzusprechen.

»Sie wollen, dass du den USB-Stick überbringst«, sagte er.

Obwohl ich nach seiner Antwort am Telefon schon damit gerechnet hatte, fühlte es sich an, als gebe der Boden unter mir nach. Gegen meinen Willen nickte ich, aber ich brachte keinen Ton heraus. Er hätte mir die Angst angehört. Zum Teufel, er konnte sie sowieso in meinen Augen sehen.

Als würde ihm genau das zusetzen, wandte er sich ab, ging zur Küchenzeile hinüber und stützte beide Hände auf die Ablagefläche.

»Sie wollen sich auf nichts anderes einlassen.«

Einen Moment starrte er vor sich hin. Dann schlug er mit der Faust krachend auf die Ablage, dass ich zusammenzuckte.

»Ich mache es.«

Er sah auf, die Augen dunkel vor Wut.

»Es ist okay«, versicherte ich, obwohl es alles andere als okay für mich war. »Wieso glauben sie, dass du die Daten nicht heimlich kopierst?«

Er legte kurz den Kopf in den Nacken und stieß die Luft aus.

»Sie wissen etwas, das sie gegen ihn verwenden können.«

»Was?«

Doch er schüttelte nur den Kopf und ging rastlos durch das Zimmer.

»Du musst verschwinden, Lilly.« Er kam zu mir, nahm meine Hand und drehte sie mit der Handfläche nach oben. Dann legte er den USB-Stick hinein. »Steck ihn ein. Ich lass mir was einfallen, wie ich uns Grieser vom Hals halte.«

»Ich denke, ich kann nicht weg?«

»Jetzt ist es anders.«

»Werden die nicht nach mir suchen, wenn ich abhaue?«, fragte ich besorgt, während ich den Stick in einer der Taschen meiner Cargohose verstaute.

»Ich regle das. Irgendetwas werde ich Grieser erzählen, damit er uns etwas Zeit gibt. Aber wichtig ist, dass du gar nicht mehr da bist, wenn sie kommen.«

»Warum hast du ausgerechnet das Oktoberfest vorgeschlagen?«

»Weil sie dort die geringste Chance haben, dir etwas anzutun. Überall sind Menschen und überall ist Polizei.«

»Warum sollten sie sich darauf einlassen? Das ist doch zu gefährlich für sie.«

Er schüttelte grimmig den Kopf.

»Sie werden keinen Austausch dort vornehmen. Verlass dich drauf, wir erfahren erst, wo er ist, wenn sie den Stick haben. Er wird an einem anderen Ort sein, davon können wir ausgehen.«

Wenn sie uns nur nicht betrügen, dachte ich.

»Aber sie lassen ihn gehen«, sagte ich hoffnungsvoll.

Er sah auf mich herab.

»Sie bekommen alles, was wir gegen sie in der Hand haben.«

Ich legte eine Hand auf seinen Arm.

»Es wird sich bestimmt ein anderer Weg finden. Wir wissen gar nicht, was tatsächlich auf dem Stick ist, ob es wirklich ausreichend gewesen wäre, um etwas gegen sie zu unternehmen. Wahrscheinlich wissen sie es auch nicht.«

Sein Gesicht blieb verschlossen, doch er legte mir die Hände auf die Schultern und drückte sie leicht.

»Schon gut. Verschwinde jetzt. Ich rufe dich an, sobald Grieser fort ist. Dann treffen wir uns.«

16

Eilig lief ich die Treppe hinunter. Gerade hatte ich den untersten Absatz erreicht, als jemand meinen Arm packte und mich herumwirbelte. Ich prallte gegen die gegenüberliegende Wand. Zwei Finger bohrten sich direkt unter meinem Kopf in den Hals, dass es mir die Tränen in die Augen trieb.

»Hab ich dich erschreckt?", sagte eine Männerstimme. »Sorry, ich habe mich so gefreut, dass du mir entgegenkommst.«

Mit einem Ruck drehte er mich herum, dass ich mit dem Rücken zur Wand stand. Etwas blitzte vor mir auf, dann spürte ich die Klinge eines Messers an meinem Hals.

Panik übermannte mich und ich begann zu zittern. Das konnte nicht der Agent sein. Vor mir stand ein Mann, mittelgroß und drahtig gebaut, sein hellblondes Haar war militärisch kurz geschnitten. Er beobachtete mich mit dünnlippigem Lächeln, ein beinahe amüsiertes Funkeln in den Augen, während ich nach Luft rang. Hier wurde mein größter Alptraum wahr. Wie hatte ich jemals gerne Thriller lesen und CSI gucken können? Wenn ich das überlebte, gäbe es für mich nur noch Rosamunde-Pilcher-Filme.

Mein Herzschlag glich einem Presslufthammer.

»Hat man dir nicht beigebracht, dass kleine Mädchen besser nicht allein unterwegs sind?«

Ich brachte kein Wort hervor.

»Was wird wohl dein Freund da oben sagen?«

Spielerisch bewegte er die Klinge ein wenig hin und her. Es musste ein Mann von *Zephyr* sein, sie hatten uns in eine Falle gelockt.

»Er wird sagen, dass Sie sich nicht an die Abmachung halten«, krächzte ich, »Sie haben doch gerade erst mit ihm telefoniert!«

Der Mann stutzte. Mit der freien Hand griff er um mein Kinn und hielt es fest. Ich sah in seine hellblauen, starren Augen. Eidechsenaugen, schoss es mir durch den Kopf, starr und leer.

»Willst du mich verarschen?«

»Ich habe den Stick nicht dabei, ich habe doch nicht gewusst, dass Sie jetzt schon da sind«, flüsterte ich aufgeregt. »Der ist noch oben in der Wohnung. Sie hätten einfach sagen können, dass Sie nicht aufs Oktoberfest wollen.«

Anscheinend hatten wir hier ein Kommunikationsproblem, denn er sah für einen Moment völlig verwirrt aus. Leider nur für einen Moment.

»Wie auch immer«, sagte er. Das dünne Lächeln spielte wieder um seine Lippen. Er hatte einen leichten Überbiss und schob die Schneidezähne auf die Unterlippe. »Du bringst mich jetzt zu McClane.«

Ich nickte, während mir der Angstschweiß den Rücken hinunterlief. Er nahm das Messer von meinem Hals. Dann fasste er meinen Arm und drückte mir die Messerspitze in die Seite.

»Vorwärts.«

Doch als ich den Fuß auf die erste Stufe setzte, riss er mich wieder zurück. Entsetzt schnappte ich nach Luft, als sich die Spitze der Klinge durch mein T-Shirt bohrte.

»Was wolltest du hier unten?«, fragte er.

»Brötchen holen«, sagte ich schnell. »Für‘s Frühstück.«

»Süß«, sagte er sanft. »Wo ist dein Haustürschlüssel?«

»Das habe ich vergessen, ich habe keinen«, gestand ich. Wieder drückte er ein klein wenig das Messer in meine Haut.

»Dann öffnest du jetzt die Haustür und klingelst. Komm nicht auf die Idee, um Hilfe zu schreien.«

Ich schüttelte den Kopf. Wir gingen zur Tür, ich öffnete sie und drückte auf die Klingel zum Apartment.

Es knackte in der Gegensprechanlage.

»Ja«, erklang McClanes Stimme.

»Ich bin´s«, sagte ich. »Sie hatten keine Croissants mehr.«

Der Mann quetschte meinen Arm und ich unterdrückte einen Aufschrei. Der Türöffner summte.

Der Mann zog mich wieder in den Flur.

»Dann los«, sagte er leise. Statt zur Treppe, schob er mich zum Fahrstuhl. Ratternd fuhren wir in den zweiten Stock hoch.

»Mach die Tür auf«, forderte er mich auf. »Und kein Wort!«

Dann traten wir in den Korridor.

Die Wohnungstür war angelehnt, ganz so, als hätte McClane sie für mich geöffnet und wäre wieder ins andere Zimmer gegangen. »Mach sie auf«, raunte mir der Mann ins Ohr. Ich stieß sie weiter auf. Die Tür zum Wohnzimmer war geschlossen, die zum Schlafzimmer stand sperrangelweit offen. Aus dem Wohnzimmer erscholl Musik. Der Mann warf einen kurzen Blick zum Schlafzimmer und schob mich weiter auf die geschlossene Tür zu.

»Aufmachen«, flüsterte er und das Messer verschwand von meiner Taille. Gleich darauf sah ich es aus dem Augenwinkel aufleuchten, doch bevor er mir die Klinge an den Hals drücken konnte, schrie er unterdrückt auf. Es gab ein kratzendes Geräusch, als die Messerklinge gegen die Wand prallte. Als ich mich umdrehte, sah ich McClane und den Mann um das Messer ringen.

Hastig drückte ich die Klinke herunter und wich ins Wohnzimmer aus, um nicht dazwischen zu geraten. McClane schlug die Hand des anderen, die das Messer hielt, mehrmals gegen den Türrahmen. Schließlich fiel es zu Boden, doch ein Tritt des Blonden traf McClane unvorbereitet und eine schnelle Folge harter Schläge folgte. Die beiden wichen wieder in den Flur zurück. Unfähig, mich zu bewegen, verfolgte ich den Kampf, hörte das Keuchen der Männer und das dumpfe Geräusch, wenn ein Schlag traf. Dann endlich nahm ich mich zusammen, lief zu dem Messer und hob es auf. Kaum hatte ich es in der Hand, stürzten die beiden an mir vorbei ins Wohnzimmer und rollten über den Boden. Ich sah, wie ein Schlag McClane ins Gesicht traf und sein Kopf hart auf den Boden aufschlug. Ängstlich umklammerte ich den Griff des Messers. Im nächsten Moment kassierte der Blonde ein paar harte Schläge in die Nieren. Eine Sekunde später hatte McClane die Oberhand. Ein Faustschlag traf den anderen direkt an die Kinnspitze und er sank abrupt in sich zusammen. Rasch rollte McClane ihn herum und drehte seine Arme auf den Rücken.

»Bring mir die Kabelbinder«, sagte er atemlos und ich lief zur Küchenschublade.

Na, wie gut, dass er gestern nicht alle an mich verschwendet hatte. Er band dem Blonden die Handgelenke zusammen. Immer noch schwer atmend richtete er sich auf. Scine Lippe war erneut aufgeplatzt.

Ich merkte, dass ich noch immer das Messer in der Hand hielt und warf es beinahe von mir.

»Alles okay?«, fragte McClane.

Plötzlich zitterten mir die Beine und waren weich wie Camembert. Ich setzte mich nicht gerade graziös auf den Boden.

McClane kam zu mir und ging neben mir in die Hocke.

»Lilly, sag was!«, sagte er scharf und legte eine Hand an meine Wange. »Sieh mich an.«

Behutsam, aber bestimmt drehte er mein Gesicht, bis ich den Blick von dem Mann abwenden musste.

»Er hat mich einfach abgefangen. Ich dachte, du wärst hier. Wo«, stammelte ich, »wo warst du?«

»Im Schlafzimmer hinter der Tür«, erklärte er.

»Er hat mich im Hausflur abgefangen.«

Er nahm mein Gesicht in beide Hände.

»Hat er dich verletzt?«

Seine Hände lagen ganz leicht auf meinen Wangen, so als befürchtete er, mich zu erschrecken. Gerade eben hatte er einen Mann k.o. geschlagen, dachte ich, während ich in diese ernsten, besorgten Augen sah. Ich meinte, immer noch die Klinge an meinem Hals zu spüren.

»Hat er dich verletzt?«, fragte McClane noch einmal. Meine Hände gingen zu meinem T-Shirt und ich hob es an. Benommen sah ich hinunter. Nur ein kleiner roter Punkt zeigte, wo das Messer meine Haut geritzt hatte.

»Mir geht's gut«, sagte ich und kam langsam wieder auf die Beine. »Was ist mit dir?«

»Alles bestens sagte er.«

Ich sah ihn genauer an.

»Bestens? Du blutest!« Erschrocken deutete ich auf sein Bein. Die Hose hatte einen Riss. Da der Stoff schwarz war, konnte ich nicht sicher sagen, ob er blutete, aber ich vermutete es.

McClane sah hinunter auf sein Bein.

»Mh, hat der Wichser mich tatsächlich erwischt«, murmelte er und tastete kurz die Stelle ab. »es ist nur ein Kratzer, kaum der Rede wert. Alles peachy.« Er richtete sich auf und grinste mich an. »Jetzt hast du immerhin deinen blutenden McClane.«

Ich stieß ihn vor den Brustkorb.

»Hey«, rief er.

»Ich lache später«, sagte ich. »Zwei Messerkämpfe innerhalb von vierundzwanzig Stunden, ich finde, das ist absolut übertrieben. Ich hatte solche Angst.«

Sein Grinsen blieb, als er mich in die Arme nahm.

»Es schmeichelt mir, dass du dir Sorgen um mich machst.«

»Pf«, machte ich. »Verdient hast du es nicht. Ich bin einfach ein Menschenfreund.«

Er rieb mit der Hand beruhigend meinen Rücken.

»Es ist wirklich alles in Ordnung. Wieder gut?«

Ich atmete tief aus. »Ich hätte es mir gleich denken können. Bruce Willis überlebt immer.«

»Eben«, sagte er.

»Der macht noch einen blöden Spruch.«

Er sah von mir zu dem Blonden am Boden, der sich noch immer nicht regte.

»Yiphiejeihe Schweinebacke.«

Mein Lachen löste für einen Augenblick die Spannung in mir.

»Warum haben sie ihn geschickt?«, frage ich dann. »Meinst du, sie hatten nie vor, sich an die Abmachung zu halten? Vielleicht haben sie nur angerufen, um uns zu orten?«

»Sie haben meine Nummer«, sagte McClane, »sie hätten uns orten können ohne den Anruf. Mein Handy ist eingeschaltet und ich hatte vorhin mit Grieser telefoniert.«

Er schüttelte den Kopf

»Was machen wir jetzt? Was ist mit van Bergen?«

»Keine Ahnung. Wir können warten, ob sie noch einmal anrufen.« Seine Miene zeigte einen Ausdruck von Entschlossenheit und er ging zu dem Mann hinüber. »Oder wir sehen, ob wir ihn nicht wach bekommen. Schließ die Tür.«

Gerade hatte ich die Tür erreicht, die noch einen Spalt offenstand, als ich bemerkte, dass jemand davor stand und im Begriff war, hereinzukommen.

Jetzt zeigte sich, wie sehr mir der Schreck noch in den Gliedern saß. Mit einem Aufschrei warf ich mich mit aller Kraft gegen die Tür und sie flog krachend ins Schloss.

17

Auf der anderen Seite erscholl ein Schmerzensschrei.

»Au! Verdammt noch mal!«, brüllte eine Männerstimme. Mit zwei Sätzen war McClane bei mir und drängte mich hinter sich. Mit gezogener Waffe öffnete er die Tür. Dann ließ er sie wieder sinken und seine Schultern entspannten sich.

»Hat's dich erwischt«, stellte er fest, aber sein Ton klang nicht sonderlich besorgt. Er machte die Tür noch weiter auf. Davor stand ein Mann im Anzug vornübergebeugt und hielt sich die Hände vor das Gesicht.

»Scheiße, ich glaube, meine Nase ist gebrochen«, kam die leicht undeutliche Antwort.

»Was lungerst du denn auch hinter der Tür herum, Andreas?«

Der Mann, Andreas Grieser, wie ich jetzt vermutete, grunzte empört, zog aus der Tasche seines Jacketts ein blütenweißes Taschentuch und schob es unter seine Nase. Langsam richtete er sich auf.

»Ich wollte gerade hereinkommen.«

»Hättest eben unten klingeln sollen«, stichelte McClane.

»Witzig«, zischte der andere, im wahrsten Sinne des Wortes verschnupft.

»Komm rein.« McClane trat von der Tür weg, um Platz zu machen. Dabei gab er auch den Blick auf den Mann frei, der immer noch mitten im Wohnzimmer am Boden lag. Mittlerweile hatte er die Augen geöffnet.

Grieser ließ bei dem Anblick die Hände sinken.

Das Blut lief ihm zwar noch aus der Nase, ansonsten hätte er jedoch ohne weiteres in einen Werbespot für Nespresso gepasst. Er war groß, schlank und elegant. Das blonde, leicht gewellte Haar war zu einer Seite gekämmt, auch wenn ihm jetzt die Föhnwelle etwas unordentlich in das Gesicht fiel.

»Wir hatten Besuch«, erklärte McClane kühl.

Immer noch starrte Grieser auf den Mann. Dann warf er mit einer knappen Bewegung die Haare aus den Augen und verzog gleich darauf schmerzlich das Gesicht.

»Was ist hier los?« Er trat vorsichtig in den Flur. Jetzt entdeckte ich noch drei weitere Männer in Anzügen, die im Treppenhaus standen und hinter ihm die Wohnung betraten.

»Wer ist das?«

»Keine Ahnung«, sagte McClane und packte den Blonden unter den Achseln. Unsanft zog er ihn hoch, bis der Mann fluchend auf die Füße kam. »Wir hatten nicht die Gelegenheit, uns zu unterhalten. Er kam gerade wieder zu sich, als ihr hereingekommen seid. Alles, was ich dir sagen kann, ist, dass er Lilly im Hausflur abfing, sie mit dem Messer bedroht und gezwungen hat, ihn hier zur Wohnung heraufzubringen.«

Grieser musterte den Mann schweigend.

»Sie gezwungen?«, fragte er dann skeptisch. »Wer sagt denn, dass sie sich nicht kennen, und sie ihn nicht freiwillig heraufgebracht hat?«

Vergiss eine Entschuldigung für den Nasenbruch, dachte ich. Hoffentlich bleibt sie schief!

Der Blonde sah zu mir herüber und spitzte die Lippen zum Kuss. Im nächsten Moment wirbelte McClane ihn herum und schob ihn krachend gegen die Wand.

»Dann hat er es sehr realistisch aussehen lassen«, sagte er zwischen zusammengepressten Zähnen hervor, während er dem anderen seinen Unterarm in den Nacken drückte. »Immerhin hat er sie mit dem Messer verletzt.«

»Lass noch etwas von ihm übrig«, näselte Grieser, das Taschentuch wieder an der Nase. »Sonst erfahren wir nichts mehr.«

Der Blonde lachte heiser.

»Dann fang am besten gleich an, dich mit ihm zu unterhalten«, schlug McClane vor.

»Eins nach dem anderen. Den lasse ich nicht davonkommen.« Grieser kippte leicht den Kopf in den Nacken.

»Hat jemand noch ein Taschentuch?«, rief er gereizt.

»Was Kaltes wäre besser. Im Gefrierfach ist ein Kotelett«, bot McClane an.

Einer von Griesers Mitarbeitern, ein wahrer Bulldozer mit Stiernacken, reichte ihm ein Taschentuch. Grieser nahm es, warf einen Blick um sich und als er nicht gleich einen Abfalleimer entdeckte, ließ er das blutige Taschentuch zu Boden fallen.

»Gumpinger, Meyer, übernehmt ihn«, befahl er den anderen Agenten. »Setzt ihn dort auf den Stuhl.« Der Stiernacken und einer seiner Kollegen traten heran, und McClane gab den Mann frei. Sie führten ihn zu einem der Stühle, drückten ihn darauf nieder und postierten sich zu beiden Seiten. Die zwei beobachteten den Blonden mit stoischen Mienen, als wäre er Ungeziefer, das man bei der kleinsten, falschen Bewegung zertreten würde.

Ärgerlich war, dass McClane den Mann jetzt nicht zu Herrn van Bergen befragen konnte, es sei denn, er weihte Grieser ein.

»Für wen arbeiten Sie?«, fuhr Grieser unbeeindruckt fort. Der nahm das Taschentuch von der Nase und stellte sich vor den Mann.

»Also, wer sind Sie?«

Der Blonde ließ sich Zeit.

»Ich bin…«, setzte er an. Forschend blickte er in Griesers Gesicht, dann grinste er, als hätte er einen Scherz gemacht. Schweigend lehnte er sich in seinem Stuhl zurück.

»Für *Zephyr*«, sagte McClane, als der andere nicht antwortete. Grieser wandte ruckartig den Kopf.

»Für wen?«

»Er arbeitet für *Zephyr*«, wiederholte McClane, den Blick weiter auf den Mann gerichtet. »Vielleicht wirfst du einen Blick auf sein Handy.«

Grieser zog die Augenbrauen zusammen, leicht ungehalten darüber, dass jemand sich in seine Führung einmischte.

»Hat er sein Handy dabei?«

Der Stiernacken - ich tippte auf Gumpinger - griff dem Mann in die Taschen der Lederjacke. In der Innentasche wurde er fündig.

»Geben Sie her.« Grieser streckte die Hand aus. »Ich nehme nicht an, dass Sie so zuvorkommend sind, uns den Code zu geben?« Er sah vom Handy auf und als er keine Antwort bekam, steckte er das Gerät in die Tasche seines Jacketts. »Dann erzählen Sie uns doch was über *Zephyr*.«

Der Mann legte den Kopf schief und sah kurz zwischen Grieser und McClane hin und her.

»Nie gehört«, sagte er betont langsam.

Grieser war für den Moment abgelenkt, als er seinen dritten Mitarbeiter gebückt hinter dem Stuhl des Blonden entdeckte.

»Lehmann, was zum Henker machen Sie denn da?«

Der Kopf des Angesprochenen schoss hoch. Es war ein junger Mann, dem noch ein Rest Babyspeck an den Wagen zu haften schien.

»Ich scanne seine Fingerabdrücke«, sagte er und hielt zur Erläuterung sein Handy hoch.

»Habe ich gesagt, dass Sie das tun sollen?«, fragte Grieser.

Lehmann schüttelte sichtlich verwirrt den Kopf.

»Ich hielt das für selbstverständlich.«

»Sie sind noch nicht lange genug dabei, um Ihrer persönlichen Einschätzung nach handeln zu können, Lehmann«, erwiderte Grieser eisig. »Gumpinger und Meyer, ihr bringt unseren Freund hier hinunter zu den Wagen. Wir nehmen ihn mit ins Büro. Vielleicht wird er in einer anderen Umgebung gesprächiger.«

Die zwei Agenten fassten den Blonden unter den Achseln und zogen ihn vom Sitz hoch. Er ging nicht sofort mit. Sein kalter Blick richtete sich auf mich, das dünne Lächeln schimmerte auf seinen Lippen. Dann sah er zu McClane.

"Wir sehen uns«, sagte er leise.

McClane gab den Blick zurück und ein Mundwinkel hob sich langsam.

»Wie lange hast du denn an dem Satz geübt?«, fragte er. Das Lächeln des anderen verschwand.

»Vorwärts«, raunzte Gumpinger den Blonden an und stieß ihn energisch vor sich her zur Tür hinaus. Grieser machte Anstalten, Ihnen zu folgen, und ich schöpfte Hoffnung. Vielleicht hatte der Agent mich nun doch nicht mehr auf der Liste seiner Verdächtigen. Ich fing McClanes Blick ein und tippte mit einem Finger auf mein Handgelenk, wo andere Leute eine Armbanduhr trugen. Wir mussten sie alle endlich loswerden. Er nickte. Wie zur Bekräftigung leuchtete das Display von McClanes Handy auf, das direkt neben mir auf der Couch lag. Zum Glück war es noch immer stumm geschaltet. Die Nummer war unterdrückt.

Da hielt Lehmann Grieser zurück.

»Was ist mit Frau Dr. Hart, Chef?«

Der Agent hielt inne. »Frau Hart? Richtig, Frau Hart.«

Rasch schnappte ich mir das Handy und schob es in meine Hosentasche, gerade als Grieser sich wieder umdrehte.

»Kommen wir zum eigentlichen Grund unseres Hierseins.«

»Grieser«, sagte McClane, »ich glaube, den Mann zu verhören, ist jetzt das Dringlichste.«

Mit gegen den Magen gepresster Hand sauste ich an den anderen vorbei.

»Entschuldigung, das war alles zu viel für mich«, murmelte ich und verschwand im Badezimmer. Zumindest konnten sie dann nicht alles verstehen, was ich sagte, wenn ich leise genug sprach. Während ich abschloss, strich ich mit dem Finger über das Display.

»Hallo?«

»Sie haben es wohl nicht eilig, dem Mann sein Leben zu retten«, ertönte eine kräftige, eindeutig ältere Männerstimme.

»Wir haben es sogar sehr eilig«, antwortete ich. Als ob ich so noch mehr von meinem Gespräch nach draußen abschirmen könnte, hockte ich mich in den engen Raum zwischen Waschtisch und Badewanne. »Hören Sie, wir haben hier ein Problem. Der Mann, den Sie geschickt haben, hat gar nicht nach dem USB-Stick gefragt, er wollte nur McClane und mich umbringen. Jetzt hat ihn der BND, also erwarten Sie ihn nicht allzu bald zurück.«

»Ich habe keine Ahnung, wovon Sie sprechen«, sagte er ungehalten.

Leugnen half ihm jetzt auch nicht.

»Sagen Sie Ihrem Partner, wir gehen auf seinen Vorschlag ein«. fuhr er fort. »Sie sind in fünfundvierzig Minuten am Eingang zur Fischer-Vroni und warten dort, bis Sie jemand anspricht.«

»Das geht nicht«, fiel ich ihm ins Wort. »Wir müssen erst die Leute vom BND loswerden.«

»Was machen Sie beim BND?« Seine Stimme klang eher ungläubig als drohend.

»Wir sind nicht beim BND, die sind bei uns«, zischelte ich. »Weil Sie unbedingt eine Frau hinter Sven Fröbe herschicken mussten, die offenbar blond ist wie ich und am Tatort ihre Haare zurückgelassen hat. Oder eins vielmehr, aber das reicht ja aus. Auch einen Fußabdruck hat die Spurensicherung. Jetzt will der verantwortliche Agent mich unter die Lupe nehmen, weil ich diese Frau sein könnte.«

»Sie meinen das wirklich ernst?«, fragte er nach einer kleinen Pause.

»Sicher meine ich es ernst, sonst hätte ich Ihnen doch eine viel bessere Geschichte aufgetischt! Die stehen draußen vor der Tür und debattieren darum, ob ich eingesperrt werde, bis die Ergebnisse da sind.«

»Geben Sie mir McClane«, sagte der andere, von meiner Lage unbeeindruckt.

»Was glauben Sie, warum ich an sein Handy gehe? Der ist gerade im Gespräch mit den Agenten. Ich hatte Glück, überhaupt aus dem Zimmer entwischen zu können.«

Wie um meine Worte zu unterstreichen, klopfte es nachdrücklich gegen die Tür.

»Frau Hart«, erklang Lehmanns Stimme. »Würden Sie bitte herauskommen?«

»Ich komme«, rief ich und zog die Klospülung.

»Was für ein Mann hat versucht, Ihnen den Datenspeicher zu entwenden?«, fragte der andere unvermittelt.

»Nein, hat er eben nicht, sondern er wollte nur McClane töten.«

»Warum denken Sie dann, wir hätten ihn geschickt?«

»Na, wer denn sonst?«

»Was weiß ich, wo Sie sich noch überall Feinde gemacht haben«, meinte er mit einem kurzen Lachen. »Ich gebe Ihnen Zeit bis zwölf Uhr, um am Treffpunkt zu sein.«

»Was, wenn die mich nicht gehen lassen?«

»Frau Hart, kommen Sie da heraus«, rief Grieser. »Was machen Sie denn so lange?«

»Die haben keine Beweise, weil Sie es nicht waren«, sagte der Anrufer. »Das ist doch nur eine Routine-Überprüfung.«

Erleichtert atmete ich auf.

»Meinen Sie wirklich?« Dann schlug ich mir mit der Hand gegen die Stirn. Jetzt ließ ich mich auch noch von diesem Kriminellen trösten.

»Seien Sie pünktlich«, sagte er und legte auf.

Draußen war eine heiße Diskussion im Gang. McClane stritt mit Grieser darum, ob ich mit nach Pullach zu einer Befragung genommen werden musste oder nicht.

»Ich verspreche dir, ich lasse sie nicht aus den Augen«, sagte McClane gerade. Grieser hob die Hand wie ein König, der seinen Gefolgsleuten das Wort erteilt und wieder entzieht.

»Das klären wir noch«, sagte er. »Nun kommen wir zu Ihnen, Frau Hart. Sie werden gehört haben, dass am Tatort in Hamburg ein blondes Frauenhaar bei der Leiche gefunden wurde.«

»Wurde mir mitgeteilt«, sagte ich und berührte unwillkürlich mit den Fingerspitzen meinen Hals.

»Sie geben uns jetzt eine Haarprobe, damit wir sie analysieren können.«

»Aber alle anderen Umstände sprechen dafür, dass ich nichts mit Svens Tod zu tun hatte. Wer weiß, wie lange das Haar da schon lag, vielleicht gehört es gar nicht zu den Vorgängen.«

»Laut Spurensicherung, schon. Außerdem entlasten Sie nicht alle Umstände. Den Ergebnissen der Spurensicherung nach war eine Frau die Täterin. Die Schuhabdrücke auf dem Teppich bestätigen das. Die Frau hat Schuhgröße achtunddreißig und wiegt ungefähr«, Grieser sah zu seinem Mitarbeiter, »wie viel war es, Lehmann?«

»Ungefähr siebzig Kilo«, sagte der mit gewissenhafter Miene.

»Siebzig Kilo!«, rief ich aus. Empört sah ich die drei Männer der Reihe nach an und warf die Arme hoch. »Wie kann denn noch einer von euch hier stehen und mein Haar analysieren wollen? Sehe ich aus, als ob ich siebzig Kilo wiege? Bei meiner Größe?« Mein Blick bohrte sich in Lehmann, der bis zum Haaransatz errötete.

»Ich habe nur die Daten wiedergegeben, die wir aus Hamburg bekommen haben.«

»Ach, und da werden Sie nicht stutzig, wenn Sie mir gegenüberstehen?«, fragte ich aufgebracht. Lehmann presste die Lippen zusammen, entschlossen, kein Risiko mehr einzugehen.

»Es könnten Muskeln sein«, meinte Grieser nachdenklich. »Heißt es nicht, Muskeln wiegen mehr als Fett?«

»Na, weil ich auch Miss Bodybuilding bin, oder was wollen Sie damit sagen?«

»Was weiß ich, wie diese Berechnungen aus einem Abdruck im Teppich angestellt werden«, sagte er und schob die Hände in die Taschen seiner Anzughose. »Vielleicht sind sie falsch.«

»Die sind nicht falsch«, warf McClane ein. »Sie ist einfach nicht die Gesuchte.«

»Wissen Sie, ich glaube, Sie dürfen mich gar nicht festhalten«, sagte ich aufmüpfig. »Ich bin mir nicht sicher, ob Sie überhaupt die gleichen Kompetenzen wie die Polizei haben.«

»Haben Sie etwa Jura studiert?«, sagte Grieser gereizt. "Ich denke, Sie sind Kunsthistorikerin.«

»In Hamburg wollen die schließlich auch meine Haare. Wie viele soll ich denn ausreißen?«

»Wenn wir unser Ergebnis hinüberschicken und es Sie entlastet, brauchen die Ihre Haare nicht mehr.«

»Jetzt gib dem armen Kerl ein Haar von dir, Lilly, damit endlich Ruhe ist«, sagte McClane zu mir mit einem Lachen in der Stimme.

Ergeben ging ich auf Lehmann zu, der mich unbehaglich beobachtete, als könnte ich mich im nächsten Augenblick auf ihn stürzen.

»Bitte, bedienen Sie sich.« Ich zog das Band aus den Haaren.

»Ich glaube -«, er zögerte, »darf ich?« Er nahm mir das Haarband aus der Hand. »Ich sehe nach, ob an den Haaren, die sich da verfangen haben, die Haarwurzeln dran sind.« Mit dem Haarband ging er zu dem Koffer, den er mitgebracht hatte.

»Was nun, Grieser?«, fragte McClane. »Haben wir's jetzt endlich? Es gibt bisher keinen ernsthaft begründeten Verdacht gegen sie. Wie soll sie denn die Tür von außen abgeschlossen und dann von innen das Schloss aufgeschossen haben?«

»Von wo die Tür abgeschlossen wurde, kann man nicht mehr feststellen«, warf Lehmann über die Schulter ein und erntete einen drohenden Blick von McClane.

»Wie auch immer, glaubst du wirklich, ich hätte das nicht mitbekommen? In ihrem Auto lag keine Waffe. Wo hätte sie die so schnell loswerden sollen? Außerdem trug sie die falschen Schuhe. Die passen nicht zum gefundenen Abdruck.«

»Wir sollten jedenfalls die Analyse abwarten«, verteidigte Grieser seine Entscheidung.

McClane holte tief Luft.

»Ich sorge dafür, dass sie nicht verschwindet«, erklärte er ruhig. »Du musst sie nicht die ganze Zeit in einem eurer Büros sitzen lassen. Es wird sowieso nichts anderes dabei herauskommen, als dass sie nicht die Gesuchte ist, das wissen wir doch beide. Dann muss ich raus nach Pullach fahren, um sie abzuholen.«

»Habt ihr was vor«, fragte Grieser mit süffisantem Grinsen, »oder warum ist es so wichtig, dass sie hierbleibt?«

»Findest du nicht, dass sie genug durchgemacht hat in den letzten Tagen?«, fragte McClane. »Sie ist eine Zivilistin. Sie wurde von mir nicht gerade freundlich überredet, mich zu begleiten, um sich um ein kleines Kind zu kümmern und hat gestern mit angesehen, wie jemand unsere Autoreifen zerschossen hat. Sie hat bis dahin noch nie eine Waffe gesehen außerhalb der Kinoleinwand.«

Mooooment, da könnte ich jetzt eine kleine Korrektur vornehmen.

»Apropos, das musst du mir noch genauer erläutern, wie es dazu kam«, hakte der Agent nach.

Mit Erstaunen hörte ich McClanes Schilderung des Zwischenfalls auf dem Parkplatz, wobei er es schaffte, die anonyme SMS und den Mann im Peugeot nicht mit einem Wort zu erwähnen. Der Angriff richtete sich danach ausschließlich gegen uns.

»Wahrscheinlich haben sie noch immer nicht, was sie suchen«, sagte er.

»Was meintest du vorhin mit *Zephyr*?«, fragte Grieser.

»Sagt dir eine Private Military Company namens *Zephyr* etwas? Sie führen offenbar illegal Aufträge aus, von bewaffneten Einsätzen bis hin zu Waffenschmuggel.«

Griesers lässige Pose erstarrte für einen Moment.

»Wie bist du darauf gekommen?«

»Ich habe einen Tipp bekommen.«

»Von wem?«, fragte der Agent. Er hatte seine Attitude verloren, sein Blick war fokussiert.

»Anonym.«

»Hilfreich«, schnaubte Grieser verächtlich.

»Ist dir *Zephyr* also bekannt?«, fragte McClane.

»Im Augenblick sagt mir der Name nichts. Wir werden dem nachgehen.«

»Das müssen Sie für das Protokoll auch noch einmal ausführlich schildern«, warf Lehmann ein und sah dann unsicher zu seinem Chef. »Oder soll ich das jetzt aufschreiben?«

Grieser machte ein Gesicht, als sei ihm sein penibler Mitarbeiter gerade ausgesprochen lästig.

»Das kann er Ihnen später noch zu Protokoll geben. Jetzt brauchen wir so schnell wie möglich die Ergebnisse für diese Haare, damit wir den Punkt endlich abschließen können.« Er wandte sich wieder an McClane. »Du hast gestern gesagt, du könntest mir Konkretes liefern. Was ist damit?«

»Da habe ich mich geirrt«, sagte McClane mit undurchdringlicher Miene. »Ich dachte, ich hätte eine Spur, aber sie erwies sich leider als Sackgasse.«

Grieser warf mir einen forschenden Blick zu und ich bemühte mich um das, was ich mein Charly-Brown-Gesicht nenne.

McClane ging zur Spüle und füllte sich ein Glas mit Wasser.

»Ich habe meine Leute geschickt, um deinen Wagen zu holen«, sagte Grieser. »Warten wir ab, was sie finden, vielleicht hast du etwas übersehen.«

»Außer der Wanze wirst du nichts finden. Wie hätte Sven dort etwas verstecken sollen?«

»Wie auch immer, er wird genau untersucht«, beharrte Grieser.

»Moment«, sagte McClane misstrauisch, »die nehmen mir nicht den Wagen auseinander. Ich habe euch gesagt, wo die Wanze ist, mehr gibt es an dem Auto nicht für euch. Und die Projektile in den Reifen«, korrigierte er. »Dann will ich den Wagen wieder haben, und zwar nicht in Einzelteilen.«

»Immer mit der Ruhe«, sagte Grieser. »Heute brauchst du den Wagen nicht.« Lässig deutete er auf mich. »Du passt auf sie auf.« McClane lehnte sich gegen die Anrichte und hakte die Daumen in die Hosentaschen.

»Dann solltet ihr keine Zeit verlieren mit euren Analysen. Ich muss so bald wie möglich zurück nach Hamburg.«

»Tja, wir können nicht zaubern«, sagte Grieser, wandte sich aber zu meiner Erleichterung zum Gehen. »Ich lasse sie bei dir, aber wehe, du bist nicht ständig erreichbar.«

»Bin ich.«

»Ich melde mich.« Er bedeutete Lehmann, ihm zu folgen, und die zwei verließen die Wohnung.

»Oh Gott, ich dachte, die gehen nie!«, rief ich aus, sobald sich die Tür hinter ihnen geschlossen hatte.

»Was haben sie gesagt«, fragte McClane.

»Um zwölf treffe ich jemanden an dem von dir vorgeschlagenen Treffpunkt, diesem Fischzelt.«

»Die Fischer-Vroni.«

»Gibt es einen Grund, warum du das Zelt ausgewählt hast?«

»Weil wir mit der U-Bahn kommen und das Zelt gleich am Eingang von der Theresienwiese liegt, nahe des U-Bahnaufgangs. Du kannst es nicht verfehlen.«

»Wie spät ist es jetzt?«

»Gleich halb elf«, sagte er mit einem Blick auf seine Uhr.

»Erst? Ich habe das Gefühl, es sind weit mehr Stunden seit dem Aufstehen vergangen.«

»Du hast vor allem noch kein Frühstück gehabt. Lass uns zum Bäcker hinunter gehen und dir etwas zu essen holen, bevor wir uns auf den Weg machen.«»

Du isst nichts?«, fragte ich misstrauisch.

»Natürlich esse ich auch, was denkst du denn? Hast du alles, vor allem den USB-Stick?«

Ich klopfte auf meine Hosentasche. Dann steckte ich mir in die andere zuknöpfbare Tasche am Bein mein Handy und einen Zwanziger.

»Fertig.«

»Eine Latte Macchiato mit einem extra Shot Espresso bitte und dazu...«, ich begutachtete schnell die Auslage der Bäckerei, »die Brezel mit dem Leberkäse.«

»Und a Brez'n«, wiederholte die Verkäuferin meine Bestellung betont.

Meinetwegen Brez'n, wenn es sie glücklich machte. Hauptsache, sie packte das Ding in eine Tüte und gab sie mir.

Glücklich lachte ich auf, sobald wir am Stehtisch vor der Bäckerei unsere Beute ausbreiteten. Nach einem großen Schluck Kaffee biss ich in die Brez'n.

»Das ist großartig«, sagte ich mit einem Seufzen aus tiefster Seele, beziehungsweise tiefstem Magen. »Jetzt bin ich langsam wieder ein Teilnehmer dieses Tages.« Ich sah McClane an und blinzelte überrascht. »Ach, du bist das.«

»Freut mich, dass du bei all dem den Humor aufrechterhältst«, sagte er mit einem spöttischen Grinsen und biss von einem seiner zwei belegten Vollkornbrötchen ab.

»Es fällt mir nicht leicht«, gestand ich. »Übrigens, bei meinem Telefongespräch war, glaube ich, dieser Schott selbst am Apparat. Die Stimme klang, als ob er das Sagen dort hätte, und es war definitiv ein älterer Mann. Jedenfalls behauptet er, der Mann, der uns heute Morgen kaltmachen wollte, sei nicht von ihm geschickt worden.«

Er zog zweifelnd eine Augenbraue hoch.

»Der machte mir ganz den Eindruck, als ob er neben dem Auftrag auch noch zu seinem eigenen Vergnügen handelt. Den Speicherstick hätte er sicher gefordert, wenn alles nach seinem Plan gelaufen wäre. Nein, ich glaube Schott nicht.«

»Wer weiß, was Grieser und seine Leute aus dem Blonden herausbekommen.« Ich blinzelte in die Sonne. Es war ein herrlicher Tag, das fiel mir jetzt auf. Heute war der dreißigste September und die Sonne schien warm von einem echt bayerischen weiß-blauem Himmel herab.

McClane sah auf die Uhr.

»Wir sollten los. Bei dem schönen Wetter ist es sicher voll in der U-Bahn, weil alle über die Wiesn bummeln wollen.«

»Wir fahren mit der U-Bahn?«

»Der Bavariaring um die Festwiese ist gesperrt und es sind vom Max-Weber-Platz dort vorne nur fünf Stationen bis direkt zum Eingang. Da sind wir schneller als mit dem Taxi. Außerdem kann es am Eingang wegen der Kontrolle dauern.« Er deutete auf mein Glas. »Brauchst du noch einen Kaffee?«

»Nein, danke.« Ich war schon mit dem zweiten Shot übereifrig gewesen. Noch mehr Koffein und ich würde vor der Fischer-Vroni wie ein Flummi auf und ab hopsen.

18

Wenig später stiegen wir in eine bereits gut gefüllte U-Bahn.

»Letzter Wiesn-Samstag«, sagte McClane.

Trotz meiner wachsenden Nervosität beobachtete ich neugierig die Leute. Alle Frauen um uns herum trugen Dirndl jeder Länge und Machart und der Großteil der Männer Lederhosen, einige einschließlich Weste und gestrickter Wadenwärmer.

»Ich bin mir nicht schlüssig, wie ich diese Tracht bei den Männern finde«, sagte ich nachdenklich und musterte eine Gruppe, die im Gegensatz zu uns noch Sitzplätze ergattert hatte.

»Stehst du nicht auf Lederhosen?«, fragte McClane.

»Ledershorts«, korrigierte ich, »das ist das Problem. Der da, mit den dreiviertel langen Hosen? Schon besser.« Ich versuchte, mir McClane mit rot kariertem Hemd und Lederhosen vorzustellen. Nein, ich war definitiv kein Fan. Wobei - ich rief das Bild schnell noch einmal auf - mh, eventuell könnte ich ein Auge zudrücken.

Du hast kein Auge, das du zudrücken darfst, schalt ich mich.

»Mich haut die Tracht nicht gerade vom Hocker.«

»Und ich dachte, so wird die ganze Aktion für dich noch ein Genuss«, sagte er bedauernd.

»Ich glaube nicht, dass ich nachher die Nerven habe, noch auf meine Umgebung zu achten.« Die Bahn hielt am Hauptbahnhof.

»Jetzt wird es erst richtig voll«, warnte mich McClane.

»Noch voller?«, fragte ich zweifelnd, aber da wurden wir schon durch die hineindrängenden Fahrgäste gegen die Wand aus Plexiglas gepresst. Ich ging auf die Zehenspitzen, um besser Luft zu bekommen.

»Warst du schon einmal auf dem Oktoberfest?«, fragte ich, als wir wieder anfuhren.

»Ja.«

»In Tracht?«

Er lachte auf.

»Zählt ein Reservierungsband ums Handgelenk als Tracht?«

»Sicher nicht.«

»Dann nein.«

»Aber dir müssen die Dirndl doch gefallen«, bemerkte ich. »Wird doch viel geboten bei dem Schnitt.«

»Mhm.« Er nickte bedächtig und lenkte meine Aufmerksamkeit mit einem schnellen Blick auf die Frau, die seit dem Stopp am Hauptbahnhof an seine Seite gequetscht wurde. »Manchmal auch zu viel«, murmelte er dann. Die Frau hatte das Mieder ihres Dirndls resolut eng geschnürt, und so wie ihre Brüste aus dem tiefen Ausschnitt, fielen mir bei dem Anblick beinahe die Augen aus dem Kopf. Man wollte sich in Sicherheit bringen, es war direkt einschüchternd.

»Tja, wer hat, der hat«, flüsterte ich zurück. »Aber die meisten Frauen sehen schon sehr hübsch aus in diesen Kleidern.«

»Absolut. Du kannst später gern shoppen gehen, wenn wir fertig sind«, sagte McClane. Ein Mundwinkel hob sich. »Aber was gekauft wird, muss auch vorgeführt werden.«

»Was soll ich denn in Hamburg mit einem Dirndl?«

In dem Moment hielt die U-Bahn.

»Aussteigen«, sagte er, und schon wurden wir mit den anderen auf den Bahnsteig hinaus gespült.

»Willkommen«, begrüßte uns eine Stimme über Lautsprecher und dirigierte gut gelaunt die Besucher über den Bahnsteig zu den Ausgängen.

»Nehmen'S bitte den linken Aufgang zur Paulskirche, der rechte ist schon verstopft.«

Als ich mich folgsam nach links wandte, fasste mich McClane an den Schultern und drehte mich wieder um.

»Sag mal, du magst es nicht, wenn man dir Anweisungen gibt, oder?«

»Er sagte nicht, dass der Ausgang gesperrt ist. Wir müssen rechts rein, gleich als Erstes kommt die Fischer-Vroni.«

Als wir auf der Rolltreppe standen, war ich bereits sehr aufgeregt. Ich sah über die Schulter auf die Massen an Menschen auf der Rolltreppe. Zwischen all diesen Leuten würde man mir doch nichts tun können, oder?

AM Eingang standen vier Sicherheitskräfte, die Besucher aufforderten, ihre Taschen zu öffnen. Dahinter standen sechs Polizeibeamte und -beamtinnen einsatzbereit, aber sichtlich gut gelaunt.

»Ach wie schade, heute keine Lust auf Dirndl?«, fragte mich ein junger Sicherheitsbeamte grinsend.

»Das dreht gerade noch eine Runde in der Waschmaschine«, antwortete ich beherzt und widerstand dem Drang, in anzubetteln, mich zum Treffen mit *Zephyr* zu begleiten.

»Dann morgen wieder«, sagte er noch, bevor er schon den nächsten Wiesn-Touristen aufhielt, der glaubte, mit einem Rucksack das Festgelände betreten zu dürfen.

»Angst?«, fragte McClane neben mir.

»Kurz davor«, sagte ich.

»Hast du deine Waffe dabei?«, fragte ich mit plötzlichem Unbehagen.

»Tut mir leid, nein«, sagte er. »Das konnte ich nicht riskieren mit der Taschenkontrolle. Aber ich werde wirklich dicht bei dir sein. Versprochen. Die rechnen damit, dass ich in deiner Nähe bin. Außerdem glaube ich, dass der auch keine Waffe dabei haben wird. Die wollen die Daten und keinen unnötigen Aufstand an der Einlasskontrolle riskieren.« Er drehte mich zur Seite. »Da rechts ist die Fischer-Vroni. Du kannst den Eingang wegen der Absperrung dort nicht sehen. Du gehst dazwischen hindurch und stellst dich gleich neben den Eingang, verstanden? Dann sehen dich nämlich die Security-Leute und die Polizei ist schnell da.« Er wies mit dem Kinn nach vorn. »Siehst du, deshalb habe ich dieses Zelt gewählt.« An einer Ecke der U-Bahnstation entdeckte ich eine Gruppe von Polizisten und Polizistinnen, die aufmerksam das Treiben beobachteten. »Wenn etwas schief geht, bringe ich die gleich mit.«

Wenn er rechtzeitig mitbekam, dass etwas schieflief, dachte ich.

Fetzen von Musik wehten zu uns herüber von verschiedenen Fahrgeschäften und mischten sich mit einer tiefen, verzerrten Stimme, die Besucher zu einem schaurigen Abenteuer in eine Geisterbahn lockte. Dazwischen erklang eine Welle von sowohl entzückten wie entsetzten Schreien. Ich schaute nach oben und entdeckte einen hohen Turm. Eine Plattform, an deren Rand die Besucher saßen und die Beine baumeln ließen, fiel mit rasender Geschwindigkeit am Turm herunter. Mein Magen machte allein beim Zuschauen einen Salto.

Familien kamen uns entgegen mit Kindern, die Zuckerwatte oder glasierte Äpfel knabberten, mit Zuckerguss verzierte Lebkuchenherzen an Bändern um den Hals trugen und Luftballons oder Stofftiere, die sie gewonnen hatten, in der Hand schlenkerten. Süß sahen die Kleinen in ihren Trachten aus.

Ich schnupperte. Eine leichte Brise trug Düfte von Gebratenem, Schmalzgebäck und gebrannten Mandeln heran, was durchaus kein unangenehmes Gemisch war. Wenn ich jetzt nicht so aufgeregt gewesen wäre, wäre mir das Wasser im Mund zusammengelaufen. So aber war er ausgetrocknet, da half auch kein Reiz von köstlichen Düften.

»Wissen die denn überhaupt, wie ich aussehe?«, fiel mir ein.

»Offenbar schon«, sagte McClane. Er nahm die Sonnenbrille ab und sah mich mit leicht zusammengekniffenen Augen an. »Alles klar?«

»Peachy.« Ich hätte nicht weiter davon entfernt sein können.

»Es wird alles gut gehen, Lilly«, sagte er nachdrücklich. »Du lässt dich auf keine Diskussionen ein. Riskier nichts. Gib ihm den USB-Stick und dann hoffen wir, dass er dir sagt, zu welchem Ort wir gehen sollen. Dann rufst du mich an.«

»Und wenn er es mir nicht sagt?«

Er presste die Kiefer aufeinander.

»Das sehen wir dann. Hast du dein Handy dabei? Ruf mich an.«

»Mach ich«, sage ich und atmete tief durch. »Okay.«

Plötzlich zog er mich an sich und küsste mich kurz und hart. »Bis gleich. Du schaffst das.«

Es blieb mir sowieso keine Wahl, dachte ich kläglich. Innerlich schlotternd machte ich mich auf den Weg. Ich ging den mit Planen abgegrenzten Weg auf den Zelteingang zu. Irgendwie hatte ich immer gedacht, dass Wiesn-Zelte tatsächlich eine Art Zelt wären. Ich konnte mich nicht erinnern, je bewusst Fotos vom Oktoberfest angesehen zu haben. Die

Zelte hier waren auf jeden Fall stabil gebaute Holzhäuser oder vielmehr Hallen. Vor dem Eingang, dessen Türen offen waren, standen zwei Security-Männer. Ich konnte ein wenig vom Festraum sehen, der ebenfalls mit Holz verkleidet war. Von drinnen waberte Stimmengewirr und Blasmusik heraus. Ich stellte mich ein wenig abseits, aber in Sicht- und Reichweite der Security auf und beobachtete angestrengt die Menschen. Die meisten strömten ins Zelt, ein paar kamen heraus, um eine Zigarette zu rauchen. Niemand beachtete mich. Eine Gruppe Japanerinnen kam an mir vorbei, allesamt in Dirndln. Ich fühlte mich seltsam fehl am Platz in meinen Cargohosen und dem T-Shirt. Hätte ich nicht vor Aufregung feuchte Hände gehabt, hätte es mir Spaß gemacht, hier zu stehen und das bunte Treiben zu beobachten. Immerhin fühlte ich mich unter so vielen Menschen ein wenig sicherer, als wenn ich an einem einsamen Ort hätte warten müssen. Ungeduldig sah ich mich um. Was, wenn niemand kam? Wie lange sollte ich hier warten, bevor ich McClane anrufen durfte?

Eine Frau kam direkt auf mich zu. Im ersten Moment erkannte ich sie in Jeans und Trachtenhemd nicht. Im Pony ihres kurzen blonden Haares trug sie eine Glitzerspange. Verblüfft blinzelte ich, doch es war eindeutig Tilda und sie wirkte nicht ein bisschen überrascht, als sie vor mir stehen blieb. Kein Wunder, dass die keine Beschreibung von mir brauchten.

»Hallo Lilly«, sagte sie mit einem spöttischen Lächeln.

»Tilda.« Mehr brachte ich nicht heraus.

»Überrascht?«

Überrascht war kein Ausdruck. Erst jetzt wurde mir klar, dass ihr Auftauchen kein Zufall war und was das bedeutete.

»Du hast die Wanze in unserem Wagen angebracht?«, fragte ich, immer noch ungläubig.

»Mein Partner. Ich war fürs Aufbrechen zuständig.«

Ich nahm sie genauer in Augenschein. Sie war ein paar Zentimeter größer als ich und, wie ich schon beim Frühstück gedacht hatte, ziemlich kräftig.

»Du warst das in Lindas Haus«, flüsterte ich. Automatisch hatte ich in der Situation angenommen, es müsste sich um einen Mann handeln und mein Gehirn hatte nur das wahrgenommen, was ich erwartete.

»Das ist nicht unser Thema«, sagte sie knapp.

»Nicht das Thema? Ich bin fast eingesperrt worden, weil sie alle dachten, ich wäre für Svens Tod verantwortlich.«

»Hab ich gehört«, sagte sie unbeeindruckt und hatte auch noch die Unverfrorenheit, zu lachen. »Der Gedanke allein ist lustig. Geht's dem Kleinen gut?«

Der Themenwechsel überrumpelte mich.

»Was? Ja, der ist in Sicherheit.«

»Gut. Und McClane, wo treibt der sich hier herum?« Trotz ihres beiläufigen Tonfalls waren ihre Augen wachsam.

»Der ist in der Nähe.«

»Der soll bloß nicht auf dumme Ideen kommen.«

»Wir halten uns an die Abmachung. Geht es Herrn van Bergen gut?«, fragte ich meinerseits.

»Alles bestens. Solange ihr euch benehmt«, fügte sie hinzu.

»Ich habe den Stick dabei. Wir haben den Inhalt nicht angeschaut, wir hatten gar keine Gelegenheit dazu«, sagte ich.

»Das hoffe ich für euch. Ihr solltet die Sache auf sich beruhen lassen. Es gibt zu viele, die uns den Rücken decken. Versucht gar nicht erst, weiter zu forschen.«

Ich verlagerte unruhig mein Gewicht auf den anderen Fuß.

»Nicht, wenn dein Partner beim BND redet.«

Ihre Augen weiteten sich.

»Mein Partner? Warum sollte er.«

»Weil sie ihn gerade verhören.«, fügte ich hinzu, als sie mich verständnislos ansah.

»Meinen Partner hast du auf dem Rasthof gesehen. Der wartet, dass ich endlich mit dem USB-Stick zurückkomme.«

»Du warst hinter dem Steuer des Jeeps?«, fragte ich atemlos, als ich begriff. Sie hatte uns die Reifen zerschossen. Wie hatte ich diese Frau so falsch einschätzen können? »Wer ist dann der Mann, der -«

»Genug jetzt«, unterbrach sie mich schroff. »Gib mir den Speicherstick und ihr könnt euren Freund abholen.«

Sie trat dicht vor mich und hielt mir die Hand hin. Ich holte den Stick aus meiner Hosentasche. Dann hielt ich inne.

»Du sagst mir wirklich, wo Herr van Bergen ist, wenn ich ihn dir gebe?«

»Wenn du ihn mir nicht gibst, sage ich es dir jedenfalls nicht.«

Meine Finger zitterten leicht, als ich ihn ihr reichte.

Aus der Lodentasche in Herzform, die sie über der Schulter trug, zog sie einen kleinen Laptop. Sie klappte ihn auf und steckte den Speicherstick ein. Konzentriert blickte sie auf den Bildschirm. Das Warten war kaum auszuhalten. Was, wenn der Stick durch das Klowasser beschädigt worden war?

»Okay«, sagte sie schließlich, klappte den Laptop zu und verstaute ihn und den Stick wieder in der Tasche. Dann sah sie mich mit schief gelegtem Kopf an.

»Was mache ich jetzt mit dir?«

Ich spürte direkt, wie mir bei ihren Worten das Blut aus dem Gesicht wich.

»Es war doch abgemacht! Ihr habt, was ihr wollt. Wir haben auch dem BND nichts erzählt«, versicherte ich. Naja, fast nichts.

»War'n Witz«, sagte sie und lachte, während ich das Bedürfnis hatte, mich auf den Boden zu legen, weil sich meine Beine so schwach anfühlten. »Ich mag dich, würde mir leidtun, dir weh zu tun. Immerhin hast du das alles überstanden, ohne dabei drauf zu gehen.« Sie breitete die Arme aus. »Komm her, Sister.«

Das konnte sie jetzt nicht ernst meinen! Bevor ich mich regen konnte, umarmte sie mich. Ich zog die Schultern zusammen, aus Angst, sie würde mir doch noch das Genick brechen. Aber sie drückte mich nur fest, als seien wir beste Freundinnen.

»Käfergarten«, sagte sie leise.

»Wie bitte?«

Sie ließ mich wieder los und trat einen Schritt zurück.

»Käfer's-Zelt, im Biergarten. Da sitzt er. Er durfte aussuchen. Sagte, wenn schon die Wiesn, dann dort.« Sie grinste breit. »Ziemlich cool, der Typ. Wir haben nichts aus ihm herausbekommen, was wir nicht schon wussten.« Mir wurde trotz der Sonne kalt.

»Was habt ihr mit ihm gemacht?«

»Keine Sorge, wir haben uns nur etwas eindringlicher unterhalten. Immerhin ist er Diplomat. Hoffentlich sind er und dein Freund klug genug, uns weiter keinen Ärger zu machen.«

Ohne eine Antwort abzuwarten, kramte sie wieder in ihrer Tasche und reichte mir zwei Armbänder aus Stoff.

»Reservierungsbändchen«, erklärte sie, als sie meinen verständnislosen Blick sah. »Falls die Türen zum Biergarten schon geschlossen sind, braucht ihr die. Heute ist der letzte Wiesn-Samstag und du siehst ja, es ist schon jetzt rappelvoll.« Ich nahm die Bändchen. »Aber lass die Security nicht zu genau hinschauen, die Dinger sind gefaket«, fügte sie hinzu.

Sie wartete, bis ich die Bändchen in die Hosentasche gesteckt hatte.

»Van Bergen wird noch immer beobachtet«, sagte sie. »Wenn ich auch nur für einen Moment das Gefühl habe, dass McClane mir folgt, oder irgendwer sonst, genügt ein Anruf und er hat sein letztes Bier getrunken. Klar?«

Ich nickte.

»Also, pass auf dich auf.« Damit drehte sie sich um und war im nächsten Augenblick in der Menge verschwunden.

Langsam nahm ich den Lärm um mich herum wieder bewusst wahr. Ich hatte es tatsächlich überstanden. Eilig holte ich das Handy aus der Hosentasche und rief McClane an. Kurz darauf tauchte er vor mir auf.

»Wo ist sie hin?«

Ich wies in die Richtung, in die sie gegangen war.

»Denk nicht daran ihr zu folgen. Sie sagte, sobald sie merkt, dass du sie verfolgst, ruft sie jemanden an, der Herrn van Bergen im Biergarten beobachtet. Sie sagte auch, sie hätten versucht, ihn zu verhören«, fügte ich besorgt hinzu.

»Wo ist er?«

»Im Biergarten vom Käfer's-Zelt.«

»Er ist tatsächlich hier auf der Wiesn?«, fragte er überrascht. »Also los." Dann hielt er inne. »Ist es okay, wenn du mit mir kommst? Ich möchte dich nur ungern hier zurücklassen. Noch können wir nicht sicher sein, dass wirklich alles überstanden ist.«

»Machst du Witze? Ich bleibe ganz sicher nicht allein hier.«

Wir kamen nur langsam voran. Nach meinem Empfinden war das Gedränge in der letzten halben Stunde noch dichter geworden. Unter den Besuchern waren zu dieser Tageszeit viele Familien. Die Eltern bummelten mit ihren Kindern von einem Schausteller zum anderen, fuhren Autoscooter und kauften gebrannte Mandeln. Eine Horde ungefähr zehnjähriger Jungen stand vor der Geisterbahn an. Sie wurden von vier angestrengt aussehenden Erwachsenen bewacht, die wie Hirtenhunde um sie herum kreisten, damit keiner der Jungen ausbüchste.

»Lass uns hinten herum gehen«, sagte McClane und schob mich in eine schmale Gasse rechts von uns.

»Hinten?«

»Zwischen den Zelten. Hier bei den Schaustellern ist es besonders voll. Da brauchen wir ewig.«

In der Straße zwischen den Festzelten fand ich es nur unwesentlich leerer.

»Weißt du, wo das Käfer‘s ist?«

Er nickte und zog mich rasch beiseite, damit ich nicht von einem entgegen kommenden Pärchen gerempelt wurde, das gefährlich schlingerte. Ich konnte kaum schnell genug zwischen den schlendernden Leuten hin und her springen, wie er durch die Menge manövrierte. Obwohl es erst halb eins war, begegnete uns schon die eine oder andere Gruppe deutlich angetrunkener Besucher.

»Wie haben die das geschafft, jetzt schon betrunken zu sein?«, wunderte ich mich, während ich versuchte, mit ihm Schritt zu halten. Ein schnelles Grinsen erschien auf seinem Gesicht.

»Darf ich dich an gestern Abend erinnern? Du hast auch nicht lange gebraucht.«

Touché. So konzentriert war ich darauf, mich ohne Zusammenstöße durch das Gewühl voranzuarbeiten, dass ich weiter nichts als vorbei rauschende Trachten wahrnahm. Plötzlich blieb McClane stehen und ich rannte beinahe in ihn hinein.

»Mist, die Türen sind schon zu.«

Ich sah auf. Vor uns war eine Holzwand mit einem Tor darin. Dahinter ragte ein Holzgebäude im Stil einer Almhütte auf.

»Wieso zu?«

»Der Eingang zum Biergarten. Offenbar ist er schon so voll besetzt, dass sie zwischenzeitlich keine neuen Gäste mehr hereinlassen.« Er deutete auf das geschlossene Tor, vor dem eine kleine Gruppe von Menschen stand.

»Tilda hat mir diese hier gegeben«, sagte ich und hielt ihm die Armbändchen hin. »Die sind aber Fakes, sagte sie.«

McClane warf einen Blick darauf und nahm sie kopfschüttelnd. »Alles absurd«, meinte er, während er eines um mein Handgelenk befestigte und das andere um seins. »Bleib dicht bei mir.«

Wir gingen seitlich an der noch relativ übersichtlichen Menschenansammlung vor dem Tor vorbei und McClane schob sich von dort zum Eingang vor. Ich versuchte, nicht abgedrängt zu werden, denn es würde mich sicher keiner mehr zu ihm durchlassen, wenn ich ihn verlor.

»Hey, Moment«, sagte ein junger Mann ungehalten. McClane sah auf ihn herab.

»Passt schon«, sagte er und schob sich weiter.

»Nee, passt nicht. Das hat man gern«, schimpfte der Mann, traute sich jedoch nicht, uns am Weiterkommen zu hindern.

»Die kommen eh nicht rein«, sagte seine Freundin schnippisch.

Irgendwie schaffte es McClane, sich bis zur Security vorzuarbeiten. Der eine der beiden Männer war fast so groß wie er und gefühlt doppelt so breit.

»So, hier ist Schluss«, begrüßte er McClane in nüchternem Ton. Der schob kurz den Ärmel seines Hemdes hoch und zeigte auf das Bändchen.

»Wir haben aber eine Reservierung.«

Der Mann musterte ihn skeptisch.

»Ins Zelt kommst du aber in der Tracht nicht rein.«

»Glaub mir, ich komme rein«, sagte McClane. Der andere verstand das als Drohung, verschränkte sofort die Arme und wechselte mit seinem Partner einen Blick. Der zuckte die Schulter.

»Reservierung«, meinte der nur. Dem anderen schien es nicht recht zu gefallen, dass er McClane, der sich vorgedrängelt hatte, jetzt auch noch hineinlassen musste.

»Hey, ich bin selbst bei der Security«, sagte McClane, »ich gehe da nicht rein, um zu feiern, sondern um meinen Klienten abzuholen. Ich bin spät dran.«

Der Mann musterte ihn kritisch. Zu meiner Erleichterung entschloss er sich, dem Reservierungsband zu glauben, denn er öffnete das Tor. Dann entdeckte er mich hinter McClane.

»Security, ja? Und was ist mit ihr?«

McClane zog mich heran und schob mich durch das Tor.

»Sie ist mein Sidekick«, sagte er und folgte mir. »Terence Hill.« Da waren wir auch schon durch und der Mann musste sich beeilen, das Tor wieder zu schließen, bevor die Nächsten versuchten, sich schnell hinter uns hindurchzudrängeln.

19

Jetzt konnte ich das Käfer's-Zelt richtig sehen. Es war tatsächlich komplett aus Holz, und vor den Fenstern blühten sogar Geranien in den Blumenkästen. Die Tische im Biergarten waren voll besetzt. Wiesn-Bedienungen, in jeder Hand mehrere Maßkrüge oder riesige, lange Tabletts mit Gerichten auf der Schulter balancierend, wuselten durch die Zwischengänge.

»Okay Bud, wie sollen wir ihn hier nun finden?«, fragte ich zweifelnd.

»Wir müssen uns eben umschauen. Fangen wir in der Mitte an.« Er ging auf einen durch ein Geländer abgegrenzten Innenbereich von Tischen zu. Wir liefen einen Gang erfolglos ab und nahmen uns auf der anderen Seite den nächsten vor in umgekehrter Richtung. Plötzlich zog McClane sein Handy aus der Tasche und blieb stehen.

»Ja? Lehmann, es ist gerade schlecht.« Doch dann hörte er konzentriert zu. »Sind Sie sicher?«

Wenn sie jetzt zu dem Ergebnis gekommen waren, dass es mein Haar am Tatort war, dann bekäme ich hier und jetzt einen Nervenzusammenbruch.

»Wo ist Grieser?«, fragte McClane, und er klang angespannt. »Lehmann, ist Ihnen klar, was das bedeutet?« Er drehte sich zu mir um. Sein Blick ging hinter meine Schulter und in seinen Augen blitzte es warnend auf. Bevor ich mich auch nur wundern konnte, spürte ich einen Arm um meine Schulter und etwas Hartes presste sich gegen mich, auf

Höhe der Niere. Neben mir stand Grieser, so dicht, dass er die Pistole, die er auf mich gerichtet hatte, fast verdeckte.

»Das Gespräch ist beendet«, sagte er lächelnd.

McClane ließ das Handy sinken und steckte es weg.

»Was ist hier los?«, sagte er leise.

»Wie sind Sie überhaupt reingekommen mit einer Waffe?«, entfuhr es mir und ich versuchte, ein Stück von ihm abzurücken.

»Ich habe einen Multipass, ich komme überall rein«, sagte er, ohne McClane aus den Augen zu lassen. Eisern hielt er mich am Platz.

»Macht keine Dummheiten.«

»Was ist in dich gefahren?«, fragte McClane eindringlich.

Grieser drückte meine Schulter, als würde er eine gute Bekannte herzen.

»Es ist alles gut gelaufen, nicht wahr? Die Daten sind sicher übergeben«, sagte er, immer noch mit einem Lächeln, das seine Augen allerdings nicht erreichte.

»Woher wissen Sie davon?«, fragte ich.

»Ich konnte dir nichts von den Daten erzählen, Grieser, aber wir haben nichts mit *Zephyr* zu tun", sagte McClane und wollte einen Schritt nähertreten. Als er Griesers drohenden Blick sah, blieb er stehen. Ich beobachtete die Menschen an den Tischen, ob nicht einer von ihnen bemerkte, dass sich hier keineswegs drei Freunde unterhielten. Doch sie achteten nicht auf uns, sondern waren in Gespräche vertieft oder prosteten einander zu.

»Ich verstehe vollkommen«, sagte Grieser. »Meine größte Sorge war, dass dieser dämliche Stick bei uns auftaucht. Mir wäre lieber gewesen, du hättest gar nicht erfahren, worum es geht, und vor allem *Zephyr* nicht vor meinen Leuten erwähnt.«

McClanes Ausdruck wurde wachsam.

»Was hast du damit zu tun?«

»Wir gehen jetzt«, sagte der Agent. »Draußen suchen wir uns einen ruhigen Ort.«

McClane rührte sich nicht.

»Du steckst also mit drin«, sagte er. »Hast du die Kontakte für die Firma hergestellt?«

Der Agent wiegte nonchalant den Kopf.

»Hier und da eine kleine Provision. Die Leute brauchten Hilfe und ich habe sie besorgt.«

»Sie haben uns die Daten abgenommen«, sagte McClane, »warum hast du es nicht dabei belassen?«

An dem Tisch, neben dem er stand, hatten die Gäste gerade beschlossen, auf die Bänke zu steigen.

»Weil du doch deinen Mund nicht halten konntest«, sagte Grieser. »Ich traue dir nicht. Du weißt zu viel. Wenn das im Protokoll landet, wie soll ich dann noch verhindern, dass wir der Sache nachgehen müssen? Als nächstes hättest du ihnen noch von der Sache in Nizza erzählt.«

McClane zog irritiert die Augenbrauen zusammen.

»Wem?«

Ich spähte über die Tische hinweg, ob nicht irgendwo Security zu sehen war, konnte jedoch keinen von ihnen entdecken.

»Ich lasse mir doch nicht meine Beförderung dadurch verderben, dass du denen Nizza auf die Nase bindest.«

Erkenntnis zeigte sich auf McClanes Gesicht.

»Du hast damals also doch mit der Waffenlieferung zu tun gehabt?«

In dem Moment gelang es mir endlich, den Blick einer älteren Dame einzufangen, die am Tisch saß, an dem wir standen. Sie runzelte die Stirn.

Der Griff um meine Schulter verstärkte sich erneut.

»Die Sache hier allein reicht, um mir das Genick zu brechen. Also, los jetzt, gehen wir. Und riskier bloß nichts.«

»Ist Ihnen nicht gut?«, fragte mich die Dame besorgt. Offenbar hatte mein flehender Blick nur elend ausgesehen. Grieser erstarrte.

»Wollen'S sich hier mit auf die Bank setzen? Wir rücken«, schlug sie freundlich vor.

Bevor ich noch etwas sagen konnte, griff der Mann, der gegenüber der Frau saß, Grieser am Arm und zog ihn ruckartig zur Seite.

»Vorsicht«, sagte er im selben Moment, in dem hinter uns eine kräftige Frauenstimme rief: »Vorsicht, aus dem Weg!«

Ich wollte einen Schritt von Grieser wegtreten und löste damit Chaos aus. Alles passierte gleichzeitig. Die Dame am Tisch sah die Pistole, griff ihren Ehemann am Arm und rief »Mei, Luitpold!«, und mich traf etwas Hartes heftig am Kopf, dass ich vor Schreck vornüberfiel. Während es schepperte, hielt ich mich blindlings an der Dame fest, schob sie dabei aber gegen ihren Hintermann auf der nächsten Bank, der ohnehin schon sehr wackelig auf derselben stand. Die feuchtfröhliche Mannschaft an diesem Tisch fiel um wie Dominosteine, und noch mehr Krüge und Weingläser gingen zu Bruch. Mit schmerzendem Schädel richtete ich mich wieder auf.

»Drum sollen's eben nicht auf den Bänken umeinanderstehen«, erscholl eine kräftige Männerstimme von einem Tisch. Jetzt begriff ich auch, was mich am Kopf getroffen hatte. Ich war direkt einer Wiesn-Bedienung mit ihrem Tablett in den Weg gesprungen. Zerbrochene Teller und Essensreste bedeckten den Boden. Doch darum konnte ich mir keine Sorgen machen, denn meine Aufmerksamkeit wurde von den zwei kämpfenden Männern abgelenkt. McClane hatte sich auf Grieser gestürzt und die beiden rangen miteinander. Mir kam es vor, als hätte ich ein Déjà-vu, nur dass die Waffe dieses Mal eine Pistole und nicht ein Messer war. McClane umklammerte Griesers Handgelenk und versuchte, ihm die Waffe zu entwinden. Die Menschen im direkten Umkreis wichen erschrocken so weit wie möglich zurück, was jedoch nicht weit war zwischen den dicht besetzten Bänken. An den weiter entfernten Tischen hatte niemand mitbekommen, was tatsächlich geschehen war. In der Annahme, es handle sich um eine Wiesn-Schlägerei, und da die meisten schon ein paar Mass getrunken hatten, sprangen viele auf die Bänke oder drängten in den Gang zwischen den Tischen, um etwas mehr mitzubekommen. Damit versperrten sie aber auch den Weg für die Leute von der Security, die eine der Bedienungen verständigt hatte, und die nun angerannt kamen. Über allem spielte Helene Fischers »Atemlos« über Lautsprecher.

Mit mehr Kraft, als ich bei ihm vermutet hätte, hatte Grieser McClane gegen einen der Tische gedrängt und die Leute dort räumten überstürzt das Feld. McClane verpasste Grieser einen Faustschlag, bei dem ich unwillkürlich zusammenzuckte. Grieser taumelte zurück und McClane stieß ihn gegen den nächsten Tisch.

»Aus dem Weg!«, dröhnte die Stimme eines Mannes der Security über den Tumult, doch nicht sofort bewegte sich etwas. Grieser hatte noch immer seine Waffe. Es gelang ihm, sein Bein mit dem McClanes zu verhaken und beide gingen polternd zu Boden. Helene Fischer ging der Atem aus und Udo Jürgen setzte mit »Griechischer Wein« ein. Auf den Bänken hatten einige Besucher ihre Handys gezückt und filmten eifrig. Endlich hatte sich die Security durch die Menschen geboxt. Da knallte ein Schuss.

Mehrere Leute, ich eingeschlossen, schrien auf. Grieser lag über McClane und keiner von beiden bewegten sich. Ich wollte die Hand vor die Augen halten, starrte stattdessen aber gebannt auf die zwei. Auch die drei Security-Leute waren beim Schuss stehen geblieben. Jetzt liefen sie zu den am Boden liegenden Männern, doch ich sah noch, wie McClane sich unter dem Agenten bewegte, bevor ein Mann der Security mir die Sicht verdeckte.

»Krankenwagen!«, rief jemand.

»Verständigt die Sanitätsstation!«, rief ein anderer.

»Andreas, verdammt halt durch«, hörte ich McClane. Zwei Männer von der Security packten ihn und zogen ihn fort. Ohne sich zur Wehr zu setzen, trat er ein paar Schritte zurück.

»Hat jemand die Polizei gerufen?«, fragte Luitpolt seine Frau.

»Da kommt sie schon«, sagte jemand hinter mir. Tatsächlich bahnte sich eine Gruppe Polizisten ihren Weg zu uns durch. Widerstrebend räumten die Gäste das Umfeld, teilweise, weil sie keinen Platz hatten, um zwischen die Bänke auszuweichen, teilweise, weil sie nichts verpassen wollten. Um uns hatten sich Menschentrauben gebildet.

»Gehen Sie zurück«, forderte mich ein Polizist auf. Ich wich mit den anderen bis zum quer laufenden Gang zurück. McClane stand jetzt von zwei Polizisten bewacht nicht weit entfernt von Grieser. Sein Hemd war blutbefleckt, aber es schien ausschließlich das des Agenten zu sein, denn er sah unverletzt aus. Ich konnte nicht sehen, wo der Agent getroffen war. Endlich kamen auch die Sanitäter und knieten neben dem Verletzten nieder.

Auf jeden Fall lebte Grieser noch, denn wie es aussah, unternahmen sie erste Maßnahmen gleich vor Ort. Die Polizisten traten zur Seite, um nicht im Weg zu sein.

»Ob die jetzt wohl eine Razzia machen und alle durchsuchen?«, fragte ein junge Frau neben mir besorgt. Sie presste ihre mit einem silbern gestickten Hirschkopf verzierte

Handtasche an sich und sah mich mit Bambi-Augen unter angeklebten Wimpern an.

»Ich glaube, die haben gerade anderes zu tun«, sagte ich langsam.

Sie seufzte erleichtert.

»Ja, stimmt«, sagte sie und beobachtete weiter die Vorgänge. »Ich dachte, es ginge um Drogen.« Da ich wusste, dass mein Kopf noch stärker schmerzen würde, wenn ich ihn über sie schüttelte, ließ ich es bleiben.

Schließlich hoben die Sanitäter Grieser auf eine Trage und eilten dem Ausgang zu. Gleich darauf setzte die Sirene eines Krankenwagens ein.

Jetzt waren McClane und ich dran, dachte ich, als die Polizisten sich mit der Security absprachen. Zögernd trat ich vor und wollte zu McClane gehen, der mit einem Polizisten und dem Mann der Security diskutierte, der uns in den Biergarten hineingelassen hatte.

»Moment«, sagte eine Polizistin und hob eine Hand, um mich zurückzuhalten.

»Ich gehöre zu ihm«, erklärte ich und wies auf McClane. Sie ließ die Hand sinken.

»Was war denn hier los?", fragte sie.

Da ich nicht sicher war, was McClane den anderen erzählte, beschränkte ich mich zunächst auf die simplen Fakten.

»Der Mann, der gerade abtransportiert wurde, hat mich mit einer Pistole bedroht und wollte, dass wir mit ihm den Biergarten verlassen.«

»Er hat Sie hier im Biergarten bedroht?«, fragte sie skeptisch. »Mit einer Pistole?« Sie verstummte, als sie in diesem Augenblick einen ihrer Kollegen Griesers Pistole in einen Plastikbeutel stecken sah.

»Ja«, bestätigte ich. »Eine Frau ist aufmerksam geworden und dann ging das Chaos los. Ich bin einer Bedienung mit ihrem Tablett in die Quere gekommen und die zwei«, ich deutete dabei wieder auf McClane, »haben um die Waffe gekämpft.«

»Wer ist der Mann, der Sie bedroht hat?«

»Ich habe ihn heute zum ersten Mal gesehen«, sagte ich wahrheitsgemäß.

Ihre Miene zeigte eine Mischung aus Überraschung und Misstrauen.

»Das erklären Sie besser ausführlich auf der Station.«

»Kann ich jetzt zu ihm gehen?«

Sie nickte. Als ich auf die drei Männern zukam, merkte ich an der Welle der Erleichterung, die mich durchströmte, wie viel Angst ich gehabt hatte. Je näher ich kam, desto schlimmer sah das Blut auf McClanes Hemd aus. Dieser Schuss hätte genauso gut ihn treffen können.

»Hey«, sagte er, als er mich kommen sah. Ohne die beiden anderen Männer zu beachten, packte ich seinen Arm.

»Das ist wirklich alles fremdes Blut, ja?«, fragte ich und beobachtete ihn besorgt. Das flüchtige Grinsen blitzte auf und er strich mir kurz über die Wange.

»Nichts davon ist meins, mir ist nichts passiert.«

Als er meine Finger von seinem Arm löste, zitterten meine Hände so stark, dass er sie zwischen seine nahm und festhielt.

»Bist du okay? Was ist mit deinem Kopf?« Er wollte nach meinem Hinterkopf fassen, doch ich wich ihm aus.

»Tut weh«, räumte ich ein, »aber ich glaube, da ist nichts weiter.«

»Du solltest es trotzdem ansehen lassen. Wenn wir auf der Wiesn-Wache sind, kannst du hinüber in die Sanitätsstation gehen und einen Blick darauf werfen lassen.«

»Wiesn-Wache?«

»Im Servicezentrum. Die müssen schließlich hier vor Ort einen Platz haben.«

»Was ist mit Herrn van Bergen?«

»Ich habe gerade versucht, zu erklären, dass ich nach ihm suchen muss«, sagte er grimmig.

Ein Polizist kam auf uns zu.

»War nichts mehr zu machen«, sagte er leise zu seinem Kollegen, doch da wir dicht dabeistanden, konnten wir ihn hören. »Der Mann ist eben auf dem Weg ins Krankenhaus gestorben, sie haben es nicht mehr von der Wiesn runter geschafft.« McClane fluchte und setzte sich auf die Kante einer Bierbank.

»Sie gehören dazu, sagen Sie?«, fragte mich der Polizist. »Dann kommen Sie auch gleich mit.« Er sah seinen Kollegen an und schüttelte den Kopf. »Am letzten Wiesn-Samstag. Ich dachte, es bleibt bei den üblichen Bierkrugschlägereien, und dann sowas.«

Dann fragte er mich nach meinem Namen. McClane hatte die Ellbogen auf die Knie gestützt und starrte zu Boden.

»Ich nehme an, du konntest nicht etwas weniger Aufsehen erregen, wenn du mich abholst, oder?«, erklang eine dunkle, heisere Stimme.

Ich versuchte, an dem Beamten vor mir vorbeizusehen. Ein Mann stand bei McClane, die Hände in den Taschen eines leichten Sommermantels. Er war mittelgroß und schlank. Das dunkle Haar war von wenigen silbernen Strähnen durchzogen, die Nase leicht gebogen. Seine Augen waren dunkelbraun und durchdringend.

McClane ließ langsam die Hände sinken und hob den Kopf. Schweigend musterten sich die beiden Männer.

»Da bist du ja«, sagte McClane schließlich und lehnte sich zurück. »Tut mir leid, diskreter ging's nicht. Alles in Ordnung?«

Der Mann hob die Augenbrauen.

»Mir geht es gut. Die Frage ist eher, wie es dir geht.«

Das war also Herr van Bergen. Wie zuvor seine Stimme am Telefon zog mich der Mann auch jetzt in den Bann, ich konnte nicht sagen, warum. Es war die Intensität seiner Augen, seine Präsenz. Obwohl weder groß noch kräftig von Statur, strahlte er in seiner Haltung eine lässige Macht aus, die mich beeindruckte.

»Grieser ist gestorben«, sagte McClane.

»Der Agent also«, wiederholte der andere und verriet dabei nur den Hauch von Überraschung.

McClane nickte. Dann deutete er auf die Polizisten. »Es wird hier sicher länger dauern. Du nimmst am besten ein Taxi zu deinem Hotel.«

Van Bergen musterte ihn. Es war unmöglich in seinem Gesicht zu lesen, was in ihm vorging. Ein knappes Lächeln verzog kurz seine Mundwinkel.

»Wir sehen uns bei der Polizei.« Er nickte den Polizisten zu und ging davon.

McClane sah ihm nach. Um seinen Mund zuckte ein Lächeln, dem des anderen Mannes nicht unähnlich, und er schüttelte kaum merklich den Kopf.

»So, dann kommen Sie beide bitte mit«, forderte uns einer der Polizisten auf. »Der Herr war jetzt wer?«

McClane stand auf, in seinen Augen erschien ein spöttisches Funkeln.

»Das erzählt er Ihnen am besten selbst auf der Wache. Wir sollten ihn hier abholen, deswegen kamen wir hier in den Biergarten.«

Die Polizisten nahmen uns in die Mitte. Unser Teil des Biergartens war geräumt worden, die Gäste quetschten sich in den übrigen Bereichen oder hatten den Biergarten verlassen müssen.

»Der Wiesnwirt wird uns hassen«, murmelte ich.

»Eine persönliche Einladung werden wir für nächstes Jahr wohl nicht bekommen«, stimmte McClane zu.

20

Die Polizeiwache war gemeinsam mit der Sanitätsstation und dem Fundbüro hinter dem Schottenhamel-Festzelt in einem lang gestreckten, mit Kupfer verkleideten Bau untergebracht. Hätte ich es nicht gewusst, hätte ich auf den ersten Blick in dem Gebäude eher ein modernes kleines Museum vermutet.

McClane und ich hatten uns auf dem Weg verständigt, dass wir so weit wie möglich bei der Wahrheit bleiben würden. Lediglich was genau wir über *Zephyr* wussten, behielten wir für uns. Schließlich konnten wir nichts davon beweisen.

Es dauerte recht lange, bis ich dem Polizeibeamten meine Erlebnisse der letzten zwei Tage geschildert hatte, die schließlich zu dem Zwischenfall im Käfergarten geführt hatten.

Trotzdem war ich früher als McClane mit meiner Befragung fertig. Man sagte mir, ich würde nicht mehr gebraucht und überließ mich mit einem Glas Wasser mir selbst. Gerade, als ich mich auf einen Stuhl setzte, um auf McClane zu warten, kam ein Mann im Anzug eilig herein. Erstaunt erkannte ich Lehmann.

»Frau Dr. Hart«, rief er, als er mich sah, und blieb stehen. »Geht es Ihnen gut? Sie glauben gar nicht, wie leid mir das alles tut.«

»Sie konnten doch nichts dafür«, sagte ich verwirrt. Er setzte sich neben mich.

»Nicht wirklich, aber als ich feststellte, dass dieser Tillmann ein ehemaliger...«, er zögerte kurz und senkte die Stimme, »Auftragnehmer von uns war, da hätte ich sofort Herrn McClane anrufen müssen. Aber ich habe als erstes Herrn Grieser angerufen, der nicht zu erreichen war. Dann habe ich mit der Hamburger Polizei telefoniert und erst als letztes bei Ihnen angerufen. Ich habe aber auch keinen Moment einen Verdacht gegen meinen Chef gehabt, muss ich sagen. Ich konnte es kaum glauben, als ich eben von der Polizei gebeten wurde, herzukommen.« Er fuhr sich mit der Hand über das Gesicht. »Hätte ich McClane früher angerufen, wäre das alles vielleicht verhindert worden.«

»Das wissen wir nicht«, sagte ich und legte ihm eine Hand auf den Arm. »Wer ist Tillmann?«

»Oh, richtig. Das ist der Mann, der Sie heute Morgen angegriffen hat. Offenbar hat mein Chef ihn bezahlt, damit er«, ungläubig schüttelte er den Kopf, »damit er McClane tötet. Das hat dieser Tillmann sogar zugegeben, aber mehr sagt er nicht. Wahrscheinlich weiß er auch nicht mehr.«

»Der war bei Ihnen angestellt?« Was hatten die denn für ein Aufnahmeverfahren? Nach fünf Minuten in der Gegenwart des Mannes hätte doch jedem auffallen müssen, dass bei ihm einige Schaltkreise falsch gelegt waren.

»Nicht angestellt. Er war, äh, so eine Art freier Mitarbeiter.«

Es dauerte etwas, wahrscheinlich wegen der Beule an meinem Hinterkopf, bis ich verstand.

»Das war ein Auftragskiller?«

»Äh, pst«, Lehmann wedelte flehend mit der Hand. »So kann man das nicht nennen. Er hatte auch nicht immer den Auftrag, jemanden -, also, das sollte dabei normalerweise nicht herauskommen, wenn er eingesetzt wurde.«

Wer's glaubt.

»Genau genommen haben wir ihn schon vor langer Zeit aus unserer laufenden Kartei gestrichen, weil er zu unberechenbar geworden war.«

»Ach was.«

Auf Lehmanns Wangen zeichneten sich rote Flecken ab.

»Das ist wirklich so.«

»Lassen wir das. Grieser hat ihn also engagiert und auf uns angesetzt. Nach dem, was er im Biergarten gesagt hat, glaubte er, McClane könnte ihn die Beförderung kosten.«

»Er sollte Abteilungsleiter werden«, bestätigte Lehmann. »In dem Zusammenhang wurde seine Karriere genau durchleuchtet, auch seine alten Fälle. Was wusste denn McClane über ihn?«

»Sie haben offenbar früher in Nizza zusammengearbeitet. So wie es scheint, hatte Grieser dort mit Waffenschmuggel zu tun. Aber wenn ich es richtig verstanden habe, wusste McClane das gar nicht, zumindest nicht sicher.«

Lehmann spitzte nachdenklich die Lippen und nickte.

»Der Chef war unheimlich angespannt wegen dieser Prüfung. Wer weiß, vielleicht hat er noch andere Geschäfte nebenher gemacht. Dann fürchtete er sicher, dass, wenn McClane den Stein ins Rollen bringt, alles andere auch ans Tageslicht kommt.«

So wie die Provisionen, die er für die Vermittlungen von Aufträgen an *Zephyr* einkassiert hatte. Da ich nicht wusste, ob McClane Lehmann darüber informieren wollte, sagte ich nichts. Wahrscheinlich würde das alles sowieso herauskommen, wenn der BND sich Griesers Historie nach seinem Tod genau vornahm. Fraglich war nur, ob sie etwas unternehmen würden. Wenn die Auftraggeber von *Zephyr* wirklich so einflussreich waren, dann würden sie die Angelegenheit vielleicht auch unter den Tisch fallen lassen.

»Ich muss jetzt mit der Polizei sprechen.« Lehmann erhob sich. Ich stand auch auf und schüttelte seine Hand.

»Auf Wiedersehen. Obwohl - nehmen Sie es mir nicht übel - ich hoffe, ich habe so bald nicht wieder mit dem BND zu tun.«

Er lächelte.

»Kann ich verstehen. Aber man muss mich nicht immer nur dienstlich antreffen.« Dann schien er zu befürchten, dass ich das auch falsch verstehen könnte, und er wurde wieder ein bisschen rot. »Also, ich meinte nicht -. Sie verstehen?«

»Ich weiß schon«, beruhigte ich ihn.

»Ja, gut. Ich, mh, gehe dann.«

Nur wenige Minuten später kam McClane zu mir.

»Wir sind fast fertig. Hast du dich durchchecken lassen?«, fragte er, sobald er neben mir stand.

»Nein.«

Er hob eine Augenbraue.

»Mir geht es gut, solange ich heute keinen Sprint mehr hinlegen muss«, erklärte ich entschlossen.

»Du hast wahrscheinlich einen Schock, Lilly, und eventuell eine Gehirnerschütterung. Wenn du dich hier nicht untersuchen lassen willst, bringe ich dich später ins Krankenhaus.«

»Wenn du heute nicht doch noch dein Leben verlieren willst, lässt du mich einfach in Ruhe mit Krankenhaus«, sagte ich scharf.

Er legte den Kopf schief.

»Hätte nicht gedacht, dass du so zimperlich bist.«

Doch ich ließ mich nicht herausfordern und schüttelte nur den Kopf.

»Das zieht diesmal nicht. Und versuche gar nicht erst, mich herumzukommandieren. Hast du nichts mehr zu tun, oder warum bist du so lästig?«

»Na schön«, meinte er schulterzuckend. »Warten wir zunächst ab. Aber wenn dir schlecht wird, dann sagst du es. Deal?«

»Deal«, murmelte ich. »Wird nicht passieren.«

»Ich wünschte, ich könnte mich darauf verlassen. Ich muss nochmal mit der Polizei sprechen, jetzt, wo Lehmann auch da ist.«

»Klar." Als er mich immer noch fragend musterte, wedelte ich auffordernd mit einer Hand.

Ein Mundwinkel hob sich leicht. Er legte einen Finger unter mein Kinn.

»Du warst wirklich gut heute.«

Die dunkle Stimme und der Ausdruck in seinen Augen gingen mir durch bis in die Zehenspitzen. Ich stupste seinen Finger weg.

»Du willst nur das letzte Wort haben.«

Er grinste unverschämt.

»Ich brauche nicht lang.« Und weg war er.

Plötzlich erklang ein heiseres Lachen. Als ich zur Seite schaute, sah ich Herrn van Bergen ein wenig abseits stehen. Jetzt kam er auf mich zu, langsam Beifall klatschend.

»Sie sind erfrischend.« In der rauen Stimme schwang sowohl Anerkennung als auch Belustigung.

»Ich habe Sie gar nicht bemerkt", sagte ich.

»Ich habe gemeinsam mit Patrick mit der Polizei gesprochen.«

Warum hatte er bei dem Gespräch dabei sein dürfen und ich nicht? Neugierig musterte ich ihn ebenso unverblümt, wie er mich musterte.

»Ich kann mich vor Ihrem Mut nur verbeugen, Frau Dr. Hart. Ich bin Ihnen zu Dank verpflichtet, dass Sie für mich, einen Unbekannten, dieses Risiko auf sich genommen haben.«

Ich schüttelte verlegen den Kopf.

»Sie sind mir nicht zu Dank verpflichtet. Es kam nichts anderes in Frage.«

»Dass Sie das so sehen, sagt viel über Sie aus.«

»Es tut mir leid, dass wir die Dateien nicht retten konnten«, sagte ich leise. Für einen Moment war sein Gesichtsausdruck verbittert, doch dann schüttelte er nachlässig den Kopf.

»Mal gewinnt man, mal verliert man.« Ein Feuer leuchtete in den dunklen Augen auf. »Wichtig ist, am Schluss die besseren Karten auf der Hand zu haben.«

Und ich wollte wetten, dass er gewohnt war, das Endspiel zu gewinnen.

»Ich setze im Endspiel auf Sie«, sagte ich.

Er senkte leicht den Kopf, als würde er mich über den Rand einer Brille hinweg betrachten.

»Eine Spielerin!«

Ich machte eine vage Handbewegung.

»Hin und wieder.«

»Roulette, Black Jack?«

»Oh, meistens gehe ich beidem aus dem Weg. Black Jack, wenn ich wählen müsste. Ich habe mit meinem Onkel gern Poker gespielt, aber ich bin schlecht im Bluffen.«

Er musterte mich durchdringend und plötzlich fragte ich mich, ob wir uns schon einmal begegnet waren.

»Sie sind ehrlich«, stellte er fest, freundlich und beinahe ein wenig mitleidig.

»Das ist sicher ein Hindernis«, sagte ich ironisch.

»Manchmal schon«, stimmte er nüchtern zu. »Aber auch das finde ich erfrischend an Ihnen. In meinem Beruf ist man es fast nicht mehr gewohnt, offene und ehrliche Antworten zu erhalten.« Er neigte sich ein wenig zu mir vor.

»Und zu sich selbst, sind Sie da auch ehrlich?«

Sofort spürte ich, wie ich in die Abwehrhaltung ging.

»Wie meinen Sie das?«

»Nur ein spontaner Gedanke«, erwiderte er leichthin und trat wieder zurück. »Nichts, das mich etwas angeht.«

Der Stachel saß trotzdem und er wusste es.

»Sagen Sie, auf dem Rasthof«, wechselte er das Thema. »Würden Sie mir genau erzählen, was dort passiert ist?«

Ich schilderte ihm die Ereignisse und er hörte aufmerksam zu, ohne eine Zwischenfrage zu stellen.

»Haben Sie den Mann, der sich mit Patrick treffen wollte, genauer sehen können?«, fragte er, als ich geendet hatte.

»Leider nicht. Er war groß und wirkte sehr sportlich.« Ich rief mir die Szene wieder ins Gedächtnis. »Rein vom Gefühl her würde ich sagen, es war ein junger Mann. Unter dreißig meine ich. Die Bewegungen, vielleicht etwas, das ich in seinem Gesicht gesehen habe.« Ich begegnete seinem wachsamen Blick. »Aber ich weiß nicht was, denn ich könnte das Gesicht nicht beschreiben, so kurz habe ich es gesehen. Außerdem hatte er eine Mütze in die Stirn gezogen und die Kapuze verdeckte seine Züge zusätzlich.«

»Na ja«, sagte er und hob die Schultern, »wer immer es war, vielleicht meldet er sich wieder.«

»McClane, ich meine Patrick, will nach ihm suchen. Ich habe keine Ahnung, wie. Vielleicht anhand des Autos?«

»Wer weiß«, meinte er. »Man kann wohl sagen, dass Sie den beiden das Leben gerettet haben.«

Ich zog die Nase kraus.

»Er hat unglaublich schnell und stark auf den Angriff reagiert, aber trotzdem ist er verletzt worden. Mein Rufen hat ihm wahrscheinlich tatsächlich die entscheidende Sekunde verschafft. Auf jeden Fall scheint er den anderen entkommen zu sein, denn er hat uns diese Nachricht schicken können.«

»Ja«, sagte er abwesend. Er schien einem eigenen Gedankengang zu folgen. Dann fokussierte er sich wieder auf mich. »Wo wir von Verletzungen reden, meinen Sie nicht, Sie können sich überwinden und einen der Sanitäter einen Blick auf ihren Kopf werfen lassen?« Als ich zögerte, hob er leicht die Augenbrauen. »Ich glaube nicht, dass Sie eine Gehirnerschütterung haben, aber Sie sollten kein Risiko eingehen. Sie machen mir nicht den Eindruck einer überängstlichen Frau.«

»Bin ich auch nicht«, sagte ich. Er wartete geduldig, als sei er völlig überzeugt davon, dass ich ihm eine ehrliche Erklärung liefern würde. Zu meiner eigenen Überraschung gab ich sie ihm.

»Ich gehe nie in ein Krankenhaus. Ich war dabei, als mein Bruder auf der Intensivstation starb. Ich habe neben ihm gesessen, als die Herzschläge schließlich stoppten.« An all das konnte ich mich immer noch genau erinnern, an die Gerüche, die Geräusche, an das Warten auf den Moment, den ich so fürchtete. Ich musste mich räuspern. »Seitdem war ich nie wieder in einem Krankenhaus und habe immer eine Ausrede gefunden, es nicht zu betreten.« Da konnte es auch passieren, dass ich nicht mehr einparken konnte in den einzigen freien Parkplatz vor einem Krankenhaus.

»Verstehe«, sagte van Bergen ruhig und gab mir das Gefühl, als verstehe er es wirklich. »Aber dies hier«, er lächelte listig, »ist kein Krankenhaus.«

Als ich widersprechen wollte, hob er die Hand.

»Wissen Sie, auf Dauer gelingt es nicht, Dinge zu vermeiden. Sie verfolgen einen. Irgendwann muss man sich ihnen stellen, oder man wird in seinem Leben nicht weiterkommen.« Er wies mit dem Daumen auf sich selbst. »Glauben Sie jemandem, der das zu lange ignoriert hat«, sagte er ironisch.

Eine Polizistin kam auf uns zu.

»Herr van Bergen, würden Sie bitte mitkommen?«

»Selbstverständlich«, sagte er. Er reichte mir die Hand. »Ich werde im Anschluss in mein Hotel gehen. Lassen Sie sich gut von Patrick nach Hause bringen.«

Ich schüttelte seine Hand.

»Ich werde mir einen Sanitäter suchen.« Dann beugte ich mich zu ihm vor. »Aber erzählen Sie das nicht McClane. Halten Sie mich ruhig für kindisch, aber er hat diese grässlich chefige Art. Ganz so, als wäre er gewohnt, dass die Leute tun, was er sagt. Er geht immer davon aus, dass er Recht hat. Wissen Sie, was ich meine?«

Er lachte spontan auf.

»Natürlich, er ist schließlich mein Sohn.«

Mein Erstaunen stand mir sicher ins Gesicht geschrieben. Das Lächeln um seinen Mund blieb, doch in seine Augen trat ein zynischer Ausdruck.

»Das hat er Ihnen nicht gesagt.« Es war eine Feststellung, keine Frage und ersparte mir peinliches Gestammel. »Dann, meine Liebe, beeindruckt mich Ihr selbstloser Einsatz für mich noch mehr.«

Verlegen versuchte ich, ihn zurückzuhalten.

»Wollen Sie wirklich anschließend gleich ins Hotel gehen?«

Er nickte.

»Patrick und ich können uns auch morgen noch besprechen. Sie haben sich einen schönen Nachmittag verdient.« Dabei zwinkerte er nicht etwa vertraulich, wie das ältere Männer oft so an sich hatten, sondern hielt meinen Blick fest. »Machen Sie sich keine Gedanken. Und ich werde ihm nichts erzählen.«

Er drehte sich um und folgte der Polizistin.

Das war McClanes Vater? Kein Wunder, dass mir manches an ihm vertraut vorkam. Auf den ersten Blick sahen sie unterschiedlich aus, abgesehen von der gebogenen Nase vielleicht. Die Ähnlichkeit lag in der Art zu sprechen und zu lachen. Im Blick. Bei dem Gedanken, dass dieser Mann seinen einen Sohn in die psychiatrische Klinik einwies, und seinen anderen nicht von dessen Tod informierte, jagte es mir einen leichten Schauer über den Rücken. Doch wer wusste schon, was ihn dazu bewogen hatte. Was für ein Tag.

Da ich es ihm nun versprochen hatte, ging ich in die Sanitätsstation.

»Sie haben keine Platzwunde«, sagte der junge Arzt, als ich endlich mit meinem ausgefüllten Anmeldezettel vor ihm stand. »Das erleichtert die Sache. Ist Ihnen schlecht? Sie sind ganz schön blass um die Nase.«

Im Warteraum hatte ich mit ungefähr fünfzehn anderen Wiesn-Opfern gesessen, die meisten davon schmückten Platzwunden, Schnitte oder auch nur ein aufgeschlagenes Knie. Aber allesamt waren sie blau gewesen, und wenn mir etwas auf den leeren Magen geschlagen war, dann die Bierfahnen.

»Ich muss überhaupt nicht hier sein«, sagte ich, »aber die anderen haben darauf bestanden, dass ich herkomme. Da es von der Wiesn-Wache praktisch nur ein Schritt ist, bin ich nun da.«

»Gehören Sie zum Käfergarten-Skandal?«

»Heißt das jetzt schon so? Woher wissen Sie davon?«

»Der Tote«, sagte er nüchtern. »Wir wissen, dass es der Mann nicht mehr ins Krankenhaus geschafft hat.«

»Oh... Ja, ich war dort im Biergarten. Mir ist aber nichts passiert außer einem Tablett, das ich an den Kopf bekommen habe«, versicherte ich. »Ich habe nur eine kleine Krankenhausphobie, deshalb bin ich so blass.«

»Die kurieren wir auch«, sagte er und zog mich an einer Tür vorbei.

»Im Überwachungsraum sind die meisten Betten mit Alkoholleichen belegt. Da wollen Sie nicht rein«, versicherte er mir mit einem Zwinkern. Er führte mich in einen der kleinen Behandlungsräume, aus dem gerade ein Mann mit Schnittwunden im Gesicht herausgeführt wurde.

»Der hat einen Bierkrug abgekriegt. Aus Versehen allerdings, keine Prügelei. Er stand einfach nur im Weg.«

Herr van Bergen hatte Recht gehabt. Zwar fühlte ich mich nicht gerade wohl zwischen all den Betrunkenen und von den typischen antiseptischen Gerüchen umgeben, aber ich war weit davon entfernt, die Kontrolle zu verlieren. Außerdem hatte ich keine Gelegenheit dazu, denn Ben, wie der Arzt sich mir vorstellte, hielt eine muntere Unterhaltung mit mir in Gang.

»Joi, da haben Sie sich was abgeholt«, sagte er, als er meinen Kopf abtastete. Nach einer kurzen, aber sorgfältigen Untersuchung, fällte Ben sein Urteil.

»Alles in Ordnung. Aber für Sie heute kein Sport mehr und versuchen Sie, die Finger vom Wiesn-Bier zu lassen. Sonst könnten Sie doch noch bei uns im Überwachungsraum landen.«

»Oh bitte«, ich hob abwehrend die Hände in Erinnerung an den letzten Abend. »Dem Alkohol bleibe ich fern.«

»Sagen Sie das nicht. Manche kommen so häufig zu uns, dass man denkt, die finden es richtig gemütlich hier.«

Ich sah mich um.

»Arbeit haben Sie genug.«

»Daran mangelt es nie«, stimmte Ben zu und räumte seine Utensilien wieder zusammen. »Wir haben allein schon gut sechshundert Platzwunden genäht auf dieser Wiesn. Dabei geht es insgesamt ziemlich ruhig zu.«

»Danach klingt das keineswegs«, brummte ich.

»Oh doch«, versicherte er gut gelaunt. »Aber es ist immer was los. Heute kam einer sturzhackebreit, hat zwei Stündchen geschlafen und ist dann gleich wieder ins nächste Zelt. Da half kein Zureden. Es ist mit denen teilweise wie bei diesem Kinderspiel.« Er schnippte mit den Fingern. »Blindekuh. Wo man einem die Augen verbindet, ihn fünfmal im Kreis dreht und dann los torkeln lässt, um jemanden zu suchen. Die finden zielstrebig wieder ins Zelt zurück.«

»Das würde mir den letzten Nerv rauben«, sagte ich.

»Ach, wir machen das alle freiwillig.«

Und mit seiner fröhlichen Art hatte er mich ganz vergessen lassen, wovor ich Angst gehabt hatte.

Eineinhalb Stunden waren vergangen, als ich wieder auf die Wiesn-Wache zurückkam. Trotzdem war McClane immer noch nirgends zu sehen. Als er schließlich zu mir kam, saß ich mit Unschuldsmiene auf meinem Stuhl. Sein blutbeschmiertes Hemd war er in der Zwischenzeit losgeworden. Er trug nur noch das T-Shirt.

»Hier sind wir fertig«, sagte er. »Sanitätsstation?«

Ich stand auf und klopfte gegen meine Schläfe.

»Solides Holz. Auch deine penetranten Wiederholungen dringen da nicht durch. Wo ist Herr van Bergen?«

»Hast du ihn nicht gesehen, er ist vor ein paar Minuten gegangen.«

»Da war ich wohl gerade, äh, um die Ecke gucken.« Ich stützte die Hände in die Hüften. »Du bist bestimmt ein guter Poker-Spieler.«

Er zog fragend eine Augenbraue hoch.

»Du hättest mir sagen können, dass er dein Vater ist.«

Seine Miene verriet keine Regung.

»Ich nehme an«, fuhr ich fort, »das ist wieder etwas, das sich einfach nicht ergeben hat, richtig?«

Ein etwas widerwilliges Grinsen erschien.

»So ungefähr. Lass uns hier verschwinden.«

21

»Tut mir leid, dass ich dich überhaupt zum Käfer‘s mitgenommen habe«, sagte er, als wir aus dem Servicezentrum traten.

»Wo hätte ich denn sonst bleiben sollen, ohne vor Sorge einzugehen? Außerdem hätte ich dann nie diese Architektur«, ich deutete auf den Kupferbau hinter uns, »kennen gelernt, und ich könnte zu Hause nicht erzählen, dass ich Teil des *Käfergarten-Skandals* bin, wie Ben es nannte.« Zu spät erkannte ich, in welche Falle mich meine Redseligkeit hatte tappen lassen.

»Moment, wer hat das gesagt?«, fragte er sofort.

»Ben«, sagte ich, als wäre damit alles geklärt.

»Ich bin nicht taub. Wer ist Ben?«

»Ich respektiere deine Privatsphäre und stelle keine Fragen, und du respektierst meine«, sagte ich und machte mich auf den Weg, ohne eine Ahnung zu haben, wohin ich ging.

»Von dem Deal habe ich nichts mitbekommen«, rief er mir hinterher. Als er aufgeholt hatte, stieß er mich mit dem Ellbogen an. »Wer ist Ben?«

»Wo müssen wir hin?«, fragte ich.

»Lauf einfach weiter, dann biegen wir da hinten in die Straße ein. Wer ist Ben?«

»Du bist wie eine Bulldogge. Lässt einfach nicht los, wenn du dich in was festgebissen hast, oder? Also gut«, gab ich nach. »Ben ist Arzt. Ich war in der Sanitätsstation, während du mit der Polizei gesprochen hast. Zufrieden?«

»Es ist dein Kopf und deine Entscheidung«, meinte er. »Ich weiß nicht, warum es überhaupt so eine Riesensache für dich ist.«

»War. Ist es nicht mehr«, sagte ich. »Ehrlich gestanden, dein Vater hat mir den entscheidenden Rat gegeben, damit ich keine Riesensache mehr daraus mache. Er hat mich daran erinnert, dass man sich den Dingen stellen muss, weil sie einen sonst nie loslassen.«

Er blieb kurz stehen.

»Das hat er gesagt?« Mit verächtlicher Belustigung schüttelte er den Kopf und ging weiter. »Das sagt der Richtige.«

»Oh, er sagte, er musste das selbst erst lernen«, beeilte ich mich hinzuzufügen und schielte zu ihm auf. Seine Miene blieb hart.

»Wäre mir neu", murmelte er.

Ich beschloss, das Thema fallen zu lassen, auch wenn die Neugier in mir tobte und mir hundert Fragen auf der Zunge lagen.

Wir gingen hinter den Zelten entlang bis auf Höhe des Schützenzeltes und der Bavaria, die auf dem Hügel vor der Ruhmeshalle thronte und bogen in die Gasse. Zur rechten sah ich die Käfer Schänke. Die Türen zum Biergarten waren geschlossen, aber es stand keine Polizei mehr davor.

»Meinst du, die feiern wieder?«

McClane zuckte die Schultern.

»Wenn die Polizei schon alles frei gegeben hat, sicher. Denk nur an die Reservierungen in der Schänke, die können den Leuten nicht einfach absagen.«

Wir kamen an die Kreuzung mit der Wirtsbudenstraße und blieben stehen.

»Was möchtest du tun?«, fragte McClane.

Ich drehte mich um mich selbst und fühlte mich von den Möglichkeiten, die sich mir boten, überfordert. Ich sah ein

Riesenrad, eine Looping-Bahn mit fünf Loopings in der Anordnung der Olympiaringe, in der Ferne ein Kettenkarussell, dass offenbar beim Kreisen in die Höhe wanderte. Überall leuchtete und glitzerte es, die Luft vibrierte von Stimmen, Gelächter und Musik.

»Willst du in eines der Zelte?«, fragte er ohne sonderliche Begeisterung.

Ich legte eine Hand hinters Ohr und stellte mich leicht auf die Zehenspitzen.

»Liegt es an der Geräuschkulisse, oder nehme ich eine gewisse Zurückhaltung in deiner Stimme wahr?« Mit der Fingerspitze tippte er gegen meine Nase.

»Dein Gehör hat vom Zusammenstoß mit dem Tablett zumindest nichts abbekommen, Miss Brainy, aber deine Ausdrucksweise ist etwas umständlich. Sind das noch Spätfolgen der Aufregung?«

»Haha«, machte ich und schlug seine Hand von meinem Gesicht weg. »Keine Sorge, ich will hier draußen bleiben. Und du darfst dabei sein, solange du aufhörst, mich Miss Brainy zu nennen und dich über mich lustig zu machen.«

Bevor ich noch ausweichen konnte, schlang er einen Arm um mich, zog mich zu sich heran und küsste mich auf die Stelle knapp unter meinem Ohr.

»Aber du bist brainy und ich mache mich nur ein ganz klein wenig über dich lustig.« Sein Atem kitzelte mich am Hals und ich musste lachen, versuchte jedoch, ihn von mir weg zu schieben. Was war er denn plötzlich so verspielt? Scheinbar war nicht nur von meinen Schultern ein Zentner schwere Anspannung abgefallen. Auch ohne Alkohol fühlte ich mich gerade ein klein wenig beschwipst.

Er ließ mich los.

»Ich verspreche, ich werde charmant sein«, gelobte er feierlich. »Möchtest du ein Lebkuchenherz?«

»Irks, nein danke, die schmecken nicht. Außerdem will ich nicht Spatzl oder Mausi sein.«

»Es gäbe auch »I moag di«, oder«, er lehnte sich zur Seite, um den Spruch auf einem Lebkuchenherz zu lesen, das eine vorbeigehende Frau um den Hals trug. Sie blieb stehen und hielt es ihm zwinkernd unter die Nase.

»I liab di so««, las er und zwinkerte zurück. Dann wandte er sich wieder mir zu. »Na?«

»Siehst du«, sagte ich kopfschüttelnd, »was soll ich mit einem Herzen, dessen Spruch ich nicht aussprechen kann. Aber abgesehen von Lebkuchenherzen«, sagte ich »brauche ich wirklich etwas zu essen. Dringend.«

»Das sollte hier kein Problem darstellen. Süß oder salzig?«, fragte er.

In der Auslage des nächsten Standes lagen tiefrot glasierte Äpfel neben mit Schokolade überzogenen Bananen und Erdbeeren und anderem Zuckerzeug.

»Salzig«, sagte ich sofort. »Ein Brötchen oder so.«

»Semmel«, verbesserte er mich. Ich verdrehte die Augen.

»Bist du jetzt auch noch Bayer, oder was?«

Er grinste.

»Apropos, was für eine internationale Mischung bist du denn nun, Patrick McClane Schrägstrich van Bergen?«

»Mein Vater ist Deutscher mit holländischen und italienischen Wurzeln und meine Mutter Irin. Ich bin in Deutschland geboren und habe einen deutschen Pass.«

»Dagegen kommt mir mein Familienstammbaum gähnend langweilig vor«, sagte ich. »Warum hast du den Namen deiner Mutter? Haben sich deine Eltern scheiden lassen?«

»Nein, den Namen habe ich angenommen.«

»Mh«, machte ich. »Das hört sich nach einem ziemlich krassen Statement an.«

Er beobachtete die Menschen vor den Ständen, an denen wir vorbei schlenderten. »Ich war jung damals, gerade zwanzig«, sagte er nur. Trotzdem legte man in dem Alter nicht einfach aus einer Laune heraus den Familiennamen ab. Da musste etwas Dramatisches vorgefallen sein. Leider würde ich das hier nicht aus dieser verschlossenen Auster herausbohren können.

»Na schön, alter Mann, wo gibt es jetzt meine Semmel?«

»Nicht so ungeduldig, da vorne wartet sie schon.«

Er hatte mich an der Hand genommen und ich ließ mich einfach treiben. Mittlerweile waren die meisten um uns herum, abgesehen von den Eltern mit Kindern, angetrunken bis betrunken, aber das störte mich nicht mehr. An den Schießständen leuchteten uns bunte Stofftiere entgegen, die an den Wänden und am Dachrand befestigt waren.

McClane steuerte einen Stand an, an dem es mit Ochsenfleisch, Schnitzel und Steak belegte Semmeln gab. Ich wählte eine Ochsenfetzen-Semmel, weil mich der Name begeisterte, und McClane eine Steak-Semmel. Da alle Stehtische besetzt waren, gingen wir um die Ecke und stellten uns vor einer Absperrung an die Seite. Neben uns am Boden saßen vier junge Männer im Schatten der Absperrplane. Zwei aßen Semmeln, die offensichtlich mit Geschnetzeltem gefüllt waren, einer hatte den Kopf zwischen die Knie geklemmt, als hätte er Sorge, dass er ihn sonst verlieren könnte. Der vierte war zur Seite gekippt und schlief. Ich beäugte ihn misstrauisch. Im Schlaf würde er hoffentlich nicht plötzlich anfangen zu kotzen. Die Jungs kamen aus Australien, wie ich aus dem Akzent schloss, in dem sich zwei von ihnen unterhielten.

Beim ersten Bissen meiner Semmel musste ich die Augen schließen.

»Mhmmmm«, machte ich selig. Es kam mir vor, als hätte ich nie etwas Köstlicheres gegessen, es war nochmal um

Welten besser als die Leberkäs-Brez'n. Als ich die Augen wieder aufschlug, sah ich McClane, der mich beobachtete.

»Dir ist schon klar«, meinte er langsam, »welche Vorstellungen du mit diesem genussvollen Stöhnen in einem Mann auslöst?«

Kauend nickte ich, bis ich wieder sprechen konnte.

»Nach diesem Tag ist das hier«, ich deutete auf meine Semmel, »so gut wie ein Orgasmus.«

Er lachte.

»Wie wäre es«, sagte ich nach einem weiteren Bissen, »hiernach mit einem Fahrgeschäft?«

Er sah sich um.

»Zum Beispiel?«

»Diese zwei hohen Türme sind, glaube ich, nichts für mich. Aber was wäre mit dem Fünfer-Looping, den ich vorhin gesehen habe?«

»Vergiss es«, sagte er sofort.

»Angst?«, fragte ich herausfordernd. Er quittierte das mit einer hochgezogenen Augenbraue.

»Du hast eine Beule am Kopf und vielleicht doch eine Gehirnerschütterung.«

»Ben sagt, nein.«

»Loopings gestrichen«, beharrte McClane. Ich schob die Unterlippe vor.

»Sehr geschickt, mein Wohlergehen vorzuschieben. Aber bestimmt ist das nur ein Vorwand, weil du da nicht rein willst.«

Er verschränkte die Arme.

»Teilweise. Mit eins neunzig ist es kein Spaß, sich in diese Sitze zu quetschen.«

»Pf«, machte ich und tippte mit einem Finger gegen meine Lippen. »Na schön, wie wäre es dann mit einer Fahrt im Riesenrad?«

»Das lässt sich hören«, stimmte er zu.

Als wir aufgegessen hatten, bummelten wir weiter.

Am Riesenrad mussten wir anstehen, aber nicht sehr lange.

»Wie viel seid's ihr?«, fragte der Mann am Durchlass.

Ich sah hinter mich und hinter McClane.

»Alle weg, nur wir zwei«, sagte ich grinsend.

Der Mann sah auf die Schlange hinter uns.

»A ganz a Lustige«, meinte er dann zu McClane.

»Sehen Sie es ihr nach, sie stammt aus einer Clownsfamilie. Alle arbeitslos.«

»Ha, des glaub i«, feixte der Mann. »Na gut, rein mit euch.« So hatten wir eine Gondel für uns.

»Clownsfamilie«, empörte ich mich. »Dir geht's wohl zu gut.«

»Da geht noch was«, meinte er ungerührt und setzte sich neben mich auf die Bank.

Langsam und ruckelnd setzte sich das Rad in Bewegung, hielt jedoch immer wieder an, damit die nächsten Gondeln besetzt werden konnten.

»Weißt du, was mir gerade einfällt«, sagte ich. »Sven Fröbe hat sich nie bei Grieser gemeldet, oder?«

»Darüber habe ich auch nachgedacht«, meinte McClane, »und es gibt meiner Meinung nach zwei Möglichkeiten. Entweder hat Sven tatsächlich beim BND einen Kontakt gesucht, weil er sich Unterstützung versprach. Was ich aber für wahrscheinlicher halte, ist, dass jemand von Schotts Leuten Grieser von dem Einbruch bei *Zephyr* informiert hat und dass Sven Fröbe versehentlich umkam, als man versuchte, die Daten von ihm zurückzubekommen.«

»Versehentlich«, wiederholte ich vorwurfsvoll.

»Grieser hielt es wahrscheinlich für die beste Lösung, den Fall an sich zu reißen, bevor die Polizei in ihren Ermittlungen auf *Zephyr* stieß. Dafür musste er behaupten, Sven habe sich bei ihm gemeldet.«

Das Riesenrad stieg stetig aufwärts.

»Wow, wie schön«, rief ich. Die Wiesn lag als buntes Glitzermeer unter uns. Es sah wie ein Ameisenstaat aus, in dem Tausende geschäftiger Ameisen zwischen den Zelten und Buden wuselten, in Tracht und mit Lebkuchenherzen.

Ich dachte daran, was die letzten zwei Tage alles geschehen war, und dass es tatsächlich nur zwei Tage gewesen waren.

»Mann, bin ich glücklich, zu leben«, entfuhr es mir. Selten hatte ich das Leben so in mir gespürt, wie jetzt, nachdem mir zweimal an einem Tag der Tod gedroht hatte. Es hatte beinahe etwas Berauschendes. Sicher würde ich deshalb nicht zum Adrenalin-Junkie, aber ich hatte das Gefühl, alles intensiver wahrzunehmen, und meine alltäglichen Sorgen erschienen mir nur noch halb so weltbewegend. Auch, wenn ich froh war, dass ab morgen wieder der Alltag einkehrte, ahnte ich, dass sich einiges in meinem Leben ändern würde.

»Er hatte wirklich recht«, sagte ich laut.

»Wer?«

»Dein Vater. Wenn man sich die Dinge genau ansieht, dann kommt man auch weiter. Als mein Bruder damals starb, da war ich so wütend auf ihn. Darüber, dass er so leichtsinnig sein Leben riskiert hatte, ohne Rücksicht zu nehmen. Denn ich wusste, dass er nicht aufgepasst hatte und zu schnell gefahren war.« Ich hob eine Schulter. »Verstehst du, Rücksicht auf mich, weil er mich einfach allein ließ. Nachdem ich jahrelang alles bewunderte, was er tat, habe ich dann jahrelang alles verurteilt, was er getan hatte, und versucht, genau das Gegenteil zu leben.«

Oder was ich dafür hielt, dachte ich.

»In einer Art Krankenhaus oder Notaufnahme zu sein, war längst nicht so schlimm, wie ich immer befürchtet hatte. Über die Jahre habe ich da vollkommen den Blick für Relationen verloren. Was meinen Bruder und meinen Umgang mit meinen Erinnerungen betrifft, wird es glaube ich Zeit, dass ich einen Mittelweg finde.« Was unter anderem hieß, mir nicht alles zu versagen, was den Beiklang von Risiko oder Abenteuer hatte.

»Ich bin ziemlich sicher, dass er sich jetzt sehr über mich amüsiert«, schloss ich und musste unwillkürlich grinsen. »Also, was ich wirklich sagen wollte, ist, so ein bisschen Adrenalin fühlt sich großartig an. Auch wenn ich nicht unbedingt wieder Ärger mit Kriminellen haben will.«

McClane hatte mich schweigend beobachtet, und weil mir plötzlich unangenehm war, was ich vor mich hingeredet hatte, beeilte ich mich, wieder aus dem Fenster zu sehen. Da zog er mich zu sich hinüber. Ohne ein weiteres Wort küsste er mich. Okay, so konnte man auch den Adrenalin-Spiegel in Gang bringen. Die Gondel hielt an, weil wir auf dem höchsten Punkt angelangt waren.

»Meine Güte«, murmelte ich, als ich mich kurz von ihm löste, um Atem zu holen. »Das ist fast schon kitschig.«

Er warf nur einen kurzen Blick aus dem Fenster.

»Mhm«, murmelte er zwischen zwei Küssen, »sollen wir uns lieber aus der Gondel stürzen?«

»Das wäre melodramatisch. Vor allem, wo es gar keinen Grund dafür gibt. Besser wir schauen einfach nicht aus dem Fenster auf die kitschige Wiesn.«

»Wenn du aus dem Fenster schaust, mache ich in der Tat was falsch«, stimmte er zu. Den Rest der Fahrt nach unten vergaß ich die Aussicht.

Draußen bahnten wir uns den Weg durch die Menschenmenge, die Schaubudenstraße hinunter. Als ich von einer

Gruppe Holländer abgedrängt wurde, legte McClane einen Arm um meine Schultern.

»Wie kommst du morgen nach Hause?«, fragte ich, während mein Blick an den Menschen hängen blieb, die beim Kettenkarussell anstanden. Ich blieb stehen, um zuzusehen, wie sich das Karussell langsam in Bewegung setzte und mit zunehmender Drehgeschwindigkeit hydraulisch die Stange hinauf in die Höhe wanderte.

»Erst einmal muss ich mit Lehmann reden, um mein Auto wieder zu bekommen. Ich werde wohl erst abends zurückfahren. Ach, das habe ich vorhin ganz vergessen. Willst du mit der Bahn zurückfahren? Ein Flug dürfte so kurzfristig ziemlich teuer werden.«

»Warten wir ab«, sagte ich unschlüssig und ging weiter. »Darum kümmere ich mich später.«

»Ich kann dich auch im Auto mitnehmen, aber ich kann dir nicht versprechen, dass ich morgen fahren kann.«

»Kein Problem«, wehrte ich ab. »Ich denke, ich nehme den Zug.«

Wir kamen an einem Schießstand vorbei und ich blieb erneut stehen, um zuzuschauen. Einige Pärchen standen dort und schossen einander Rosen. Hier auf der Wiesn schien jeder in Flirtlaune, das lag wohl in der Luft.

»Bist du in der nächsten Zeit viel unterwegs?« Ich hatte die Frage ohne Hintergedanken gestellt, aber als genau in diesem Moment am Schießstand ein Mann seiner Freundin drei Stoffrosen überreichte, und sie ihm daraufhin um den Hals fiel, fürchtete ich, dass sie einen falschen Beiklang bekäme. Und vielleicht stellte ich sie auch nicht ganz ohne Hintergedanken.

»Ich werde die nächsten Wochen nicht in Hamburg sein. Da ist der Aufbau der Zweigstelle, um die ich mich kümmern muss und noch ein paar andere Dinge.«

Wie zum Beispiel *Zephyr*. Da würde er sicher seine ganze Energie hineinstecken.

»Da bleibt nicht viel Zeit«, fügte er hinzu. Ich fragte mich, ob er meine Frage so interpretiert hatte, wie ich befürchtete. Doch dann erinnerte ich mich daran, dass Männer im Allgemeinen nicht so viel über Bedeutungen nachdenken.

Trotzdem war die Situation klar und sie war auch keineswegs überraschend. Überraschend war die Enttäuschung, die ich spürte. Mit Mühe wahrte ich eine gleichgültige Miene.

Es war nichts zwischen uns gewesen, um Himmels willen, und ich wusste doch genau, was er für ein Typ Mann war. Nicht umsonst hatte er die Beamtenlaufbahn verlassen. Um Frauen brauchte er sich nicht zu kümmern, die fanden ihn.

Macht nichts, versicherte ich mir, du kannst ihn genauso wenig brauchen. In der nächsten Zeit würde ich mir ernsthaft Gedanken über mein Leben machen. Nein, korrigierte ich mich, dieses Mal würde ich es anders angehen und zur Abwechslung versuchen, nicht ganz so verkopft wie sonst an die Sache heranzugehen. Trotzdem konnte ich dabei keinen Spieler gebrauchen, der die Herausforderung suchte. Ich hatte genug damit zu tun, Ordnung ins Gemüsebeet meines Lebens zu bringen. Es war also gut so, wie es war.

»Na, was für ein Glück, dass wir einen Wiesn-Besuch geschafft haben, bevor der Ernst in deinem Leben losgeht«, sagte ich leichthin.

»Ja«, sagte er und gab mir einen Kuss auf den Mund. Dann schenkte er mir sein Jagdlächeln. »Und der Abend ist noch jung.«

Sagte ich nicht, ein Spieler?

»Der Abend dürfte bei mir ziemlich schnell zu Ende sein«, sagte ich. Er ließ den Blick wieder über das Treiben um uns schweifen, aber das Lächeln blieb.

»Jetzt gibt es keine Chance mehr, an *Zephyr* heranzukommen, oder?«, fragte ich und schalt mich selbst wegen dieses tollen Themenwechsels. Man musste die Stimmung nicht gleich in den Keller tragen.

»Womöglich doch«, sagte er zu meiner Überraschung und klang dabei recht zuversichtlich. »Mein Hacker-Freund, den ich auf Schott angesetzt habe, ist auf etwas gestoßen, das ich vielleicht verwenden kann.«

»Ehrlich? Kannst du es mir erzählen oder müsstest du mich danach vorsichtshalber töten?«

Er hob die Hand und strich mir über das Haar.

»Das wäre nun wirklich zu schade.«

»Tatsächlich?«

»Ja«, sagte er, blieb stehen und legte mir beide Arme um die Taille.

»Lenk nicht ab«, ermahnte ich ihn und versuchte, mein Grinsen zu unterdrücken.

»Von was?«, fragte er abwesend. »Ah, richtig. Besagter Computerspezialist hat *Zephyrs* Konten gehackt. Dann hat er über ein paar Schleichwege noch ein Konto im Ausland gefunden, mit Geld, das wahrscheinlich von diesen besonderen Geschäften stammt. Ein Schwarzkonto. Er verfolgt gerade nach, woher die Beträge überwiesen wurden. Die Beträge sind allesamt sehr hoch, und sie sind mit Sicherheit nicht beim Finanzamt gemeldet worden. Genau diese Information werden wir dem zuständigen Finanzamt zukommen lassen. Egal, wer da mit drinsteckt, aber wenn es um Steuergelder geht, hört der Spaß auf.«

»Dann kommen sie darüber vielleicht sogar auf die Spur der illegalen Aufträge.«

»Vielleicht. Es ist wenigstens eine Chance. Zumindest bringt es die Firma in Schwierigkeiten. Außerdem werde ich nach dem Mann vom Rasthof suchen.«

»Das dürfte schwierig werden.«

»Aber es ist nicht unmöglich. Ich muss nur vorsichtig sein. Sascha hat herausgefunden, dass es schon einmal einen Mitarbeiter bei *Zephyr* gab, der auspacken wollte. Er hat es mit seinen Informationen sogar bis zur Staatsanwaltschaft geschafft. Aber es wurde nie ein Verfahren eröffnet. Bei *Zephyr* versicherte man glaubhaft, der Mitarbeiter wolle sich für die Kündigung rächen. Angeblich war er mehrmals während der Arbeitszeit angetrunken. Wenige Wochen später ist er dann alkoholisiert in eine Leitplanke gerast und hat den Unfall nicht überlebt.« Er sah mich vielsagend an. »Praktisch, nicht wahr?«

»Du meinst, die haben ihn umgebracht?«

»Ich werde mir den Vorfall auf jeden Fall genauer ansehen und meine Kontakte bei der Polizei nutzen.« Wir gingen weiter. »Ich meine, dass die Leute Angst haben, gegen *Zephyr* auszusagen. Wenn ich den Mann gefunden habe, muss ich ihn erst überzeugen, dass er mir vertrauen kann. Vor allem nach dem Vorfall auf dem Rasthof.«

»Das gelingt dir«, sagte ich prompt.

»Keine Zweifel?«, fragte er spöttisch.

»Daran? Nicht den geringsten, nein«, bestätigte ich. »Zur Not bedrohst du ihn, bis er dir vertraut.«

Er warf den Kopf zurück und lachte schallend. Und mit genau dem Lachen konnte er mich jederzeit erlegen. Mist, wann war das nur passiert? Ich musste mir eingestehen, dass ich in dieser kurzen Zeit Seiten an ihm kennen gelernt hatte, die mir mehr als nur gefielen. Nicht sein Aussehen, nicht sein Sexappeal. Okay, vielleicht auch ein bisschen. Doch das alles hätte ich in spätestens einer Woche überlebt und abgehakt.

Aber zum Beispiel seine Tatkraft und seine Entschlossenheit. Es gefiel mir, dass er ebenso in der Lage war, Fakten nüchtern und schnell zu beurteilen, wie er leidenschaftlich sein konnte. Er war er selbst, in jedem Moment. Zumindest in der Zeit, die ich mit ihm verbracht hatte.

Zu meiner Erleichterung vibrierte genau in dem Moment mein Handy in meiner Hosentasche. Es war Linda.

»Lilly, wo seid ihr? McClane sagte gestern, ihr würdet euch heute bei mir melden.«

»Äh, wir waren beschäftigt«, sagte ich. »Damit, nicht von weiteren bösen Buben erschossen zu werden, die heute wie Pilze aus dem Boden sprossen. Zum Beispiel der leitenden BND-Agent.«

»Im Ernst? Ist alles in Ordnung? Ihr seid doch nicht verletzt?«, rief sie besorgt.

»Nein, nein. Jetzt sind wir fertig. Mit den Bösen und mit den Nerven. Ich erzähl es dir später in Ruhe.«

»Ihr bleibt also noch bis morgen? Wir haben zwei Gästezimmer frei, wenn Timmy bei mir schläft, was er sowieso am liebsten will. Es wäre mir eine große Freude, wenn ihr bei uns übernachtet.«

»Bei dir übernachten?« Ich sah fragend zu McClane und formte tonlos »Linda« mit den Lippen. »Mh, eine gute Idee. In dem Apartment muss McClane aufs Sofa und wir haben nichts zu essen.« Außerdem hatte ich dann in Linda eine Unterstützung für meine Moral. Letztere war heute ein wenig wankelmütig und ich konnte mich kaum darauf verlassen, dass McClane auf meinen Beziehungsstatus Rücksicht nahm. Brav sein stand ganz eindeutig nicht auf seiner heutigen Agenda. Mit Linda, ihren Eltern und Timmy im Haus würde ich in den letzten Stunden vor meiner Rückkehr keiner dummen Versuchung erliegen.

»Warte«, sagte ich und ließ das Handy sinken. »Was meinst du?«

Seine Miene war undurchdringlich.

»Meinetwegen«, sagte er dann.

»Wir kommen gern.«

Sie lachte.

»Ich freu mich. Und morgen früh frühstücken wir gemütlich.«

»Wir müssen noch im Apartment vorbei und meine Sachen holen. Wir sind nämlich gerade auf der Wiesn.«

»Ihr seid auf der Wiesn?«, rief sie verblüfft. »Ist das eine Art Feier, dass das Abenteuer überstanden ist?«

»Nicht ganz. Wir haben das Abenteuer stilvoll auf dem Oktoberfest beendet«, korrigierte ich. »Dabei habe ich allerdings kein Bier getrunken.«

»Wollt ihr noch bleiben? Ich kann euch auch einen Schlüssel im Briefkasten deponieren.«

»Nicht nötig. Ehrlich gesagt, ich kann mich kaum noch auf den Beinen halten«, gab ich zu. Ich fasste nach McClanes Handgelenk und drehte es so, dass ich die Uhr sehen konnte. Mittlerweile war es sechs Uhr geworden.

»Dann beziehe ich eure Betten. Bis später.«

22

Lindas Eltern waren nicht im Haus.

»Sie haben mich wahnsinnig gemacht mit ihrer Sorge um mich«, erklärte Linda. »Ich habe die beiden vor zwei Stunden in unser Wochenendhaus in den Bergen geschickt.«

Als wir ankamen, hatte sie Timmy bereits ins Bett gesteckt. McClane und ich duschten nacheinander. Als McClane herunter in die Küche kam, hatte er Neuigkeiten.

»Einen schönen Gruß von Lehmann. Du kannst morgen um elf Uhr nach Hamburg fliegen.«

»Wirklich?«, rief ich. »Wie kommt denn das?«

»Wir haben heute Nachmittag darüber gesprochen. Ich meinte, nach all dem Ärger, den du mit dem BND hattest, könnte man dir doch ein wenig bei der Rückreise helfen.«

»Na ja, mit dem BND direkt hatte ich keinen Ärger.«

»Egal, Lehmann war meiner Meinung. Ich glaube, er tut dir gern einen Gefallen«, sagte er mit einem Zwinkern.

»Zwinkere du nur. Gib dem jungen Mann noch ein paar Jahre, dann werden sich die Frauen nach ihm umdrehen. Manche reifen ein bisschen langsamer«, sagte ich.

»Wie auch immer. Es ist ihm gelungen, dich auf einen Flug morgen nach Hamburg zu buchen. Ich leite dir das Ticket weiter, wenn du mir deine E-Mailadresse gibst.«

Dann flog ich also morgen nach Hamburg zurück. Ohne McClane. Beim Abendbrot erzählten wir Linda die ganze Geschichte. Anschließend schenkte sie mir und McClane einen Whiskey und sich selbst einen Fencheltee ein.

»Glaubst du, die werden euch wirklich in Ruhe lassen?«, fragte sie McClane.

»Lilly auf jeden Fall. Sie kann ihnen nicht gefährlich werden. Was mich angeht«, er ließ den Whiskey in seinem Glas kreisen, »da kommt es ganz darauf an, wie ich mich verhalte.«

»Ich glaube, du solltest dich nicht weiter in die Angelegenheiten dieser Firma einmischen«, sagte Linda besorgt.

»Keine Angst«, sagte er, »ich passe schon auf mich auf.«

Sie warf mir einen Blick zu, der besagte, dass sie das nicht beruhigte. Ich nickte nur zustimmend und trank meinen Whiskey aus. Wir zwei würden ihn sicher nicht von seinem Vorhaben abbringen können. Dann beschlossen wir alle, ins Bett zu gehen.

Als ich in meinem frisch bezogenen Gästebett lag, fiel mir ein, dass McClane und ich uns gar nicht verabschiedet hatten. Einerseits hätte ich morgen Gelegenheit dazu, aber andererseits war ich nicht sicher, ob er zum Frühstück noch da sein würde. Beim Abendbrot hatte er gesagt, dass er sich früh mit seinem Vater treffen wollte. Was, wenn er einfach sang- und klanglos verschwand?

Dann war es eben so, sagte ich mir. Je eher ich wieder zu Hause und weit weg von ihm war, desto besser.

Na und, sagte eine andere Stimme in mir, das schließt nicht aus, dass man sich ordentlich verabschiedet.

Jaaaa, aber was heißt hier ordentlich?

Die andere Stimme schwieg betreten.

Schmollend lag ich im Bett und haderte mit mir. Da ich aufs Klo musste, stand ich noch einmal auf und lief ins Bad.

Als ich über den dunklen Flur zurückging, sah ich unter der Tür von McClanes Zimmer Lichtschein hervordringen und blieb stehen. Er war noch wach. Ein paar Atemzüge lang stand ich da. Dann schlich ich eilig in mein Zimmer und schlüpfte wieder unter die Bettdecke.

Sehr vernünftig, Lilly.

Sehr feige, Lilly.

Entschlossen machte ich die Augen zu. Doch all die Müdigkeit war verflogen. Unruhig drehte ich mich von rechts nach links.

Mann, ich hatte keine Lust, allein hier zu liegen. Bestimmt war es schon ganz schön spät. Bestimmt schlief er jetzt schon.

Unschlüssig kaute ich auf der Unterlippe herum.

Wollte ich mich wirklich später fragen, was gewesen wäre, wenn? Besser war es doch, einen Abschluss zu finden.

Ausrede, ganz schwache Ausrede.

Weißt du was, Scheiß drauf, dachte ich und schwang die Beine über die Bettkante. Das war mir heute sowas von egal.

»Aber sowas von«, murmelte ich, und dann stand ich auch schon auf dem dunklen Flur. Unter seiner Tür schien immer noch Licht hindurch. Bevor ich es mir anders überlegen konnte, hatte ich geklopft.

Nach kurzer Stille hörte ich ein Rascheln, dann wurde die Tür geöffnet. McClane stand vor mir. Die Nachttischlampe neben dem Gästebett erfüllte den Raum mit einem dämmrigen Licht.

Er war noch in Cargohose und T-Shirt. Ich ließ meinen Blick zu seinen nackten Füßen und wieder hinauf wandern. Was hatte ich sagen wollen? Warum hatte ich mir nicht einen lässigen Spruch überlegt, oder wenigstens irgendeine scheinheilige Erklärung für mein Auftauchen?

Mit einer Schulter lehnte er sich gegen die Tür und sah auf mich herunter. Ich öffnete den Mund, schloss ihn wieder und sah ihn stumm an.

»Sag Bescheid, wenn du fertig bist«, sagte er schließlich leichthin, beobachtete mich aber aufmerksam.

Schluss mit überdenken und analysieren. Mann, ich hatte das satt. Ich ging einen Schritt, aber er trat nicht zur Seite, um Platz zu machen. Fragend sah ich ihn an.

»Sag mir, was du willst«, sagte er leise.

Wenn noch etwas gefehlt hatte, mich in Bewegung zu bringen, dann seine tiefe, herausfordernde Stimme.

»Ich will dich«, sagte ich und meine Stimme klang in meinen eigenen Ohren heiser. Seine Antwort wartete ich nicht ab, sondern legte eine Hand in seinen Nacken und ging auf die Zehenspitzen, um ihn zu küssen.

Seine Lippen fühlten sich so gut an. Fest und sinnlich und voll dunkler Versprechen.

Zuerst überließ er mir die Kontrolle, als warte er noch auf etwas. Ich lehnte mich an ihn und nippte mit den Zähnen leicht an seiner Unterlippe.

»Ich habe heute Nacht nicht mit dir gerechnet«, sagte er an meinen Lippen. Ich bewegte meine Hüften gegen seine und spürte die Erektion, die hart gegen meinen Bauch drückte.

»Du hast aber schnell reagiert. Liegt an deiner Spezialausbildung, nehme ich an?«

Er grinste leicht, nahm mein Gesicht zwischen die Hände und küsste mich wieder. Doch er blieb weiterhin zurückhaltend, hielt einen Abstand zwischen unseren Körpern, testete.

Lass mich nicht nachdenken, flehte ich innerlich. Ich wollte seine Hände, seine Lippen auf mir.

»Mir ist klar, dass wir beide ganz unterschiedliche Leben führen«, flüsterte ich, schob meine Hände unter sein T-Shirt und legte sie fest auf seine Brust. »Ich bin nicht etwa herübergekommen, weil -« Ich geriet ins Stocken. Er stand still und sein Blick versenkte sich in meinen.

»Du brauchst auch nicht zu befürchten«, fuhr ich fort, »dass -«

Sein Mund legte sich nachdrücklich über meinen und erstickte mit einem langen, harten Kuss weitere Erklärungen. Mit dem Fuß trat er die Tür zu und schob mich mit dem Rücken dagegen. Verflogen war die Zurückhaltung, seine Hände umfassten fest meinen Brustkorb, fuhren hinunter zu meiner Taille und wieder hinauf, während sein Kuss alles forderte. Schließlich löste er sich von mir, griff sein T-Shirt im Nacken und zog es über seinen Kopf.

Sein Oberkörper ließ meine Knie weich werden. Definierte Schultern und Oberarme, eine breite Brust und gerade genug Muskeln, ohne aufgepumpt zu wirken. Ich lehnte mich vor, küsste eine Spur von einer bronzefarbenen flachen Brustwarze hinüber zur anderen und ließ meine Zunge darüber gleiten.

Seine Finger griffen in mein Haar, und gleich darauf traf sein Mund wieder auf meinen, rücksichtslos und hungrig. Der dunkle, ungezähmte Geschmack seiner Küsse riss mich mit sich.

Meine Finger gruben sich in die breiten Schultern. Seine Hände glitten unter mein Shirt, über meinen Rücken, meine Taille, zu meinem Bauch und hinauf zu meinen Brüsten. Sein Oberschenkel schob sich zwischen meine Beine, Hitze baute sich immer stärker zwischen unseren Körpern auf, unsere Zungen fanden einen Rhythmus in ihrem Tanz umeinander.

Er gab meinen Mund nur frei, um mir das T-Shirt auszuziehen. In nichts als meinem Slip und BH stand ich vor ihm. Ich wollte ihn an mich ziehen, doch er legte eine Hand auf mein Schlüsselbein und hielt mich zurück.

Mit den Fingerspitzen fuhr er über meinen Brustansatz, den Rand des BHs entlang. Dann griff er in meinen Rücken und öffnete den Verschluss mit einer Hand. Die Träger des BHs glitten von meinen Schultern. Er ließ ihn achtlos zu Boden fallen, während sein Blick auf meinem Busen ruhte. Doch ich hatte keine Geduld, ich wollte ihn anfassen, wollte ihn spüren. Ich trat an ihn heran und küsste seine Halsbeuge. Ohne eine Schicht Stoff dazwischen trafen unsere Oberkörper aufeinander, und es kam mir vor, als müsste es auf meiner Haut zischen.

Seine Finger vergruben sich in meinen Pobacken. Mit einem tiefen Grollen in der Kehle hob er mich hoch und ich schlang die Beine um ihn. Ohne unseren Kuss zu unterbrechen, trug er mich zum Bett und ließ mich davor auf die Füße kommen. Den Blick auf mir, öffnete er die Knöpfe seiner Hose und schob sie über seine Hüften herunter. Das Licht der Nachttischlampe hinter ihm ließ die harten Konturen seines Körpers hervortreten. Ich spürte meinen Herzschlag an meinen Rippen hämmern, als er auf mich zukam.

Meine Hände drückten gegen seine Hüften. Er ließ sich auf die Matratze nieder und ich kletterte auf ihn. Langsam lehnte er sich zurück, als ich mich über ihn beugte. In seinen Augen blitzte es auf, während er mich beobachtete.

»Ich sagte doch, ich will dich«, sagte ich leise, bevor ich meinen Mund auf seinen presste. Ich spürte das Lächeln an meinen Lippen, bevor unser Kuss tief und fordernd wurde. Seine Hände legten sich leicht auf meine Oberarme, während er mich alles kosten ließ.

Ausnahmsweise machte ich mir keine Gedanken darüber, was das Richtige wäre. Ich nahm mir, was ich wollte.

An seinem Atem, dem Spiel seiner Muskeln unter meinen Händen und Lippen, dem Druck seiner Hände auf meinen

Schultern spürte ich, dass ich auf dem richtigen Weg war. Es gab keine Unsicherheit, er ließ keine zu.

Meine Hände strichen über seine Schultern, seinen Brustkorb. Mit meinen Küssen erkundete ich seinen Körper, genoss den Geruch seiner Haut. Einen Moment strich nur mein Atem über ihn, bevor ich meine Zunge in seinem Bauchnabel kreisen ließ. Ich hörte ihn scharf einatmen und lächelte zufrieden.

Als ich langsam noch tiefer wanderte, fasste er mich unter den Achseln, zog mich an sich hinauf und wechselte mit einer raschen Bewegung unsere Position.

Seine Hände fuhren über meine Taille, umfassten meine Arme und hoben sie über meinen Kopf.

Der Blick, den er anschließend ausführlich über meinen Körper schweifen ließ, gab mir das Gefühl, sexy und begehrenswert zu sein. Er ließ sich Zeit mit seiner Betrachtung. Als ich ihn wieder auf mich herabziehen wollte, hielt er meine Handgelenke fest. Schließlich kehrte sein Blick zu meinem Gesicht zurück.

Der nächste Kuss war nicht zärtlich, er entfachte ein Feuer in mir, das all meine Kontrolle niederriss. Mit dem Kinn schob er mein Gesicht zur Seite und ich spürte seine Zähne so leicht an meinem Hals, dass mich ein erwartungsvoller Schauer durchlief.

Seine Hand strich über meinen Bauch hinunter und schob meinen Slip zur Seite. Mit den Zähnen knabberte er an meinem Ohrläppchen, als er zwei Finger in mich hineinschob und seine Handfläche gegen mich presste. Jeder Muskel in mir antwortete auf die Berührung.

»Das wollte ich hören«, flüsterte er an meinem Ohr. Jetzt erst wurde mir klar, dass das kehlige Stöhnen gerade eben von mir gekommen war.

Er fand schnell heraus, was er tun musste, um mich wieder dazu zu bringen.

Seine Zunge glitt rau über meine Brustwarze, dann schlossen sich seine Lippen fest darum. Ich ließ den Kopf zurückfallen und bog den Rücken durch.

Er zog den Slip über meine Beine, dann nahmen seine Finger wieder das Spiel auf. Doch immer wieder verharrten sie, kurz bevor ich über die Klippe stürzte, es machte mich wahnsinnig.

»Wenn du noch einmal aufhörst, wirst du das bereuen«, stieß ich schließlich hervor.

Als ich sein heiseres Lachen hörte, schob ich meine Hand unter seine Boxershorts und hörte befriedigt seinerseits ein Stöhnen. Im nächsten Moment zog er sich von mir zurück, doch nur, um seine Boxer auszuziehen. Gleich darauf schmiegten sich seine Hüften zwischen meine Beine. Er küsste mich so lange, bis ich jeden Gedankengang verloren hatte. Ich legte ihm die Hände auf den Rücken und presste ihn noch mehr an mich.

»Oh Gott, bitte sag, dass du ein Kondom dabeihast«, flehte ich.

»Das wollen wir lieber nicht Ihm überlassen. Ich habe eins«, sagte er und stand auf.

Und ich würde jetzt nicht darüber nachdenken, ob er etwa ständig eins griffbereit hatte.

Dann war er wieder über mir, die Unterarme zu beiden Seiten meines Kopfes abgestützt. Sein Oberkörper drückte mich in die Matratze.

Mit einer einzigen, kraftvollen Bewegung schob er sich in mich hinein und ich keuchte auf. Ich spürte die Bartstoppeln seines Kinns an meinem Hals, hörte seinen rauen Atem, als er anfing, sich zu bewegen. Das Gefühl, ihn auf und in mir zu spüren, war einfach geil. Himmel, noch nie hatte ich jemanden so vorbehaltlos gewollt wie ihn in diesem Moment.

»Du fühlst dich toll an«, sagte er. Seine tiefe Stimme vibrierte an meinem Hals und durch meinen ganzen Körper.

»Sag nichts«, entfuhr es mir.

Er hob kurz den Kopf, gerade genug, um mich mit gerunzelten Augenbrauen anzusehen. Langsam breitete sich ein sexy Lächeln um seine Lippen und er brachte sie dicht an mein Ohr, so dass mich sein Atem streichelte.

»Ich rede nicht viel, Lilly, das bisschen wirst du ertragen.«

Dann beschleunigte er den Rhythmus und ließ mich erneut aufstöhnen. Ich bewegte meine Handgelenke. Er lockerte den Griff und ich klammerte mich an seine Schultern. Mit einer Hand umfasste er meine Kniekehle und hob mein Bein an. Er richtete sich leicht auf und sah mich an, während er die Hüften kreisen ließ und gleichzeitig in mich presste. Ich schloss die Augen, um zu verhindern, dass sich diese herrliche Empfindung zusammen mit seinem Blick in meine Erinnerung einprägen konnte. Doch im selben Moment hörte er abrupt in der Bewegung auf.

»Sieh mich an.«

Störrisch behielt ich die Augen geschlossen und drückte mein Becken nachdrücklich hoch, ihm entgegen.

»Sieh mich an«, wiederholte er unnachgiebig.

Mit einem frustrierten Seufzen machte ich die Augen auf. Erst dann stieß er wieder in mich. Morgen würde ich uns dafür hassen, aber jetzt versank ich in dem dunklen, alles fordernden Blick.

Dann spürte ich das Zittern, die Erschütterung, die durch meinen Körper lief, und schrie auf. Ich hatte nie zuvor bei einem Orgasmus geschrien, hatte nie so loslassen können. Seine Hände umklammerten wieder meine Handgelenke und er stieß schneller in mich, bis er mit einem rauen

Stöhnen kam. Für einen kurzen Moment spürte ich sein ganzes Gewicht auf mir. Dann rollte er sich auf die Seite und zog mich mit sich.

Nach Atem ringend, lagen wir da, sein Arm um meine Taille, sein Kopf zwischen meinen Schulterblättern. Es fühlte sich so richtig an, er fühlte sich neben mir richtig an.

Damit hatte ich nicht gerechnet. Mich überkam die Ahnung, zu viel riskiert zu haben, aber ich fühlte mich zu gut, als dass ich dem Gedanken weiter Beachtung schenken wollte.

Langsam löste er den Arm von mir.

»Ich komme gleich wieder«, sagte er, stieg über mich hinweg und verschwand auf den Flur hinaus.

Ich sollte aufstehen und in mein Zimmer gehen, dachte ich. Höchste Zeit. Die Nähe, die wir zugelassen hatten, war mehr als genug gewesen. Zumindest für mich. Doch bevor ich mich dazu durchringen konnte, kam er vom Badezimmer zurück. Vor dem Bett blieb er stehen.

»Ich muss nur Energie sammeln, um aufzustehen und in mein Zimmer zu kommen«, sagte ich sofort, bemüht um einen leichtfertigen Ton. Dabei drehte ich mich auf den Rücken und stützte mich auf die Unterarme. Er sah auf mich herab mit diesem Ausdruck, der nicht verriet, was er dachte. Dann gab er mir einen leichten Schubs gegen die Schulter.

»Mach mal Platz.«

Überrumpelt rutschte ich nach hinten. Er legte sich neben mich, schob einen Arm unter meinen Nacken und zog die Decke über uns.

Es war nicht ratsam, die ganze Nacht hier zu bleiben. Ich räusperte mich nervös.

»Ich bin nicht besonders gut darin, bei jemandem im Arm zu schlafen. Ich gehe besser.«

»Halt die Klappe, Lilly.«

Das brachte mich zum Lachen und beruhigte mich irgendwie.

»Na schön«, gab ich nach. »Ich habe dich gewarnt. Es ist deine Nase, die vielleicht einen Schlag abbekommt.«

»Du wirst dich schon benehmen«, sagte er. In seiner Stimme hörte ich ein schläfriges Lächeln.

Nach kurzem Zögern drehte ich mich auf die Seite und legte einen Arm quer über seine Brust. Das riss ihn aus seinem Halbschlaf.

»Ganz ruhig, Champion«, sagte ich ironisch, denn genau die Reaktion hatte ich befürchtet. »Wenn ich hierbleibe, mache ich's mir gemütlich. Sonst gehe ich in mein Bett.«

Seine Hand streichelte über meine Schulter.

»Alles gut«, sagte er. Mit der freien Hand griff er nach der Nachttischlampe und schaltete sie aus.

Seine Hand streichelte noch eine ganze Weile meine Schulter und meinen Nacken und spielte mit meinem Haar.

Ich wollte mir nicht eingestehen, wie wohl ich mich fühlte und versuchte gleichzeitig, den Augenblick so lange auszukosten wie möglich, obwohl der Schlaf mich zu überwältigen drohte. Darauf bedacht, mich nicht zu rühren, achtete ich darauf, wie sein Brustkorb sich mit jedem Atemzug unter meinem Arm hob und senkte.

Er wusste, dass ich wach war, doch keiner von uns sprach ein Wort.

Irgendwann schlief ich ein.

Als es an der Tür klopfte, schreckte ich hoch. Ein Blick neben mich sagte mir, dass ich allein im Bett lag. McClane war fort.

»Lilly?«, erklang Lindas Stimme hinter der Tür. Oh, na großartig.

»Ich bin wach«, rief ich. Sie steckte den Kopf zur Tür herein.

»Guten Morgen«, sagte sie lächelnd, ohne die kleinste Überraschung auf dem Gesicht zu zeigen. Aber die Neugier stand in großen Lettern über ihre Stirn geschrieben, da konnte sie noch so unverfänglich tun. Auf dem Fußboden vor dem Bett lagen mein T-Shirt und mein Slip. Keine weiteren Fragen. »Das Bad ist frei. Du kannst in Ruhe duschen und ich mache uns Frühstück. Kaffee?«

»Das klingt gut«, sagte ich und bemühte mich meinerseits um einen beiläufigen Ton. Ich wollte die Frage nicht stellen, aber da rutschte sie mir schon heraus.

»Ist McClane weg?«

»Der war schon früh auf den Beinen. Als ich in die Küche kam, war er abfahrbereit.« Sie sah mich unsicher an. »Er sagte, er habe sich von dir verabschiedet.«

Schemenhaft erinnerte ich mich an einen Kuss, den ich im Halbschlaf mitbekommen hatte. Was er gesagt hatte, konnte ich mir nicht mehr ins Gedächtnis rufen. Das nannte er verabschieden?

»Mh, stimmt. Morgens bin ich schwer wach zu bekommen.«

Sobald sie aus dem Zimmer war, drehte ich mich auf den Rücken und starrte an die Decke. Mein Körper summte noch immer mit dem Echo seiner Berührungen und Küsse, seiner Lippen, seiner Zunge.

Leider durchflutete mich noch ein anderes Gefühl. Enttäuschung. Verflixt. Da hatte ich doch gedacht, ich wäre darauf vorbereitet gewesen. Es sollte nicht mehr als eine Nacht sein, aber irgendwie war es doch mehr gewesen für mich. Ich stellte mir vor, wie es gewesen wäre, wäre ich neben ihm aufgewacht. Mhm, sehr schön. Und dann? Wie wäre es weiter gegangen? Als ich versuchte, mir das vorzustellen, gab es da nichts. Kein Bild.

»Ach, vergiss es«, grummelte ich und warf einen Arm über mein Gesicht.

Du hast Martin betrogen. Der Gedanke durchbrach mein Schwelgen und mein Leiden.

Keine Ausreden möglich, ich hatte die letzte Grenze überschritten. Ich hätte nie gedacht, dass ich jemals zu denen gehören würde, die ihren Partner betrogen. Ich war immer der Meinung gewesen, dass man gefälligst mit dem Partner Schluss machte, wenn man jemand anderen attraktiv fand. Schließlich, so hatte ich argumentiert, merkte man ja vorher schon, dass etwas in der Beziehung nicht stimmte. Ansonsten wollte man doch nicht mit einem anderen ins Bett.

Gut gebrüllt, Lilly.

Warum waren meine Schuldgefühle nicht stärker? Waren das noch die Nachwirkungen von heute Nacht? So weltbewegend war der Sex nun auch nicht gewesen. Und es war nur Sex gewesen, sagte ich mir.

Mhm, deswegen wünschte ich mir auch, dass McClane jetzt hier wäre und wir dort weitermachen könnten, wo wir aufgehört hatten. Es war der beste Sex gewesen, an den ich mich erinnern konnte, gestand ich mir ein.

Schöne Scheiße. Was sollte ich denn jetzt tun? Was ich tun sollte, war mir klar. Zumindest in Bezug auf Martin. Das hatte ich anderen gepredigt. Ehrlich sein, Konsequenzen ziehen, blabla.

Es war eine einmalige Sache, versicherte ich mir auf dem Weg ins Bad. Aber das machte es nicht besser. Da hatte ich gerade eine Baustelle, mein Bruder und ich, abgebaut, jetzt konnte ich nicht vor der nächsten die Augen verschließen. Wie McClanes Vater gesagt hatte, das würde mir überall hin folgen. Selbst wenn ich McClane nie wieder sah, wusste ich, dass ich nicht voll zu meiner Beziehung stand. Wo sollte das hinführen? Am besten duschte ich heute kalt.

23

Eine Woche später saß ich mit Linda und zwei weiteren Freundinnen Nora und Mia im *Café Paris*.

»Auf deine neue Wohnung«, sagte Nora und wir stießen mit unseren Moscow-Mules an; mit Ausnahme von Linda, die Crodino trank.

Noch am Tag meiner Ankunft hatte ich mich mit Martin zu einem langen Gespräch zusammengesetzt. Seitdem hatte ich ihn nicht mehr gesehen.

Meine Mutter nahm mir übel, dass ich Schluss gemacht hatte.

Aber wie Linda hatte es auf den Punkt gebracht.

»Wolltest du ihm eine rote Schleife umbinden und deiner Mutter auf den Geburtstagstisch stellen?«

Martin hätte sicher goldig ausgesehen mit einer roten Schleife um den Hals, aber ich würde meiner Mutter etwas anderes schenken müssen.

Über eine glückliche Fügung hatte ich eine kleine Wohnung im Schanzenviertel ergattert.

Mein Jobgesuch für die Stelle an der Uni hatte ich zurückgezogen zum großen Erstaunen des Professors. In meinem derzeitigen Job hatte ich genügend Zeit, die verschiedenen Alternativen auszuloten, die es für mich gab.

»Wie spannend«, sagte Nora grinsend, »jetzt ist alles offen in deiner Zukunft. Überall wartet ein anderes Abenteuer auf dich, die Frage ist nur, welche Richtung du einschlägst.«

»Ja, aber wie weiß ich, ob ich den richtigen Weg wähle?«

»Du wirst schon deinen Leitstern finden«, sagte Linda.

»Ansonsten kann ich immer Mitarbeiter gebrauchen«, meinte Mia. Sie hatte ein Café, *Mias Welt*, beinahe direkt um die Ecke bei meiner neuen Wohnung.

»Ich liebe deinen Kaffee und deine Sandwiches, aber verzeih mir, wenn ich hoffe, dass der Fall nicht so bald eintreten wird«, sagte ich.

Mia grinste.

»Du weißt nicht, was dir entgeht.«

Ich stutzte. Die Unterhaltung hatte etwas in meiner Erinnerung wachgerufen. Das Lied. Ich hatte die Wette zwischen McClane und mir ganz vergessen. Aber jetzt hörte ich wieder die Melodie im Kopf und Bruchstücke des Textes fielen mir ein.

Leitstern?

»Das ist es«, rief ich und holte mein Handy hervor. *Man without a star*. Das war auch der Titel des Films! Der rastlose Cowboy mit seinem Hass auf Stacheldrahtzäune. Damals hielt ich Kirk Douglas für den coolsten Cowboy, als er der rothaarigen Ranchbesitzerin seinen Preis ins Rechnungsbuch schrieb. Ich gab im Internet den Titel ein und wartete gespannt.

Voilà. *Man Without A Star*, der Titelsong hieß genau wie der Film.

Ich scrollte die Strophen herunter und musste lächeln.

Wahrscheinlich konnte sich McClane gar nicht an den Text erinnern, nichtsdestotrotz passte er zu ihm.

»Warum grinst du so?«, fragte Nora neugierig.

Ich erzählte ihnen von der Wette.

»Rufst du ihn jetzt an?«

»Nein«, wehrte ich ab.

»Dann schick ihm eine Nachricht.«

Mein Lächeln verflüchtigte sich und ich kaute auf meinem Strohhalm herum.

»Vielleicht lass ich es einfach.«

»Warum?«, fragten beide unisono.

»Ich meine, der Typ bedeutet Trouble. Soll ich mir das wirklich in mein Leben holen?« Und was, wenn er nicht auf die Nachricht reagierte?

»Das kannst du uns nicht antun«, sagte Linda energisch. »Ich bin verheiratet, da kann ich nicht viel Spannendes berichten. Noras Dates sind so zahlreich, dass ich den Überblick längst verloren habe. Wenigstens du musst für unsere Unterhaltung an Mädels-Abenden sorgen.«

»Das denkst du dir«, meinte ich, öffnete aber doch bereitwillig WhatsApp und tippte eine Nachricht an McClane ein.

Tadaa, ich habe gewonnen:

Man without a star ...

Du bist am Zug.

Senden und weg war die Nachricht. Im nächsten Atemzug hätte ich sie am liebsten zurückgeholt.

»Was hast du geschrieben?«, wollte Linda wissen.

»Ist dir schlecht? Du siehst aus, als bräuchtest du noch einen Mule«, sagte Nora.

Ich steckte das Handy weg.

»Fortsetzung folgt beim nächsten Mädels-Abend.«

Wenig später bog ich leise vor mich hin pfeifend in meine Straße im Schanzenviertel ein. Als ich ein Vibrieren in der Handtasche wahrnahm, blieb ich sofort stehen und kramte hastig das Handy hervor. Es war eine WhatsApp von McClane.

Immer wieder eine Überraschung.

Dann haben wir also ein Date, Miss Brainy.

Ich melde mich.

Damit sollte er besser nicht zu lange warten. Dämlich grinsend ging ich weiter. Die Straßenlaternen erleuchteten nur streckenweise meinen Weg, weil einige von ihnen nicht funktionierten. In dieser ruhigen Seitenstraße waren die Häuser im Erdgeschoss mit Graffiti beschmiert, aber ansonsten gepflegt. Das Licht über dem Eingang zu meinem Haus war kaputt, so dass die zweiflügelige Tür im Dunkeln lag. Gerade als ich die Straße überquerte, bemerkte ich in den tiefen Schatten eine Bewegung. Das Grinsen gefror auf meinen Lippen und ich blieb mitten auf der Straße stehen. Mit zusammen gekniffenen Augen spähte ich in die Dunkelheit.

Kein Zweifel, dort stand jemand. Für einen kurzen Moment dachte ich an McClane. Zögernd machte ich einen Schritt. Die Gestalt vor der Tür bewegte sich und ich erstarrte. Das konnte nicht McClane sein – der hier war kleiner. Da trat er aus dem dunklen Eingang hervor und kam zwei Schritte näher. Jetzt erkannte ich ihn. Noch immer angespannt, aber vor allem überrascht, setzte ich mich wieder in Bewegung.

»Ich wollte Sie nicht erschrecken«, sagte er leise.

»Es ist Ihnen trotzdem gelungen. Mein Herz ist immer noch nicht an seinen Stammplatz zurückgekehrt.«

Jetzt stand ich bei ihm. Herr van Bergen trug einen schwarzen Mantel und mit dem schwarzen Haar blendete er perfekt in die ihn umgebenden Schatten des Hauseingangs ein. Nur das Gesicht schimmerte heller.

»Woher wussten Sie, wo ich wohne?« Ich war gestern erst dazu gekommen, mich umzumelden.

»Da gibt es Schwierigeres, als das herauszubekommen«, sagte er nur.

»Was tun Sie hier?«, fragte ich.

»Ich wollte Sie sprechen, aber besser nicht am Telefon«, sagte er.

Das beruhigte mich nicht gerade. »Ich will Sie nicht lange aufhalten, aber ich möchte Sie um etwas bitten.«

»Mich?« Wollte er mich etwa bitten, bei seinem Sohn zu vermitteln? Da würde ich ihm sagen müssen, dass sein Herr Sohn nicht gerade intensiven Kontakt mit mir aufrechterhielt.

»Haben Sie Patrick seit Ihrer Rückkehr gesprochen?«

»Nein«, sagte ich.

Ich hörte, wie er missbilligend seufzte.

»Aber ich gehe recht in der Annahme, dass er Ihnen nicht ganz gleichgültig ist.«

Wow, Moment, fiel der immer gleich mit der Tür ins Haus? Ich meine, unsere Bekanntschaft war nicht gerade so, dass ich ihm mein Gefühlsleben beichten wollte. Schon gar nicht, soweit es seinen Sohn betraf.

»Also, sein Wohlergehen liegt mir am Herzen, nach allem, was wir, äh…, durchgemacht haben.«

»Nennen Sie es, wie Sie wollen. Patrick befindet sich auf dem Feldzug gegen *Zephyr*. Er führt ihn ohne mich und das ist unklug. Dieser Schott hat zu viele gute Beziehungen und Patrick weiß nicht alles.«

»Vielleicht sollten Sie ihm dann erzählen, was er nicht weiß.«

Ein freudloses Lachen entfuhr ihm.

»Das ist nicht so einfach.«

»Wenn er den Mann findet, der mit ihm sprechen wollte, könnte das doch ein Trumpf sein«, sagte ich.

»Deshalb bin ich hier. Ich fürchte, die Leute von Schott behalten Patrick im Auge und er darf sie auf keinen Fall auf die Spur dieses Mannes führen. Ich weiß, wer dieser Mann ist.«

Jetzt hatte er mich am Haken.

»Sie wissen, wer er ist? Arbeitet er bei *Zephyr*?«

»Er hat den Einbruch bei *Zephyr* verübt und die Daten gestohlen. Sobald er merkte, dass dem Journalisten etwas zugestoßen war, hat er mich kontaktiert. Ich hatte die besseren Möglichkeiten, nach dem Verbleib der Daten zu forschen.«

»Daher waren Sie so gut informiert«, sagte ich. »Warum haben Sie es nicht Mc,- Patrick erzählt?«

»Ich wollte, dass er sich ganz darauf konzentriert, den Speicherstick zu finden.«

Das überzeugte mich nicht, warum hätte er nicht die Details wissen sollen?

»Wo ist der Zeuge jetzt?«

»Ich habe nach meinem Gespräch mit Patrick noch einmal mit ihm telefoniert. Danach habe ich nichts mehr von ihm gehört. Nach dem, was auf dem Rasthof passiert ist, denke ich, er traut uns allen nicht mehr. Ich weiß, dass Patrick hofft, der Mann könnte gegen *Zephyr* aussagen, aber das ist gefährlicher als er denkt. Er kann nicht einfach aussagen.«

Mir fiel wieder ein, dass Schott behauptet hatte, sie hätten etwas gegen van Bergen in der Hand.

»Soll der Mann nicht aussagen, um sich zu retten, oder geht es um Ihre Sicherheit?«, fragte ich geradeheraus.

»Beides«, entgegnete van Bergen nüchtern. »Er weiß Dinge, für die ihn Schott persönlich umbringen wird, wenn er ihn findet.«

Das brachte mich zum Schweigen.

»Kommen wir dazu, warum ich hier bin. Ich kann Ihre Unterstützung gebrauchen. Wollen Sie Patrick helfen?«

Mir stellten sich die Nackenhaare auf. Irgendetwas sagte mir, dass es besser wäre, ich würde mich nicht in die Sache hineinziehen lassen. Frag nicht, dachte ich.

»Wie?«, hörte ich mich sagen.

»Ich möchte, dass Sie den Kontakt zu ihm suchen. Mich hält er nicht auf dem Laufenden.«

»Ich soll ihn ausspionieren?«, rief ich empört. »Auf keinen Fall.«

»Sie müssen es nicht gleich so dramatisch ausdrücken«, antwortete er. »Sie sollen nicht sein Handy durchforsten oder seine Schubladen durchwühlen. Sie sollen nur versuchen, darüber informiert zu bleiben, was er weiß. Kommen Sie«, leiser Spott schwang in seiner Stimme, »behaupten Sie nicht, dass Sie ihn so leicht vergessen haben.«

Vielleicht konnte ich ihm wirklich helfen, den Zeugen zu finden. Was für Gründe auch immer van Bergen zu seinem Verhalten McClane gegenüber bewogen hatten, er schien eine Spur zu haben, und er würde es McClane sicher nicht erzählen.

»Sie wissen, warum ihm die Sache so wichtig ist?«, fragte er.

»Wegen seines Bruders«, sagte ich leise.

Im Dunkel versuchte ich, van Bergens Gesichtsausdruck besser zu erkennen, aber das war nicht möglich.

»Sie müssen mir Ihr Wort geben, dass Sie meinem Sohn kein Wort hiervon erzählen«, sagte er. »Egal, ob Sie mir helfen oder nicht.«

Oh nein. Nicht gut.

»Warum nicht?«

»Weil ich weiß, wie er reagieren würde. Es ist wichtig, dass er mich in dieser Sache nicht ausschließt. Deshalb muss ich den Zeugen vor ihm finden.«

Was konnte schon dagegensprechen? Dass ich McClane nicht sofort erzählte, dass sein Vater nach dem Zeugen suchte, würde er mir im Nachhinein sicher nicht mehr übelnehmen, wenn wir ihn gefunden hatten.

»Gut. Sie haben mein Wort, dass ich ihm nichts von dieser Unterhaltung sage, und ich werde Ihnen helfen.«

»Danke. Geben Sie mir eine Nummer, unter der ich Sie erreichen kann.«

Ich nannte ihm die Nummer meines Handys und er speicherte sie in seinem.

»Ich melde mich bei Ihnen«, sagte er und reichte mir die Hand.

»Moment«, sagte ich, ohne seine Hand zu ergreifen. »Sie können mich nicht völlig unwissend lassen, sonst mache ich nicht mit. Ich habe Ihnen mein Wort gegeben, nichts zu sagen. Wer ist dieser Zeuge? Woher kennen Sie ihn?«

Er ließ die Hand sinken und halb erwartete ich, er würde mir darauf nicht antworten.

»Es war kein Zufall, dass Patrick zu spät vom Tod seines Bruders benachrichtigt wurde. Er musste die Beerdigung verpassen, er wäre sonst misstrauisch geworden«, sagte Herr van Bergen mit gedämpfter Stimme. »Sein Bruder lebt. Ihn müssen wir finden.«

Jill van Veen wurde in Hamburg geboren. Noch immer liebt sie den Norden und das Meer, auch wenn sie jetzt im Süden Deutschlands lebt. Mittlerweile schreibt sie auch Romane gemeinsam mit dem Autor Maxim T. Best.

Besucht auch unsere Webseite: www.bestvanveen.com

Printed in Poland
by Amazon Fulfillment
Poland Sp. z o.o., Wrocław

38990600R00174